I0544552

SALVARE RAYNE

Delta Force Heroes, Book 1

SUSAN STOKER

Titolo originale: *Rescuing Rayne*

Traduzione dall'inglese di Patrizia Zecchin per One More Chapter Translations

Editing di Nadia Carena

CAPITOLO UNO

Il Capitano Keane "Ghost" Bryson, appoggiò la testa sul sedile e chiuse gli occhi, ignorando la pioggia che scrosciava all'esterno, come se qualcuno avesse aperto un rubinetto a piena potenza. La giornata grigia sembrava determinata a rovinare l'umore di ogni uomo, donna e bambino all'interno dell'affollato aeroporto.

Una volta odiava i voli di linea, ma ora non lo infastidivano più. Come operatore della Delta Force e leader del suo team, le missioni erano sempre top secret, e di solito, lui e i suoi compagni, viaggiavano con voli civili per recarsi dove sarebbe partita la missione, o per tornare a casa.

L'uso di un aeroplano militare sarebbe più economico e probabilmente più sicuro, sotto certi aspetti, ma all'esercito piaceva viaggiare nell'anonimato, in mezzo agli uomini e alle donne comuni, che andavano in vacanza o in viaggio di lavoro. Ghost non se ne lamentava mai... c'erano dei chiari vantaggi a passare inosservati, nonostante i ritardi e le cancellazioni occasionali.

Aveva appena completato una missione particolare. La squadra era volata in Germania e poi si era diretta in Turchia, per aiutare a salvare un sergente dell'esercito di nome Penelope Turner. Il sergente Turner era stata rapita dal gruppo terroristico ISIS, mentre era in missione umanitaria in un campo profughi in Turchia. Lei e tre dei suoi colleghi Riservisti dell'esercito, erano stati catturati mentre pattugliavano il campo. I tre uomini che erano insieme al sergente Turner erano stati uccisi, e le loro decapitazioni filmate e pubblicizzate. La Turner era stata usata come strumento di propaganda per promuovere i piani antiamericani dell'ISIS.

Il team Navy SEAL che era stato inviato per liberarla, aveva avuto successo e l'aveva prelevata dal campo senza problemi, ma mentre stavano volando verso la base delle Forze Speciali in Turchia, per riunirsi e uscire dal Paese, il loro elicottero era stato abbattuto dai ribelli, sulle montagne al confine turco/iracheno.

Ghost e il suo team erano quindi stati inviati, dopo aver ottenuto le informazioni da un ex SEAL di nome Tex, per trovare gli uomini e il sergente dell'esercito. Erano andati senza sapere se qualcuno fosse morto o ferito, ma alla fine, la missione era stata relativamente semplice.

I SEAL avevano fatto il loro lavoro, e tutto ciò che era rimasto da fare a Ghost e ai suoi colleghi operatori della Delta Force, era stato portare in salvo il team dei Night Stalkers – tra i quali ce n'erano alcuni feriti, e altri purtroppo che erano rimasti uccisi nell'incidente dell'elicottero – fornire i primi soccorsi ai SEAL, neutralizzare alcuni terroristi sparpagliati in giro, e chiamare un secondo elicottero di salvataggio, per far sì che l'intero gruppo se ne andasse dalla Turchia.

Nel breve tempo in cui Ghost aveva conosciuto il sergente dell'esercito rapito, era rimasto impressionato. Penelope era stata esuberante, e per niente abbattuta dal suo periodo di prigionia. Infine, il suo team Delta Force si era separato da Penelope e dai SEAL, alla base aerea di Incirlik in Turchia.

Ghost sorrise, ripensando alla semplice ultima parola che

Penelope gli aveva rivolto, ovvero "Grazie". Era certo che l'avesse detta con sincerità, e anche se Ghost sapeva che lei la considerava inadeguata, per lui significava tutto. Non ricevevano spesso un ringraziamento, per via della segretezza del loro lavoro, e Penelope lo aveva sicuramente detto con il cuore. Non sapeva se l'avrebbe mai rivista, ma poiché erano in servizio nella stessa base militare, pensò che probabilmente, a un certo punto, sarebbe successo. Lei non sapeva che il team Delta Force proveniva da Fort Hood, in Texas, ma si sperava che avesse ricevuto abbastanza addestramento, da rendersi conto che se avesse visto qualcuno di loro, non avrebbe dovuto riconoscerli come Delta. Molto probabilmente sarebbe stata interrogata, e se non fosse già a conoscenza di quanto sia top secret la loro presenza alla base dell'esercito, lo avrebbe saputo presto.

Ghost si spostò nella scomoda sedia nella sala d'attesa dell'aeroporto di Heathrow, a Londra. Lui e i suoi compagni di squadra erano, come di consueto, volati dalla Turchia alla Germania, per poi separarsi. Fletch e Coach erano diretti prima in Francia e poi negli Stati Uniti. Hollywood e Beatle stavano andando direttamente a casa dalla Germania, Blade stava attraversando Amsterdam, e Truck stava facendo una deviazione attraverso la Spagna.

Avrebbe potuto prendere un volo diretto per Austin, ma quello per Dallas/Fort Worth era arrivato un po' prima, e aveva un posto vuoto nella fila vicino all'uscita. Era stata una questione di praticità, ma con quella pioggia torrenziale, Ghost pensò che forse, dopotutto, avrebbe dovuto prendere il volo successivo.

«È occupato questo posto?»

Ghost si voltò verso la voce bassa e roca, che gli fece immediatamente pensare al sesso. Era consapevole che la donna stesse camminando verso di lui, come lo era di tutti quelli che si muovevano lì intorno. Era sempre in allerta, pronto a intraprendere qualsiasi iniziativa potesse essere necessaria. Era una cosa che aveva radicata nel profondo.

La donna bruna era ferma accanto a lui, i suoi capelli erano raccolti in una crocchia sulla nuca, e alcune ciocche sfuggite dall'acconciatura le ricadevano sul viso. Era abbastanza alta, soprattutto con i tacchi che indossava. Ghost pensò che fosse intorno al metro e settantasei. Aveva deliziose curve nei punti giusti. Il suo fisico da Marilyn Monroe era eccitante, così come il sorriso luminoso che gli stava rivolgendo.

Il suo accento tradiva il fatto che fosse americana. Indossava una gonna e una camicia blu scuro, e stava trascinando dietro di sé una valigia azzurra e una piccola borsa dello stesso colore. Ovviamente, essendo un'impiegata della compagnia aerea, un'assistente di volo, lo salutò con calore.

Ghost scosse la testa, e fece un gesto verso la sedia, invitandola ad accomodarsi accanto a lui.

«Grazie.»

La donna si sedette, aprì la piccola borsa azzurra e tiro fuori il cellulare. Si voltò verso di lui e chiese: «Stai andando in qualche posto divertente?»

Ghost non era sicuro di voler davvero chiacchierare, ma era annoiato, e così avrebbe potuto ammazzare il tempo. Non era mai stato uno che rifiutava l'opportunità di parlare e flirtare con una bella donna. «Casa.»

La sua risposta monoparola non sembrò scoraggiare l'assistente di volo. «Ah, sei americano. E dove sarebbe casa?»

«Texas.»

«Davvero? Anche io! Che strano che stiamo andando nello stesso posto. Tra tutte le persone a cui avrei potuto sedermi accanto, ho scelto qualcuno che sarebbe stato sul mio volo.» Rise. «*Sei* sul volo 823, giusto?»

Ghost annuì.

«Forte. Ma dove vivo, in Texas, è davvero più un posto

dove riporre le mie cose, piuttosto che una casa, dato che di solito lavoro. Al momento ho il turno europeo, insomma, sono più via che a casa.»

Ghost sorrise tra sé e sé. La donna era molto carina, e la sua personalità spumeggiante era piacevole. «Sì, anch'io viaggio molto, quindi capisco cosa intendi.»

Lei sorrise. «Ah, non ti vedevo proprio come un uomo d'affari, ma immagino che l'apparenza possa ingannare, eh?»

«Come mi vedi?»

La donna inclinò la testa, riflettendo sulla sua domanda, incurvò le labbra e poi si morse quello inferiore. Sorprendentemente, Ghost sentì la sua erezione indurirsi.

Gesù, aveva un bisogno così disperato di avere una donna? Cercò di pensare a quando aveva avuto il piacere di una compagnia femminile nel suo letto, e fu sorpreso di rendersi conto che non era sicuro di sapere quanto tempo fosse passato. La squadra di recente era stata impegnata con l'ISIS, che stava aumentando gli sforzi per provocare il panico in tutto il mondo, e non avevano avuto molto tempo per tornare a casa. Ma più che altro, era stanco di tutte quelle che correvano dietro alle piastrine, in Texas... donne che volevano solo dormire con i militari per vantarsi. I soldati erano accusati di essere sessuomani, ma la realtà era che intorno alle basi, c'erano molte donne che vedevano lo sposare un militare, come una via d'uscita dalle loro misere esistenze. Non solo, ma alcune erano ossessionate dal fatto di andare a letto con quanti più soldati possibile.

«Cacciatore di taglie» disse in modo deciso.

Strappato dai suoi pensieri su quando avesse fatto sesso l'ultima volta, Ghost ridacchiò, sorpreso della sua deduzione. «Cacciatore di taglie? Sul serio?»

«Sì, sì.»

Quando lei non approfondì, Ghost incrociò le braccia al petto e le sorrise. «Perché?»

«Vediamo. I tuoi occhi controllano costantemente l'area, anche mentre parliamo. Sei iper consapevole di tutto ciò che ti circonda. Scommetto che sapevi che stavo venendo verso di te, prima ancora che arrivassi qui. Sei seduto con le spalle contro il muro, una posizione tipicamente di difesa. Trasudi testosterone, sei più muscoloso di chiunque altro qui intorno, e indossi stivali da combattimento.»

«E hai ipotizzato cacciatore di taglie da tutto questo?»

Lei gli sorrise, si appoggiò allo schienale e si voltò verso di lui. «Sì. Ho ragione?»

«No.»

«Quindi?»

Ghost sapeva cosa voleva, ma si stava divertendo a fare questo gioco. «Sono un uomo d'affari.»

Lo guardò di sbieco per un istante. «Allora, diciamo che potresti dirmelo, ma poi dovresti uccidermi... giusto?» sorrise, godendosi evidentemente il loro flirtare.

«Qualcosa del genere.»

Alzò gli occhi al cielo. «Ok, la spia era la mia seconda ipotesi. Rimango ferma su uno dei due: cacciatore di taglie o spia. A proposito, sono Rayne Jackson. Scritto con la "y" e la "e", e non ha niente a che fare con la *pioggia* che sta scendendo fuori.» Non allungò la mano, ma lo guardò trepidante.

Rayne. Gli piaceva. Era un nome insolito per una donna insolita. Se davvero pensava che sembrasse un cacciatore di taglie, probabilmente non avrebbe dovuto avvicinarsi a lui. «Ghost.»

«Ghost? Davvero?» Alzò di nuovo gli occhi al cielo. «Va bene allora, *Ghost*. È un piacere conoscerti. E voglio modificare la mia ipotesi. Vado decisamente con spia.»

«È bello conoscerti anche per me» rispose, ignorando il suo commento sulla spia, che era un po' troppo vicino alla verità. «Pensi che ce ne andremo da qui oggi?»

Lei gli sorrise. «Quindi parliamo del tempo? Va bene, posso farlo. Hai fretta di tornare a casa?»

Non sapeva perché lo stesse chiedendo, ma essendo cauto, Ghost rispose: «Non particolarmente.»

«Bene, perché secondo la mia esperta opinione, oggi non andremo da nessuna parte.»

«Mmm. A parte la tua professione di assistente di volo, su cosa si basa questa opinione esperta?»

Rayne sorrise. «Be', non sono un meteorologo, ma volo da un po' da queste parti, e ogni volta che ha piovuto così forte, i voli sono arrivati in ritardo o sono stati cancellati.»

«Cazzo» disse Ghost sottovoce. Non aveva davvero bisogno di tornare a casa, la sua squadra era in grado di occuparsi di fare rapporto al tenente colonnello della base, ma non aveva nemmeno bisogno della scocciatura di passare la notte a Londra. Accidenti agli altri, a quest'ora probabilmente erano già sulla strada di casa. Stupido tempo inglese.

«Sì» disse Rayne lamentandosi. «Purtroppo, ormai sono abbastanza abituata.»

Proprio in quel momento, arrivò un annuncio sugli altoparlanti dell'affollato aeroporto.

Il volo 823 per Dallas/Fort Worth è in ritardo. Si prega di controllare i tabelloni per ulteriori informazioni.

«Te l'avevo detto» disse Rayne con un sorriso.

«Davvero non ti importa di poter rimanere bloccata qui?» chiese Ghost. «La maggior parte delle donne che conosco diventano estremamente... instabili... quando i loro piani vanno male.»

Rayne sbuffò in modo ironico, e Ghost notò che anche quel piccolo verso era attraente, fatto da lei.

«No. Non divento... cos'è che hai detto? Instabile?» Scosse la testa. «Di certo non avrei immaginato che un uomo come te utilizzasse una parola del genere. È un termine che usi di solito nelle tue conversazioni super spionistiche?» La sua domanda era ovviamente retorica, perché continuò prima che potesse rispondere. «No, non divento instabile quando i voli sono in ritardo o cancellati. Fa tutto parte della mia giornata. Ricorda che in realtà sto lavorando, non sono in vacanza. In effetti, i ritardi e le cancellazioni mi danno la possibilità di uscire e vedere la città dove sono bloccata. Ho cenato all'ombra della Torre Eiffel, fatto un giro in gondola in Italia, e persino fumato uno spinello ad Amsterdam, durante uno scalo.»

«Mmm, una donna di mondo» scherzò Ghost.

Rayne rise. «Nemmeno lontanamente. Non lasciarti ingannare dalle mie avventure, sono molto più felice di stare seduta a casa a leggere un libro piuttosto che uscire, ma immagino che finché sono abbastanza giovane, e mi trovo in questi posti, posso anche andare a vedere alcune delle città che la maggior parte della gente può solo sognare di visitare.»

«Molto maturo da parte tua» disse Ghost con onestà.

«Stai cercando di dirmi che sono vecchia?» scherzò.

«No signora. So bene di non dover rischiare di accennare all'età di una donna.»

«Bene. Perché a ventotto anni non sono vecchia. Proprio per niente.»

Gesù, ventotto. Sembrava così giovane per i suoi trentasei anni. Aveva visto cose che bastavano per una vita, e che lei non sarebbe riuscita nemmeno a immaginare, ma il suo corpo sembrava non curarsene. Era attratto da lei, non poteva negarlo. «Ventotto... praticamente una bambina.»

«Se lo dici tu. Quanti anni hai... trentadue?»

«Sei, ma grazie.»

«Non è vero.»

«Non è vero cosa?»

«Che hai trentasei anni. Impossibile.»

«Quindi stai dicendo che sto mentendo?» Ghost si raddrizzò sulla sedia, e appoggiò un braccio sullo schienale di quella su cui era seduta lei. Era uno spasso.

«Non proprio mentendo, ma potresti cercare di farmi pensare che sei più navigato di quanto tu non sia in realtà.»

Se solo avesse saputo quanto era davvero navigato, probabilmente si sarebbe alzata subito e se ne sarebbe andata. «Ho trentasei anni. Vuoi vedere la mia carta d'identità?»

Rayne agitò una mano, ridendo. «No. Ti sto solo prendendo in giro. Quindi... cosa farai se il nostro volo viene cancellato?»

Ghost fissò la donna seduta accanto a lui, e prese una decisione in un attimo. «Spero di portare una bella mora a cena, e mostrarle alcuni dei panorami di Londra, che potrebbe perdersi se rimanesse nella sua camera d'albergo a leggere un libro.»

Guardò Rayne arrossire e fissarlo a lungo. Poi, sorprendendolo, disse: «Accetto la tua offerta di controllare il documento d'identità.»

«Il mio documento d'identità?» Il cambio di argomento spiazzò Ghost per un attimo.

«Già. Potrei venire a cena con te, ma ho visto troppi episodi sul canale di cronaca nera, quindi scriverò un messaggio con il tuo nome, indirizzo e data di nascita alla mia amica a casa, poi possiamo stare qui fino a quando non scopriamo se il nostro volo è stato cancellato. Se continui a essere interessante come lo sei stato nell'ultima mezz'ora, e non fai nulla di inquietante o da stalker, come chiedermi di togliermi le mutandine per mettertele in tasca, sarò felice di vedere i panorami di Londra con te.»

Ghost rimase di nuovo sorpreso, ma in modo piacevole. Non sapeva perché, ma il pensiero che Rayne fosse prudente e prendesse delle precauzioni, provocò una strana sensazione dentro di lui. Sapere che cercava di proteggersi da sola e di stare attenta, era davvero eccitante. E tutto questo era inaspettato.

Infilò una mano nella tasca posteriore dei pantaloni e prese il portafoglio. Tirò fuori la patente del Texas, e gliela porse, senza rompere il contatto visivo. «Ho una regola. Non chiedo le mutandine a nessuno al primo appuntamento.»

Lei sorrise, ma non fece altri commenti. Rayne si appoggiò il documento sul ginocchio, fece una foto con il cellulare, e poi scrisse qualcosa alla sua amica sul telefono.

Ghost sapeva che le informazioni che stava mandando non avrebbero mai ricondotto a lui, stava usando uno dei suoi molti pseudonimi. Ogni membro del team ne aveva parecchi, che potevano usare per assicurarsi di poter viaggiare in inco-gnito, da, e verso le missioni. Ghost sentì una fitta di rimpianto per aver mentito a Rayne, ma lo spinse da parte. Lei stava di sicuro cercando un po' di divertimento, proprio come lui.

Lo guardò. «John Benbrook? È il tuo nome?»

«Sì, cosa c'è che non va?»

«Non lo so.» Rayne arricciò il naso in modo adorabile. «È solo che non... ti si addice, credo.»

«Chiamami Ghost» disse. «Non uso molto John, comun-que.» Non era una bugia.

«Va bene... Ghost. Grazie per avermi assecondato con il documento, e continuo a pensare che tu non abbia trentasei anni.»

Le sorrise, e rimise la tessera di plastica nel portafoglio. «Allora... da quanto tempo sei una hostess?»

«Assistente di volo.»

«Come, scusa?»

«Non ci chiamano più hostess, siamo assistenti di volo.»

Ghost sorrise, e si scusò. «Scusa, errore mio. Assistente di volo. Da quanto tempo lo sei?»

«Circa sei anni.»

«Sei anni? Hai iniziato da giovane.»

Percependo una domanda dietro le sue parole, Rayne spiego: «Sì, mi sono laureata in pedagogia. Ho fatto tutta la prassi studente-insegnante, ho superato a pieni voti i test di abilitazione statali, e tutto il resto.»

«Ma...»

«Ma, uno, non sono riuscita a trovare un lavoro, almeno non nella zona che volevo, e due, ho scoperto che i bambini non mi interessavano molto.»

Ghost scoppiò a ridere, e si rilassò ulteriormente sulla sedia. «Sembra una cosa che avresti dovuto capire prima di laurearti.»

«Sì, vero?» rise Rayne. «Giuro, credo che i professori dovrebbero mandare i loro studenti in classi ben educate. Da studente, ho insegnato per alcune settimane, e mi sono resa conto che i docenti sono davvero trattati da schifo. Non sono pagati molto, e non farmi nemmeno iniziare a parlare dei test standardizzati, e di come sia l'insegnante a essere punita se gli alunni non ottengono un punteggio abbastanza alto. E un'altra cosa... quando i bambini si comportano male, in un certo senso, è sempre colpa dell'insegnante e non dei genitori, o del bambino.»

Sospirò, un suono profondamente frustrato, che sembrò provenire dalla sua pancia. «Lo so. È un cliché, ovvio che l'insegnante incolperà i bambini e i genitori, ma sul serio, penso che se gli Stati Uniti li pagassero meglio, le scuole pubbliche migliorerebbero sempre di più.»

«Quindi hai deciso cosa? Di vedere il mondo?» chiese Ghost.

«Più o meno. Ero lì, con una laurea che non desideravo usare, e non avevo idea di cosa avrei fatto della mia vita.

Avevo un'amica la cui madre lavorava per le compagnie aeree, e mi lamentavo sul fatto di trovare un lavoro che mi piacesse, così lei mi suggerì la cosa dell'assistente di volo.» Rayne scrollò le spalle. «Quindi sì, ho pensato di poter vedere il mondo, mentre decidevo cosa volevo fare. Ed eccomi qui, sei anni dopo, a vedere ancora il mondo – o almeno gli aeroporti del mondo – e sto ancora cercando di decidere quale sia il lavoro perfetto per me.»

«Non sembra una brutta cosa da fare per vivere» affermò Ghost, pensando che la ragione per cui lei aveva deciso di fare l'assistente di volo, era stranamente molto simile al motivo per cui lui si era arruolato nell'esercito, in tarda adolescenza. Non era sicuro di cosa volesse fare nella vita, e un amico che era in classe con lui l'anno del diploma, sarebbe andato al centro di reclutamento. Così l'aveva seguito e il resto era storia. Dopo essersi arruolato aveva scalato i gradi, e poi aveva deciso di diventare un soldato della Delta Force... e un ufficiale.

«Non lo è. Non fraintendermi, mi piace il mio lavoro, altrimenti non lo farei, ma non è quello che voglio fare per il resto della mia vita. Sono davvero una pantofolaia. Sì, cerco di vedere alcune delle città in cui faccio scalo, ma non è molto divertente esplorare da sola, e talvolta le città non sono così sicure.»

«Se non sono sicure, non dovresti andare in giro» le disse Ghost in tono pratico.

«Lo capisco, ma so che non avrò più la possibilità di rivedere certi posti.»

«Non dovrebbe importarti. Potresti venire uccisa, violentata o rapita in alcuni di quei luoghi... quindi potresti vederli, ma la tua vita, o la tua salute, sono più importanti.»

Rayne annuì d'accordo. «Hai ragione. E nel caso in cui ti senta tanto compiaciuto di potermi dare ordini, avevo già deciso di essere un po' più prudente quando sono all'estero, ora che quelli dell'ISIS sono diventati completamente fuori di testa, e non hanno alcun senso morale.»

Ghost sorrise per la sua sfacciataggine. «Bene. Quanto pensi ci vorrà prima che...» Le sue parole furono interrotte dalla voce automatica dell'interfono.

Siamo spiacenti di informarvi che il volo 823 è stato cancellato. Si prega di consultare il personale della compagnia aerea per riprogrammare il volo. L'aeroporto di Heathrow si scusa per gli eventuali disagi.

Ghost si alzò e porse la mano a Rayne. «Quindi, dato che non è sicuro girovagare da sola... vuoi esplorare Londra con me?»

CAPITOLO DUE

RAYNE SI SEDETTE nel taxi accanto a John Benbrook, anche detto Ghost, e si chiese cosa diavolo stesse facendo. Non era da lei. Non rimorchiava uomini a caso negli aeroporti. Ne aveva visti molti di bell'aspetto durante i suoi viaggi, ed era stata colpita da parecchi di loro, ma c'era qualcosa di diverso in questo.

Non ci aveva provato con lei, non proprio. Avevano flirtato, ma era stato educato, e persino un po' distante. Ma la prima volta che le aveva sorriso, lo stomaco di Rayne si era contorto. Era un bell'uomo, virile e un po' trasandato, e, in un certo senso, sapeva che sotto la maglietta consunta e leggermente sporca, era al cento per cento muscoloso. Non voleva altro che sedersi e parlare con lui... ok, voleva di più, ma avrebbe accettato qualsiasi cosa fosse riuscita a ottenere.

Adesso stavano arrivando in centro, pioveva ancora, e Ghost aveva fatto una telefonata e ottenuto una prenotazione in uno dei ristoranti del Park Plaza, un bell'albergo vicino all'Abbazia di Westminster e al London Eye. Aveva detto che avrebbero potuto annullarla, se avessero deciso di andare da qualche altra parte, ma che preferiva avere un piano di riserva, per ogni evenienza. Era ancora primo pomeriggio, quindi Rayne pensò che avrebbero fatto un pranzo ritardato o una cena anticipata, poi...

Non era sicura di *cosa* avrebbero fatto dopo, supponeva che avrebbe improvvisato.

C'erano un sacco di cose che le sarebbe piaciuto vedere a Londra, ma essere insieme a qualcun altro la faceva sentire come se dovesse capire cosa voleva fare *lui*, piuttosto che fare solo ciò che voleva *lei*.

Rayne si era sentita meglio dopo aver inviato le informazioni su John Benbrook alla sua amica Mary. Certo, se Ghost la violentasse e la uccidesse, chi lo sapeva se il suo corpo sarebbe mai stato ritrovato, ma almeno Mary avrebbe saputo con chi era uscita, e avrebbe potuto allertare le autorità locali.

Rayne non aveva mentito a Ghost, era una pantofolaia, le piaceva il suo lavoro di assistente di volo, e incontrava un sacco di persone molto interessanti, ma nel suo tempo libero era contenta di stare a casa, e fare cose che la maggior parte della gente considererebbe noiose. Leggere, fare la spesa, guardare film con Mary, persino lavorare a maglia.

Al momento, stava vivendo pericolosamente; Rayne non aveva mai avuto un'avventura di una notte nella sua vita. Aveva sempre frequentato uomini rispettabili, persino noiosi. Usciva con loro per un po' assicurandosi che fossero "a posto", prima di decidere di andarci a letto. Ma c'era qualcosa in Ghost che le faceva desiderare di togliersi tutti i vestiti e saltargli addosso.

Si dimenò sul sedile, imbarazzata per non riuscire a smettere di immaginare come fosse, nudo e sopra di lei, mentre si sollevava per spingersi...

«Quindi... lo fai spesso?» chiese nervosamente, interrompendo i propri pensieri, per cercare di controllarsi.

«Cosa?»

«Rimorchiare le donne negli aeroporti e portarle fuori?»

Ghost ridacchiò. «No. Sei la prima.»

Rayne sollevò le sopracciglia e lo guardò incredula, e con palese scetticismo.

Di sicuro lui sapeva leggere in modo corretto il linguaggio delle sopracciglia, perché le sue parole successive cercarono di rassicurarla. «Sul serio. Non rimorchio le donne.»

Rayne guardò il bell'uomo seduto accanto a lei. Gli scarponi da combattimento e la t-shirt marrone attillata che indossava erano vissuti, come niente che avesse visto addosso a qualcuno prima. *Lui era* vissuto, e virile. I suoi capelli erano arruffati e un po' troppo lunghi per essere considerati alla moda. Aveva con sé solo una piccola sacca da viaggio. I pantaloni cargo erano tesi contro i muscoli delle cosce, aveva un'ombra di barba, e i suoi occhi castani erano concentrati completamente su di lei. Non voleva esserne attratta, ma lo era, c'era qualcosa nel modo in cui sembrava essere capace di prendersi cura di se stesso e di chiunque lo circondasse, che l'attirava verso di lui come una falena alla fiamma. Provò un senso di frustrazione però, perché sapeva che probabilmente era una delle tante donne di una lunghissima fila, che si sarebbero fatte in quattro per renderlo felice, a letto e fuori.

«Sì, ci scommetto, perché ti si gettano addosso, vero?» Rayne rispose con dolcezza, facendogli capire che non si beveva le sue cazzate, e allo stesso tempo prendendolo in giro.

Rise sottovoce e scosse la testa. «Non importa quante potrebbero gettarsi addosso a me, Rayne, io prendo solo quelle a cui sono interessato.»

Rayne ci pensò per un attimo. «Non mi sono gettata addosso a te.»

«No» concordò tranquillo.

«Cosa facciamo allora?»

Ghost si sporse in avanti. «Non ti sei gettata addosso a me, e sapevo che non lo avresti fatto. Forse è perché sei davvero incantevole» scrollò le spalle, «ma qualunque sia la ragione, ho preso il nostro volo cancellato come un segno che avrei dovuto fare qualcosa riguardo alla mia attrazione per te. È stato bello essere quello che chiedeva, invece di quello a cui viene chiesto, o non dover cercare di evitare un'attenzione indesiderata. Per quel che riguarda quello che faremo, visiteremo la città insieme... approfittando del volo cancellato.»

Rayne deglutì ma non disse nulla.

«Ma devo avvertirti, Rayne, io non sono il tipo da relazioni, quindi oggi può andare in due modi: possiamo passare la giornata insieme, fare un giro turistico, ridere e divertirci, poi ognuno andrà per la propria strada.»

«E l'altro modo?»

«Possiamo passare la giornata insieme, fare un giro turistico, ridere e divertirci, e vedere dove ci porta questa attrazione che proviamo. Poi, *domani*, ognuno andrà per la propria strada.»

Rayne fece un respiro profondo e provò a comportarsi da coraggiosa. «Quindi stai dicendo che se dormiamo insieme, è tutto ciò che sarà.»

«È tutto ciò che *può* essere.»

Rayne sapeva che c'era altro che Ghost non stava dicendo. Non era stupida. Lui non avrebbe quel soprannome se conducesse una vita normale, e lei non era il tipo di donna che andava a letto con un uomo sapendo che non ci sarebbe stata alcuna relazione − ma lo voleva. Mary sarebbe davvero orgogliosa del fatto che stava facendo qualcosa fuori dagli schemi.

Rayne sentì i capezzoli inturgidirsi solo a guardarlo. Era desiderio puro, ma era una sensazione che non provava da quando era al college, e aveva visto un bel nuotatore a una festa privata a cui aveva partecipato una sera. Adesso non ne ricordava il nome, ma era alto e snello, e aveva le spalle molto larghe. Aveva immaginato che lui la guardasse e si innamorasse follemente, ma a quanto pare non era destino; si era ubriacato di brutto, e dopo aver vomitato tra i cespugli, alcuni suoi compagni di squadra avevano dovuto aiutarlo a tornare a casa.

Anche dopo tutti questi anni, provava ancora un po' di rimpianto per non aver mai avuto la possibilità di esplorare i suoi sentimenti nei confronti di quel nuotatore, così Rayne decise che si sarebbe fatta andare bene anche solo una notte con Ghost.

Non riuscì a fare a meno di lasciar vagare la mente. Come sarebbe stato essere pelle contro pelle con lui? Il suo petto sarebbe stato coperto di peli o liscio?

«Io...» cominciò, non sapendo davvero cosa dire, ma sentendo il peso del silenzio tra di loro.

Ghost la interruppe mettendole un dito sulle labbra. «Shhhh, non decidere adesso, vediamo come vanno le cose, nessuna pressione. Passeremo il resto della giornata insieme, guardiamo tutto ciò che riusciamo a vedere, e poi partiremo da lì. Va bene?»

All'improvviso si sentì come se avesse appena preso un appuntamento per fare sesso, come una puttana di strada, e disse: «Non ti arrabbierai se non voglio...»

«Assolutamente no.» Ghost la rassicurò subito. «Sarò deluso, forse, ma arrabbiato con te? No. È una tua scelta, non ho mai costretto una donna a fare qualcosa che non voleva in vita mia, e non ho intenzione di iniziare adesso.»

«Ok.»

«Bene. Però devi anche sapere che farò tutto il possibile per convincerti a passare la notte con me. Sono attratto da te, Rayne con la "y" e la "e", e ho già immaginato come sei sotto quella gonna e la camicetta castigata. Probabilmente questo mi fa sembrare un bastardo, ma sto solo cercando di essere onesto. Quindi, qualunque cosa ti possa passare per la testa oggi, mentre ci godiamo Londra... chiederti se ho cambiato idea, o se ti desidero davvero, non dovrebbe essere uno di quei pensieri.»

Ghost non staccò gli occhi dalla bocca di Rayne, che si stava mordendo il labbro inferiore mentre lui parlava. Sollevò la mano per posarla sul suo viso, e glielo sfiorò con il pollice. «Non morderti il labbro, Rayne.»

Quando i suoi denti lo lasciarono andare, lui si chinò, spostando la mano sulla nuca. Ignorando il tassista, Ghost si avvicinò alla bocca di Rayne, tanto da farle sentire la carezza del fiato provocato dalle sue parole.

«Dio, le tue labbra sono fatte per essere baciate. Sono piene e rosa... e posso solo immaginare quanto saranno morbide contro le mie.» Fece un po' di pressione sul suo collo ma non la attirò a sé. Era ovvio che stava aspettando che lei prendesse la decisione di baciarlo o meno.

Desiderava la bocca di quell'uomo sulla sua, più di quanto volesse respirare, così Rayne si sporse in avanti quel poco che servì a chiudere lo spazio tra loro, come se le labbra di Ghost fossero dei magneti, e lei non potesse resistere alla forza di attrazione.

Quando le loro labbra si incontrarono, Rayne giurò di aver sentito qualcosa scattare tra di loro nel momento in cui si toccarono. Non ebbe il tempo di analizzare quelle strane sensazioni, perché le passò la lingua sopra e lei le aprì subito per lui, lasciandogli prendere ciò che voleva.

Ghost portò l'altra mano sul lato opposto del suo viso e le inclinò la testa con un'angolazione migliore. Si persero nel bacio nei sedili posteriori del taxi, senza prestare attenzione a dove l'autista li stava portando, o se stava prendendo di proposito la strada più lunga per raggiungere l'hotel, per guadagnare più soldi. Rayne sapeva che sarebbe valsa ogni sterlina, se fosse stato così. Le mani di Ghost rimasero sul suo viso, senza mai approfittarne, senza mai spostarsi più in basso sul suo corpo.

Rayne gli si inarcò contro e portò le mani intorno a lui, si aggrappò alla sua schiena, cercando di avvicinarsi di più. Il desiderio che provava per lui era pazzesco. Era incredibile. Non sapeva nulla dell'uomo che le divorava la bocca come se non ne avesse mai abbastanza, tranne che si chiamava John Benbrook e viveva a Fort Worth, in Texas, ma al momento non le importava.

Non aveva idea fino a che punto si sarebbero dati da fare, probabilmente non quanto *lei* avrebbe voluto, ma il tassista si schiarì la voce, e affermò che erano arrivati al Park Plaza Hotel.

Rayne si allontanò da Ghost e si rifiutò di incontrare i suoi occhi, sapendo che stava arrossendo. Si rese conto di essere più eccitata da quell'unico bacio, di quanto non fosse stata l'ultima volta che aveva fatto l'amore. Non voleva sembrare disperata, ma era pronta a mandare al diavolo il loro giro, per lasciarsi trascinare da lui al piano di sopra, in una delle stanze dell'hotel e farsi fare ciò che voleva.

Ghost sollevò una mano e la passò con dolcezza sopra la sua testa, sui capelli e lungo la schiena. Le asciugò le labbra gonfie e bagnate con il polpastrello del pollice senza dire una parola.

Rayne alla fine trovò il coraggio di guardarlo, e il luccichio nei suoi occhi la fece sentire meglio sul fatto che quella folle attrazione non era solo unilaterale. Sembrava essere a un secondo dal gettarla sul sedile e farle perdere la testa.

Con un ultimo sorriso, si tirò indietro e infilò la mano nella tasca posteriore per prendere il portafoglio. Tirò fuori un mazzetto di sterline che aveva cambiato all'aeroporto e pagò il tassista.

Rayne si prese il tempo per prendere la borsetta e aprire la portiera, scese, e andò ad aspettare sul retro del taxi Ghost e l'autista. Quando infine la raggiunsero, il tassista aprì il bagagliaio e tirò fuori la sua valigia con l'occorrente per la notte e la sacca di Ghost.

«Andiamo, Rayne» disse lui, allungando una mano per afferrare il manico della sua valigia e attirandola al suo fianco con l'altra. «Lasceremo i nostri bagagli al concierge, e vediamo in che guai riusciremo a cacciarci.»

Si sentì sollevata che, almeno per il momento, la tensione sessuale era stata spezzata, si mise accanto a Ghost ed ebbe un'idea abbastanza precisa di quale sarebbe stata la sua decisione alla fine della serata. Non voleva nient'altro che passare la notte con l'uomo misterioso al suo fianco.

Al diavolo le conseguenze.

CAPITOLO TRE

«Sei sicura di non volerti cambiare? Non può essere comodo fare il giro della città in quelle scarpe» chiese Ghost per la terza volta.

«Hai visto l'ultimo film di *Jurassic Park*?»

Ghost sembrò confuso, ma rispose comunque in modo affermativo.

«Sono come Claire. Ha fatto quel film in cui scappava da spaventosi dinosauri con i tacchi alti, e non ha battuto ciglio. Non sto dicendo che voglio che uno di quegli Indominus esca da dietro il Big Ben o altro, ma finché non hai intenzione di iscriverci a una mezza maratona, andrà tutto bene.»

Ghost sbuffò. «Una mezza maratona? Non è esattamente come pensavo di usare le mie energie oggi, ma non voglio che tu rimpianga la scelta delle scarpe a metà giornata. Preferirei che ti concentrassi su altre cose.»

Ignorando la sottile insinuazione sessuale – non era nemmeno sicura che ce ne fosse una, ma si sentiva più eccitata di quanto non fosse mai stata in precedenza, ed era possibile che ci vedesse sesso nelle sue parole, quando invece lui non le intendeva in quel modo – lo rassicurò: «Davvero, va bene così. Sto in piedi tutto il tempo quasi ogni giorno, Ghost. È tutto a posto. La compagnia aerea si è assicurata che le nostre uniformi fossero confortevoli... e che potessero mimetizzarsi lontano dal posto di lavoro. Non sceglierei di indossare questa divisa tutti i giorni, ma per ora è solo più semplice, e stiamo sprecando tempo, e io muoio dalla fame!»

Lui ridacchiò e lasciò cadere l'argomento. «Cosa vuoi mangiare?» le chiese, mentre aspettavano che il concierge tornasse con il biglietto dei bagagli.

«Fish and chips.»

«Sembri sicura.»

Rayne guardò Ghost incredula. «Non posso trovarmi in Inghilterra e *non* mangiare fish and chips! Dovrebbe essere contro la legge turistica ufficiale!»

Lui le sorrise e annuì. «Fish and chips sia.»

Il concierge tornò con il biglietto per il ritiro, e sentì il commento di Ghost.

«Se state cercando un buon ristorante, vi consiglio *Mickey's Fish and Chips*. È dietro Hyde Park, ma potete prendere la metropolitana piuttosto facilmente per raggiungerlo.»

Rayne amava ascoltare la gente parlare con l'accento britannico. Sapeva che alcune persone non avrebbero capito nemmeno una parola che l'uomo aveva appena detto, ma, a quanto pare, Ghost non capiva perfettamente solo il linguaggio delle sopracciglia, ma anche l'inglese britannico. «Grazie. Sarebbe grandioso.»

Il concierge scrisse su un foglietto quali treni della metropolitana avrebbero dovuto prendere per avvicinarsi al ristorante, e poi andò oltre, dando loro le indicazioni di quali linee li avrebbero riportati in albergo, a Buckingham Palace e all'Abbazia di Westminster, e lo consegnò a Ghost.

Li ringraziò, e loro uscirono dall'hotel per dirigersi alla stazione dietro l'angolo.

Rayne sorrise quando Ghost si posizionò sul bordo del

marciapiede, tenendola lontana dalla strada, mentre si facevano largo tra il traffico pedonale, e nell'enorme stazione della metropolitana. Comprò i biglietti, e Rayne adorò la sensazione della sua mano sulla schiena, mentre si trovavano sulle scale mobili per andare al livello superiore, dove avrebbero aspettato il treno giusto.

«Sei piuttosto bravo con tutta questa faccenda della metropolitana, Ghost» lo stuzzicò Rayne. «Lo sai che mi fa pensare ancora di più che tu sia una spia, vero?»

Ghost sorrise e la guardò. Le sue guance erano arrossate dal calore della giornata e dalla breve camminata per prendere la metropolitana. Guardandola, non poté fare a meno di ricordare la sua entusiastica partecipazione al bacio nei sedili posteriori del taxi. Era rimasto piacevolmente sorpreso di come ci si fosse buttata, senza riserve.

«Sono abituato a viaggiare, e il trasporto pubblico di Londra è uno dei migliori e più facilmente navigabili al mondo.»

Rayne scosse la testa, dato che non aveva sentito la sua risposta, a causa di una metropolitana che aveva scelto quel momento per arrivare con un rombo.

Le porte si aprirono, e un grande afflusso di persone provò a farsi strada per uscire, nello stesso istante in cui i nuovi arrivati cercavano di entrare. Quello era uno dei motivi per cui Rayne odiava le grandi città e usare la metropolitana, finiva quasi sempre con dei lividi nuovi, causati dal farsi largo in mezzo alla massa di gente.

Non oggi però. Ghost la tenne attaccata al suo fianco e si spinse tra la folla come se fosse il re d'Inghilterra. Li guidò verso una panca e la esortò a sedersi. Invece di mettersi accanto a lei, si fermò di fronte, per proteggerla ancora dalle spinte dai viaggiatori che salivano o scendevano. Afferrò la sbarra sopra le loro teste e allargò le gambe a sufficienza per tenersi in equilibrio.

C'erano così tante cose che Rayne avrebbe voluto dirgli, ma si sentiva imbarazzata con tutta quella gente intorno e la mancanza di privacy. Si accontentò di sorridere con gratitudine e di osservarlo mentre lui teneva gli occhi fissi sulle altre persone che viaggiavano in treno con loro, come se fossero terroristi e avessero potuto farli saltare in aria. Rayne non aveva dubbi sul fatto che Ghost si sarebbe lanciato in qualsiasi situazione, e li avrebbe neutralizzati. Quello era il tipo di sensazione che lui le trasmetteva, e ciò la faceva sentire al sicuro.

Era di profilo davanti a lei, e Rayne si prese il tempo per esaminarlo. I suoi bicipiti erano gonfi mentre si teneva aggrappato alla sbarra sopra la testa. La maglietta era plasmata sul suo corpo e Rayne deglutì a fatica, aveva gli occhi all'altezza del suo inguine e, ragazzi, se non era impressionante. Era un vero uomo, e la faceva sentire piccola e protetta.

Cercò di stabilire la sua altezza, e alla fine decise che dato che gli arrivava al mento, doveva essere almeno un metro e ottantacinque, o novanta. Lei era alta per una donna, ma anche con i tacchi, era piccola rispetto a lui. Il suo corpo ondeggiava al ritmo dei movimenti del treno e Rayne chiuse gli occhi, immaginando le sue braccia muscolose intorno a lei, mentre la stringeva contro di sé e le sollevava lentamente la maglietta, senza mai perdere il contatto visivo...

Il vagone del treno sobbalzò arrivando alla fermata successiva, e Rayne spalancò gli occhi. Ghost la stava guardando con un'espressione imperscrutabile. Era solita pensare di essere brava a leggere i volti delle persone, doveva esserlo con il suo lavoro, ma si rese conto che non aveva assolutamente idea di cosa stesse pensando Ghost. Il treno iniziò a muoversi, e ancora una volta lui spostò lo sguardo per guardare intorno a loro, scrutando ogni persona, come se, una volta scesi, avrebbero dovuto superare un test riguardo a quello che la gente indossava. Rayne non aveva dubbi che se fosse accaduta una cosa del genere, lui lo avrebbe superato a pieni voti.

Dopo un paio di fermate, Ghost si chinò e le disse: «La prossima è la nostra.»

Rayne annuì e si alzò per andare verso le porte. Sentì il braccio di Ghost circondarle la vita mentre il treno della metropolitana iniziava a rallentare. Lo stava facendo per aiutarla a mantenere l'equilibrio, e per chiunque avesse osservato, sarebbe sembrata una cosa da gentiluomini, ma a Rayne sembrava di più... sembrava una promessa.

Il braccio di Ghost le sfiorò il seno quando lo spostò, e Rayne poté sentire ogni centimetro del *suo* corpo solido contro la schiena mentre la sosteneva. Il palmo si posò basso sul suo fianco e sentì le dita stringerla forte. Il suo pollice non era immobile, si muoveva avanti e indietro in una carezza appena accennata. Anche se aveva un solo braccio intorno a lei, Rayne si sentì avvolta da Ghost e al sicuro, come se fosse tornata negli Stati Uniti, nella sua città natale.

La porta si aprì e uscirono praticamente allo stesso modo in cui erano entrati, con Ghost che si assicurava che nessuno le andasse addosso, o la spingesse con troppa forza. Dopo essere usciti dalla stazione ed essersi orientati, si diressero da Mickey.

Il piccolo locale era tipicamente britannico. All'esterno era appesa una bandiera dell'Union Jack, e all'interno il ristorante era piccolo e buio. Il menu, scritto su una lavagna dietro il lungo bancone, includeva tutti i tipi di pesce fritto. L'aria era pregna di odore di pesce, pastella e patate. Era paradisiaco, e Rayne sentì lo stomaco brontolare.

«Vedi ciò che vuoi?» chiese Ghost, avvicinandosi al bancone.

«Fish and chips, ovvio» rispose Rayne subito. «Non posso venire a Londra, in un ristorante di fish and chips, e prendere calamari o altro.»

«Allora fish and chips sia.» Ghost si voltò verso il giovane dietro il bancone e ordinò rapidamente.

Rayne si offrì di pagare e ricevette uno sguardo talmente contrariato da parte di Ghost, che indietreggiò e sorrise, alzando le mani in segno di resa. «Ok, ok, calmati. Dovevo farlo.»

Lui scosse la testa, alzò gli occhi al cielo, e tirò fuori qualche sterlina per pagare il pasto. Si diressero verso un tavolino scrostato in un angolo, per aspettare.

Non rimase sorpresa quando Ghost tirò fuori la sedia per lei, e poi si sedette con la schiena contro il muro, mentre lei cercava qualcosa di interessante da dire.

«Allora... hai qualche tatuaggio?»

Ghost sorrise. «Ti mostrerò i miei, se mi farai vedere i tuoi.»

«Affare fatto.» Rayne si godette l'espressione sorpresa sul suo viso.

«Veramente? Hai un tatuaggio?»

«Non essere così sorpreso, stallone. Non sono sfigata quanto sembro.»

«Non ti chiamerei mai sfigata, Rayne. Raffinata, composta, e di classe, ma non sfigata.»

«Be', grazie, credo.»

«Allora... quanti ne hai?»

Rayne si appoggiò allo schienale della sedia, incrociò le braccia davanti a lei e accavallò le gambe. «Tre. Tu?»

«Sul serio? Tre?»

«Sul serio.» Rayne osservò gli occhi di Ghost che percorrevano il suo corpo, come se potesse in qualche modo vedere attraverso i vestiti, i tatuaggi che ora sapeva essere al di sotto. «E non puoi vederli con i vestiti addosso.»

Non appena le parole lasciarono la sua bocca, Rayne arrossì. Sembravano molto più insinuanti a voce alta di quanto non fossero nella sua testa.

«Mmm, non vedo l'ora di vedere queste misteriose opere d'inchiostro.» Le parole di Ghost erano innocenti, ma il tono dietro di loro era abbastanza intenso da farle mordere il labbro, e distogliere lo sguardo dai suoi occhi che la fissavano.

«Due fish and chips. Pronti!»

L'interruzione fu benvenuta, e Ghost si alzò per recuperare il cibo. Portò sul tavolo i cestini traboccanti di pezzi unti di pesce impanato e patatine fritte, e chiese se Rayne volesse anche del ketchup. Scuotendo la testa, Rayne non aspettò che Ghost iniziasse a mangiare, prese una patatina fritta, quella che i britannici chiamavano "chip" e le diede un morso, gemendo. Era calda, abbastanza da bruciarle quasi la bocca, ma tanto unta e buona.

Mangiarono in silenzio per un po', prima che Rayne chiedesse: «Quanti ne hai?»

Ghost sapeva esattamente di cosa stesse parlando. «Uno.»

«Solo uno?»

«Sì.»

«Immagino che una spia come te non possa permettersi di avere troppi tatuaggi che potrebbero venire riconosciuti dai cattivi, eh?»

Ghost quasi si strozzò con l'acqua che stava bevendo. Era consapevole che stesse scherzando, ma le sue parole erano più vicine alla verità di quanto potesse immaginare. Fece finta di niente. «Eh, già.» Trascinò la parola e continuò con un forte accento russo: «Non posso permettere che i nemici riconoscano i miei tatuaggi.»

Lei ridacchiò e gli puntò contro una patatina. «Lo sapevo!»

Ghost si chinò e ne prese un morso, ridendo quando lei lo sgridò: «Ehi! Quella era mia! Mangia le tue di patatine!»

Era passato parecchio tempo dall'ultima volta in cui si era divertito così tanto con una donna. In genere, o lui, o lei, pensavano troppo a come sarebbe finita la serata, piuttosto che a godersi il tempo a disposizione. E mentre si immaginava come sarebbe stata Rayne, scompigliata e soddisfatta a letto accanto a lui, si stava anche godendo l'attesa più del solito. Era come una coperta calda che lo avvolgeva di sensazioni felici, invece della tensione causata dalla voglia smodata che di solito provava prima di portare una donna a letto.

Finirono il pasto e Ghost spostò il cestino vuoto, appoggiò i gomiti sul tavolo e si sporse verso Rayne. «Allora, cosa vuoi fare oggi?»

Lei scrollò subito le spalle. «Non lo so, tu cosa vuoi fare?»

Fece un verso di disapprovazione. «Andiamo, Rayne, so che ci hai pensato. Cosa faresti qui a Londra se fossi da sola e avessi un giorno libero?»

«Se proprio lo vuoi sapere...» la sua voce si affievolì.

«Voglio saperlo. L'ho chiesto, no?»

«Non significa che volessi *davvero* saperlo. Le persone lo fanno sempre, loro...»

«Rayne... spara.»

Invece di arrabbiarsi perché l'aveva interrotta, rise. «Ok, ok, Mr. Spy Man. Non agitarti. Voglio assolutamente vedere l'abbazia di Westminster e, naturalmente, il Big Ben. E se non è troppo lontano, Buckingham Palace.»

Ghost annuì, immaginava che quelli sarebbero stati sulla sua lista. «E la Torre di Londra? O il primo meridiano?»

«Il primo cosa?»

«Meridiano. È dove inizia la longitudine.»

«Eh? Inizia?»

«Sì. Se guardi un GPS è il luogo preciso in cui i numeri cambiano da est a ovest. Se stai proprio lì, con il GPS in mano, le coordinate ovest dovrebbero dare 000.00.000.»

«Mmm, sembra proprio qualcosa che solo una super-spia sarebbe interessata di vedere, a essere onesti.»

Ghost gettò la testa indietro e rise. Rise davvero per la

prima volta da molto tempo. Si allontanò dal tavolo e afferrò la loro spazzatura. «Andiamo, inizieremo con l'Abbazia di Westminster e proseguiremo da lì.»

CAPITOLO QUATTRO

G host osservò il viso di Rayne mentre passeggiavano intorno all'Abbazia di Westminster. Le aveva preso la mano quando se n'erano andati dal ristorante di fish and chips, e non l'aveva più lasciata andare. Per fortuna, nemmeno lei sembrava incline a farlo.

Era adorabile, Rayne faceva versi di stupore per tutto. Ghost era un uomo duro, aveva visto troppo nei suoi trentasei anni, e non c'erano molte cose che lo sorprendessero, o addirittura impressionassero, ma vedere Londra attraverso gli occhi di Rayne, era un'esperienza completamente diversa. Lui tendeva a vivere di corsa, a vedere le cose senza analizzarle oltre la minaccia che rappresentavano... a meno che, naturalmente, non avesse a che fare con la vita o la morte. La *sua* o quella dei suoi compagni di squadra.

Ma gli occhi di Rayne erano spalancati, mentre ascoltava la guida turistica raccontare dei vari re e regine morti, che erano stati sepolti all'interno della grande chiesa. Di tanto in tanto gli stringeva la mano e si chinava per sussurrargli "Wow" o "Puoi crederci?".

Certo, Ghost riusciva solo a pensare al suo corpo sinuoso

premuto contro il fianco, la sensazione del suo seno, il bacino che premeva contro il suo... ogni movimento gli faceva sperare che lei avrebbe scelto di passare la notte nel suo letto, piuttosto che andare ognuno per la propria strada.

Il bacio che si erano scambiati nel taxi era impresso nel suo cervello. Si era sciolta tra le sue braccia, come se l'avesse fatto per tutta la vita. I lievi sospiri e gemiti che le erano usciti dalla gola mentre le divorava la bocca, non facevano altro che fargli desiderare di sentirli mentre divorava il resto del suo corpo. Lei era un misto di innocenza e sfacciataggine, e la dicotomia suscitava il suo interesse... moltissimo.

«È davvero difficile credere che siamo proprio nel luogo in cui il principe William e Kate si sono sposati. È un pezzo di storia incredibile, e siamo qui!» sussurrò Rayne in tono riverente.

Erano rimasti indietro rispetto al piccolo gruppo di turisti che seguivano la guida, così Ghost si infilò in una rientranza e attirò Rayne a sé, appiattendola contro il suo corpo, mentre si appoggiava sulle pietre antiche. Le circondò la vita e sorrise quando si abbandonò contro di lui, appoggiando gli avambracci sul suo petto.

«Scommetto che hai visto il matrimonio della principessa Diana su Internet, non è vero?» chiese Ghost con l'espressione seria, conoscendo già la risposta.

«Oh, sì» sospirò Rayne. «Era così bella. Aveva quello strascico incredibilmente lungo, che i suoi cuginetti hanno aiutato a trasportare. Sapevi che Lady Di e Carlo hanno scelto di sposarsi nella cattedrale di St. Paul invece che qui, perchè aveva più posti a sedere? Però lei è stata *qui*. Proprio qui. È fantastico.»

Ghost sentì le prime avvisaglie di disagio mentre Rayne proseguiva. «Sei un tipo romantico» le disse con voce strana.

Rayne piegò la testa indietro per guardarlo, e annuì. «Sì. Lo sono sempre stata, e lo sarò sempre.»

«Il mondo non è una favola, Rayne» la ammonì Ghost, sentendo insinuarsi di nuovo in lui un senso d'inquietudine.

«Lo so, non sono stupida. Magari mi piace leggere romanzi e guardare commedie romantiche, ma sono realista.»

«Non penso...»

Rayne lo interruppe, si scostò indietro e gli affondò le unghie nel petto. Ghost pensò che lo stesse facendo inconsciamente.

«La scorsa settimana, sul mio volo, c'era una donna che stava andando a New York per sottoporsi a un intervento chirurgico sperimentale per il cancro al colon. Viaggiava da sola e stavo male per lei. Quindi, dopo aver servito le bevande, mi sono seduta e le ho parlato. Suo marito non aveva potuto accompagnarla perché doveva lavorare. Non gli erano rimasti più giorni da chiedere per malattia, e lei era inserita nella sua assicurazione. Non potevano permettersi che lui perdesse il lavoro, quindi ha dovuto viaggiare fin lì da sola. Non riesco a immaginare quanto fosse spaventata, o come si sentisse suo marito di non poter essere al suo fianco.

La settimana prima, avevo notato una donna con un occhio nero seduta accanto a un uomo molto grande e molto incazzato, che posso solo supporre fosse suo marito. Era ovvio che avesse subito degli abusi, ma non c'era nulla che potessi fare a riguardo. Anche la settimana precedente a quella, ho avuto il dispiacere di dover cercare di compiacere un uomo e una donna e i loro due figli. I bambini erano fuori controllo e ai genitori non importava. Tutto ciò che volevano fare era bere quante più bottigliette di alcolici avremmo servito loro.»

Si appoggiò a Ghost, come se ciò potesse contribuire a rendere l'idea. «È chiaro che pensi che essere romantico sia una brutta cosa, e anche se non mi vergogno di ammettere di voler trovare un uomo con cui passare il resto della mia vita, *so* che il mondo non è sempre rose e fiori. Il più delle volte ci sono spine ed edera velenosa. Ecco perché leggo quei libri e guardo quei film. Se l'unico modo in cui posso vivere il romanticismo è attraverso la mia immaginazione, i romanzi rosa e le nozze della Corona inglese, lo farò. Non fare il guastafeste, Ghost. Per favore, concedimi questo.»

Ghost avrebbe voluto discutere, per dirle che al mondo c'erano più coglioni che principi, e leggere romanzi rosa, o guardare film sdolcinati, non avrebbe mai cambiato quel fatto. Voleva assicurarsi che sapesse che lui non era un principe. Poteva non essere un grande stronzo come le persone che incontrava nel suo lavoro, ma non voleva che Rayne si illudesse che ciò che lui sperava avrebbero fatto più tardi, si sarebbe concluso come un film di Lifetime TV o cose simili.

«Dai, vieni a sederti con me.»

La portò fino a una delle tante panche della grande chiesa, e la spinse lungo il sedile finché non raggiunsero il centro. Si sedette, e attese che lei si accomodasse accanto a lui. Notò che era a disagio, e vide che stringeva con forza il sedile, dal modo in cui le nocche diventarono bianche.

Ghost non aveva avuto intenzione di turbarla, ma doveva esprimere la sua opinione. Non voleva che si innamorasse di lui. Sapeva che sarebbe stato meglio alzarsi e lasciarla proseguire da sola per il resto della giornata, prima che ci vedesse più di quanto avrebbe dovuto, in ciò che *probabilmente* avrebbero fatto quella notte. Ma non poteva farlo. Aveva bisogno di quella donna. La sua personalità bizzarra gli si era insinuata sotto la pelle, e poi la desiderava, più di quanto avesse mai desiderato una donna da molto, molto tempo.

«Non sono un uomo romantico, Rayne. Non sono fatto per avere una relazione.»

«Stronzate.»

«Rayne...»

«No, sul serio.» Si voltò verso di lui sulla panca. «Ti posso credere se dici che non vuoi una relazione, ma non ti crederò mai quando dici che non sei romantico.»

«Non ho mai regalato fiori a una donna in tutta la mia vita. Non mi sono mai proposto, accidenti, di solito non rimango abbastanza a lungo da poter dire a una donna che sono stato bene con lei.»

Le sue parole facevano male, ma Rayne le respinse. Sapeva cosa aspettarsi quando aveva deciso di visitare Londra con lui, ma voleva assicurarsi che capisse il suo punto di vista, che gli piacesse o no.

«Be', forse sei un po' un troglodita quando si tratta di relazioni. Non sei perfetto. Bene, lo capisco. Ma, Ghost, tu *sei* romantico.»

Quando Ghost iniziò a scuotere la testa in segno di diniego, o di disgusto, Rayne non ne era sicura, mise una mano sul suo ginocchio. «Lasciami finire.»

Aspettò che finalmente annuisse, poi continuò: «Hai pagato per ogni singola cosa che abbiamo fatto oggi, dal taxi, al pranzo, alla mancia al concierge in hotel. Quando stavamo camminando verso la stazione della metropolitana, ti sei messo tra me e il traffico sul marciapiede. Mi hai protetto dalla folla mentre entravamo e uscivamo dalla metropolitana. Mi hai fatto sedere e sei rimasto in piedi vicino a me, assicurandoti che nessuno si avvicinasse troppo. Hai persino portato la mia valigia dal taxi all'hotel. Sul serio, Ghost, fai tutte queste cose senza nemmeno accorgertene. Quella è una chiara dimostrazione di un uomo che sa come trattare una donna. *Quello* è ciò che alcune pensano sia romantico. Chi se ne frega dei fiori, moriranno presto. E anche se te ne vai senza salutare una donna, scommetto tutto ciò che possiedo che ti prendi cura di lei prima di andare via... vero?»

Non ci avrebbe creduto se non l'avesse visto di persona, ma se non si sbagliava, sugli zigomi di Ghost era apparso un leggero rossore alle sue parole.

«Allora, definisciti pure come uno che sarebbe un pessimo fidanzato, ma per favore, non sottovalutarti dicendo che non sei, almeno in parte, romantico. Il romanticismo non riguarda gli aspetti esteriori che la società ci ha inculcato fin da quando eravamo piccoli. È dimostrare in tutti quei semplici gesti, che ti importa della persona con cui stai. Che la proteggeresti se le cose si mettessero male, che provvederesti a lei, che le lasceresti scegliere ciò che vuole fare, e dove vuole mangiare, anche se non è quello che sceglieresti tu.»

Ghost rimase zitto per un po', e Rayne arrivò a pensare che forse non avrebbe detto nulla, ma infine, le prese la mano, quella che era ancora appoggiata sul ginocchio, se la portò alla bocca e ne baciò il palmo.

«Ok, hai vinto. So che dovrei salutarti qui, dovrei lasciarti godere Londra e continuare la tua vita come se non mi avessi mai incontrato.»

Quando lei aprì la bocca per protestare, Ghost scosse la testa, e proseguì subito: «Ma non posso. Non sono sicuro di poter credere alla tua fantasia di cosa sia il romanticismo, ma non riesco ancora a rinunciare a te. Sei divertente, interessante e mi affascini. Voglio vedere i tuoi tre tatuaggi più di quanto voglia andarmene. Ma sappi... me ne *andrò*.»

«Quindi è un'avventura di una notte.» Le parole di Rayne non erano una domanda.

«Temo di sì.»

«Bene. Io sono una romantica, tu non sei per niente il tipo da relazione, ma ti giuro che in questo caso la pensiamo allo stesso modo, Ghost. Rilassati e basta. Non ho intenzione di tirare fuori un anello di fidanzamento a fine serata, o di incatenarti al letto come fece Kathy Bates nel film *Misery*. Va tutto bene.»

Ghost annuì.

Rayne non riuscì a resistere dal lanciare un'ultima frecciatina: «Accidenti, per essere una spia super-segreta, ti stai comportando un po' come un cacasotto.»

Riuscì a malapena a soffocare un urlo, ricordando dove si trovavano, quando Ghost si mosse su di lei con intenzioni letali. Prima che potesse persino tentare di sfuggirgli, si ritrovò distesa sulla panca, con il suo considerevole peso appoggiato sopra il busto, mentre le bloccava le braccia sopra la testa, tenendola immobile.

«Cacasotto?»

Rayne sorrise, sapendo che non le avrebbe fatto del male in pieno giorno, nella chiesa affollata, con tutti i turisti che girovagavano. «Be', in mia difesa devo dire che hai *voluto* parlare dei tuoi sentimenti un po' troppo, rispetto a qualsiasi altro uomo per cui abbia provato attrazione.»

«Primo, non credo che mi piaccia sentirti parlare di altri uomini quando i tuoi capezzoli sono turgidi e implorano il mio tocco...»

Rayne abbassò lo sguardo e deglutì. Aveva ragione. Il modo in cui la strapazzava con tanta facilità ma facendo attenzione a non ferirla, e la sensazione del suo corpo duro premuto contro il proprio, la stava eccitando, e quella reazione lo stava dimostrando.

«... e secondo, ora che la pensiamo allo stesso modo, posso garantire che non "parleremo" molto, più tardi, stasera.»

Rayne non disse nulla, si limitò a rimanere sotto di lui, aspettando che facesse la mossa successiva. Quando non si spostò per diversi istanti, lei inarcò lievemente la schiena e mise alla prova la presa sui suoi polsi.

Alla fine, Ghost fece un respiro profondo, fece scorrere di nuovo lo sguardo sul suo seno, poi lo riportò agli occhi, si chinò e la baciò dolcemente e con delicatezza sulle labbra, poi si mise a sedere, tirandola su con sé.

«Sarai la mia morte. Non posso mettermi a baciarti su un banco nell'Abbazia di Westminster. Sarò pazzo, ma nemmeno io sono disposto a sfidare così tanto la sorte. Troppi fantasmi che guardano da sopra la mia spalla mi fanno venire la pelle d'oca. Dai, Buckingham Palace non è troppo lontano da qui, ed è dove la principessa Diana, e poi Catherine e William, si sono scambiati il primo bacio pubblicamente il giorno del matrimonio. Immagino che da romantica quale sei, ti interessi, giusto?»

Ghost sapeva di aver fatto la scelta giusta quando gli occhi di Rayne si illuminarono e disse senza fiato: «Davvero? Mi porterai lì?»

«Forza, Principessa. Andiamo a guardare il balcone.»

CAPITOLO CINQUE

GHOST SORRISE a Rayne mentre le guardie reali compivano la loro routine. Aveva smesso di piovere, per il momento, ma le nuvole erano ancora basse nel cielo, preannunciando il temporale che sarebbe sicuramente tornato. Non pioveva, ma l'umidità nell'aria aveva creato una leggera nebbia, che lui sapeva si sarebbe potuta trasformare in un acquazzone in qualsiasi momento. Ma era come se il tempo sapesse che Rayne voleva davvero vedere il cambio della guardia, e il balcone dove i reali britannici si mostravano quando il mondo lo richiedeva e se lo aspettava.

«Lo fanno tutti i giorni?» domandò Rayne senza fiato, senza distogliere lo sguardo dallo spettacolo di fronte a loro.

Ghost sorrise. Aveva sorriso come uno stupido per tutto il giorno, ma non gliene fregava niente. Rayne lo rendeva felice, vedeva il mondo da un punto di vista tutto nuovo. Non pensava che qualcuno potesse essere così... innocente, se non lo avesse visto con i suoi occhi. Fletch e gli altri della squadra non gli avrebbero dato tregua, per il ghigno stupido che aveva sul viso da quando aveva incontrato Rayne. «Sì, Principessa. Lo fanno ogni giorno.»

Lei arricciò il naso in quel modo carino tutto suo. «Ma è così... ostentato.»

Ghost fece una breve risata. «Sarà anche ostentato, ma è una tradizione, e gli inglesi ci tengono molto alle tradizioni.»

Amava come Rayne non avesse paura di dire quello che stava pensando. Non si era trattenuta con nessuno dei suoi pensieri, durante il giorno. Si era lamentata, ad alta voce, che le piastrelle nell'abbazia di Westminster erano bagnate, e che qualcuno sarebbe potuto cadere e spaccarsi la testa, e anche se il sangue sul pavimento della chiesa non era probabilmente una novità per l'edificio secolare, altrettanto probabilmente non era una buona idea con quei turisti odierni, che sarebbero stati felici di fare causa. Ghost aveva notato che non molto tempo dopo l'osservazione di Rayne, qualcuno aveva tirato fuori un tappeto, e lo aveva srotolato davanti alle porte, ed era stato messo lì vicino un cartello con scritto "pavimento bagnato".

«Capisco che sia qualcosa che hanno sempre fatto» continuò Rayne, «ma non possono fare qualcos'altro per mantenere la tradizione? Voglio dire, i soldati devono essere stufi di tutto questo cerimoniale, ed è un pericolo per la circolazione. Devono fermare le macchine ogni volta che cambiano la guardia. È pazzesco.»

Ghost trattenne la risata e cercò di cambiare argomento. «Allora, il balcone è proprio come avevi immaginato che fosse?» Si aspettò un'immediata risposta affermativa, ma come era solita fare, Rayne lo sorprese.

Inclinò la testa, e fissò il balcone vuoto dall'altro lato di una grande fontana, che si trovava nel mezzo di una rotonda. Erano sul marciapiede, sul lato opposto degli enormi cancelli in ferro battuto che circondavano il palazzo. Ghost aveva cercato di convincerla ad avvicinarsi di più, ma gli aveva risposto che preferiva stare dall'altra parte della strada, in modo da poter osservare tutto.

«Pensi che siano nel palazzo ora, a guardare mentre siamo fermi qui e le persone che passano, desiderando di avere una vita più normale? Voglio dire, sto qui a pensare a quanto sarebbe bello essere sposati con un principe, vivere all'interno del palazzo, ed essere servita e riverita, ma come hai sottolineato in modo eloquente prima, il mondo non è una passeggiata, e forse non è poi così romantico far parte della famiglia reale, dopotutto.»

«Rayne...»

Come al solito, gli parlò sopra. «Voglio dire, probabilmente Diana pensava di aver vinto la lotteria, era giovane, molto più giovane di quanto sono io ora, ed era cresciuta in Inghilterra, pensando che la famiglia reale fosse qualcosa di straordinario e anche di più. Poi si è sposata ed è entrata a farne parte, e *ora,* sappiamo tutti che non è stata una passeggiata nel parco per lei. È solo che...» s'interruppe, e guardò Ghost scrollando le spalle, quasi imbarazzata per come stava proseguendo, e terminò velocemente: «Sì, è bello essere qui a vedere il balcone.»

«Vuoi che ti faccia una foto?»

«Davvero? Sì, ti prego.» Rayne si mise in posa sul marciapiede con un sorriso stupido sul viso, e indicò il piccolo balcone sul davanti di Buckingham Palace. Ghost le restituì il telefono, e Rayne lo attirò contro di sé. «Dai, facciamoci un selfie questa volta!»

Ghost sapeva che non avrebbe dovuto farlo, che avrebbe dovuto dirle che faceva il tipo di lavoro per cui non poteva rischiare che le sue foto circolassero su Internet. Poteva chiederle di non postarla da nessuna parte, ma anche se lei fosse stata d'accordo ora, avrebbe potuto dimenticarsene, o arrabbiarsi, e comunque, sarebbe potuta apparire lo stesso in un modo o nell'altro. Solo che non era una mossa intelligente mostrarsi nelle foto con qualcuno con cui avevi un'avventura. Punto. Erano stati avvertiti dal colonnello, e tutti i membri dei team sapevano di dover evitare a qualunque costo di farsi fotografare. Ma Rayne lo conosceva come John Benbrook, non come Keane Bryson, e dopo questa sera non l'avrebbe mai più rivista. Inoltre, non pensava che fosse il tipo di donna che subissava i social di ogni suo movimento. Aveva detto, senza mezzi termini, di non aver mai avuto prima una storia di una notte, quindi pensò che fosse abbastanza sicuro posare per una foto con lei.

Ghost mise un braccio intorno a Rayne e la attirò più vicino a sé. Lei rise e allungò la mano con il telefono.

«Sorridi!» gli ordinò. Rayne scattò la foto e girò il telefono per dare un'occhiata. Si voltò verso di lui con un'espressione accigliata. «Non hai sorriso» si lamentò. «Dai, facciamone un'altra, e *sorridi* questa volta, maledizione.» Le sue parole erano severe, ma il tono era canzonatorio.

Per ragioni che Ghost non capì – ma non si fermò ad analizzare le sue azioni – tirò fuori il telefono. «Lo facciamo sul mio questa volta.»

Rayne gli sorrise, contenta che anche lui volesse una foto di loro due insieme.

«Va bene. Ma assicurati di prendere il balcone. Non tagliare le nostre teste. Oh, e se riesci a prendere il...»

«Zitta, donna, ho capito» le disse Ghost con un finto ringhio. «Sono un professionista.»

Rayne ridacchiò, mise entrambe le braccia intorno alla sua vita e si appoggiò a lui. «Un professionista? Professionista di cosa, questa è la domanda.» Lo guardò di nuovo, sorridendo, la gioia trapelava da ogni poro del suo corpo. «Ok, ma non incolpare *me* se non riuscirai a far rientrare le cose belle nell'inquadratura.»

Ghost guardò la donna tra le sue braccia. Le aveva messo un braccio intorno alle spalle e l'altro era disteso con il telefono in mano, pronto a scattare la foto. «Ho inquadrato tutte le cose belle, non preoccuparti.»

Rayne sorrise e voltò la testa per guardare il telefono.

«Ok, al tre» ordinò. «Uno... due... tre!»

Ghost scattò la foto e si rimise il telefono in tasca, prima che Rayne riuscisse a strapparglielo dalle mani per guardare il momento che aveva appena immortalato.

«Ghost! Devo guardarla e approvarla!»

«Approvarla?»

«Sì, lo sai, assicurarmi che sia venuta abbastanza bene da tenerla. Potrei sembrare una sfigata!»

«Non sembri una sfigata» le disse Ghost, in tutta onestà.

«Se lo dici tu. Non l'hai nemmeno guardata, e inoltre, non ci si può fidare delle opinioni degli uomini.»

«Sul serio?»

«Sì. A voi non importa di cose come i capelli e il trucco, o se l'immagine è sfocata.»

«I tuoi capelli sono a posto, non hai molto trucco e l'immagine non è sfocata.»

«Come lo sai? Non l'hai guardata! E se i miei occhi fossero chiusi? Poi quando lo vedrai sarà troppo tardi e sarai triste, perché invece di poterti vantare con i tuoi amici della ragazza che hai avuto a Londra, dovrai...»

«Non ho intenzione di vantarmi» la interruppe.

Rayne non capì il tono della voce di Ghost. Inclinò la testa e disse seria: «Pensavo che tutti i ragazzi si vantassero delle loro conquiste.»

«Prima di tutto, gli *uomini* non fanno queste cazzate. È da stronzi. In secondo luogo, non ho nessuna intenzione di mostrare la tua foto ai miei amici. Questo momento è nostro.»

«Ma...»

«Non è che non voglia che tutti i miei amici siano gelosi perchè sono stato con una bella donna, dopo una splendida giornata a Londra... ma quello che faccio, e con chi lo faccio, sono affari miei. E tuoi. E di nessun altro.»

«Wow. Ehm, ok. Ma devi sapere» Rayne arricciò il naso e scrollò le spalle scusandosi, «che probabilmente ne parlerò con la mia amica Mary. Voglio dire, non entrerò nei dettagli, ma dopo quel messaggio che le ho mandato, vorrà sapere com'è andata. Fino a questo momento, non so *come* sarà, ma se dovessi tirare a indovinare, penso che mi farai impazzire. E visto che è la mia prima avventura di una notte, dovrò raccontarlo alla mia migliore amica. Sai, il codice tra ragazze e cose così.»

Sentì Ghost ridacchiare contro di lei. «Non dici mai quello che penso che tu stia per dire.»

«Spero che non sia una brutta cosa.»

«No, non lo è.»

«Va bene. Quindi... posso vedere la foto per assicurarmi che i miei occhi non siano chiusi?»

«No.»

Rayne roteò gli occhi. Alla fine, gli tolse le braccia da intorno alla vita e alzò lo sguardo verso il cielo, mentre la pioggia ricominciava a cadere in modo lieve. Sospirò. «Ok, va bene, hai vinto. Sta di nuovo piovendo» affermò inutilmente.

«Hai guardato abbastanza il balcone?»

«Sì.» Rayne si girò verso il grande palazzo per un attimo. «È davvero bello però, vero?»

Ghost non rispose.

Rayne si voltò verso di lui. «Ok, ti ho torturato abbastanza. Cosa c'è dopo nell'ordine del giorno?»

Ghost sapeva esattamente cosa voleva fare. «Sei mai stata su una ruota panoramica?»

«Ovvio.»

«Non su una come questa. Vieni.» Ghost le prese la mano tra le sue, mentre chiamava un taxi.

CAPITOLO SEI

«Non sono convinta, Ghost» disse Rayne nervosamente, stringendogli forte la mano mentre entravano in uno degli scompartimenti del famoso London Eye. La giornata finora era stata meravigliosa. Rayne non sapeva perché aveva avuto la fortuna di scegliere di sedersi per caso accanto a Ghost in aeroporto, e poi del volo cancellato, e ora di passare la giornata con lui in città, ma di certo non si sarebbe lamentata. Avrebbe semplicemente cavalcato l'onda, e sperato che alla fine tutto sarebbe andato per il meglio.

«Non preoccuparti, Principessa. Pensi che ti farei fare qualcosa per cui potresti farti male?»

«Ehm...»

«Non lo farei. Sei al sicuro con me.»

Rayne guardò Ghost. *Al sicuro con lui*. Se avesse potuto, si sarebbe sciolta in una pozza ai suoi piedi. La prendeva in giro perché aveva un animo romantico, ma se solo ascoltasse le sue stesse parole. Aveva provato a dirgli quanto *era* stato romantico tutto ciò che aveva fatto fino a quel momento, ma era certa che non le aveva creduto.

Il fatto era che si *sentiva* al sicuro con lui. Non c'era alcuna possibilità che qualcuno li infastidisse. Avrebbero dato un'occhiata a Ghost, e saputo d'istinto che era un uomo con cui non si scherzava. Era quello che aveva pensato la prima volta che lo aveva visto in aeroporto. «Lo so.»

L'autista del taxi che li aveva prelevati a Buckingham Palace, aveva un aspetto molto losco. Se fosse stata da sola, lo avrebbe lasciato andare, e avrebbe camminato o chiamato un altro taxi. Ma non Ghost. L'aveva trascinata sul sedile posteriore, si era sporto in avanti con il suo telefono per scattare una foto al tesserino identificativo del conducente, e aveva premuto qualche altro tasto sul cellulare. Poi aveva detto all'autista di portarli al London Eye, e con una voce profonda e chiara, che sottintendeva che non scherzava, lo aveva avvisato: «Ho appena inviato la tua identità a un amico, un ufficiale della polizia di Londra. Se ci tieni al tuo lavoro, ci porterai lì sani e salvi. Si aspetta un messaggio da me tra dieci minuti, che è un sacco di tempo per farci arrivare a destinazione. Se non lo dovesse ricevere, l'intero dipartimento cercherà questo taxi... e te.»

L'autista non aveva detto nulla, solo annuito nervosamente, pensò Rayne. Non sapeva se Ghost conoscesse davvero qualcuno che lavorava nelle forze di polizia qui a Londra, ma a dire il vero, non si sarebbe sorpresa di nulla. Ancora non sapeva cosa facesse davvero per vivere, ma stava cominciando a pensare che la sua ipotesi di spia, o cacciatore di taglie, si avvicinasse più di quanto pensava. L'aveva detto per scherzo in quel momento, ma ora non ne era così sicura.

L'autista si era buttato in mezzo al traffico e li aveva portati nel famoso posto turistico di fronte all'Abbazia, senza chiacchierare del più e del meno, e tutto ciò che aveva detto Ghost quando erano scesi dal veicolo, dopo essere arrivati, era stato "Buonanotte".

«Andiamo, lo adorerai» le disse Ghost, riportandola al presente e all'enorme ruota panoramica, conducendola alla piccola panchina nel mezzo dello scompartimento.

Quando la porta si chiuse dietro di loro, Rayne chiese sorpresa: «Siamo gli unici qui dentro? Questa cosa può contenere almeno trenta persone, cosa sta succedendo?»

«Piove, ed è un mercoledì sera qualsiasi, Principessa, non ci sono molte persone in giro. Ho infilato in mano al ragazzo cinquanta sterline, e lui ha accettato di farci avere lo scompartimento tutto per noi.»

Rayne si accigliò. «L'hai corrotto?»

«Sì.»

«Ma...» Rayne non riuscì a trovare una protesta adeguata.

Ghost rise della sua reazione scioccata. «Divertiti e basta, Rayne. È tutto a posto.»

«Va bene. Come vuoi, ma se non hai davvero un amico nelle forze di polizia, e ti trascineranno in galera quando scendiamo, non aspettarti che ti paghi la cauzione.»

Si sedettero insieme tenendosi per mano, mentre l'enorme ruota iniziava a girare. Non era come le ruote panoramiche che si trovavano negli Stati Uniti, questa saliva molto lentamente, Rayne non avrebbe nemmeno saputo dire se si stavano muovendo, se non fosse che il paesaggio si faceva sempre più piccolo mentre salivano.

Rayne si alzò e si aggrappò al parapetto della vetrata. Sentì Ghost arrivare alle sue spalle e mettere le mani ai lati del suo corpo, poi si chinò su di lei, indicando i punti d'interesse della grande città, mentre salivano, sempre più in alto, sopra il Tamigi.

«Quella è la Torre di Londra.»

«Non hanno torturato delle persone lì, nei sotterranei?»

Ghost ridacchiò. «La storia non è il tuo forte eh, Principessa?»

Rayne cercò di voltarsi per protestare, ma Ghost le mise le mani sui fianchi e la tenne ferma. Si chinò in modo che le loro teste fossero allo stesso livello. «Rilassati, ti stavo stuzzicando. La Torre di Londra era il luogo in cui in origine vivevano i reali. È stata anche un'armeria, una tesoreria, e persino i Gioielli della Corona d'Inghilterra sono tenuti lì, altamente sorvegliati. Ma, sì, per rispondere alla tua domanda, è stata anche una prigione. Tuttavia, dovresti sapere che nonostante ciò che la storia vuol far credere alla gente, in realtà sono state giustiziate solo sette persone lì, prima del 1940. Ora è solo un'attrazione turistica.»

«Oh. Questa sì che è una delusione. Mi piaceva il fatto che fosse una grande prigione infestata, dove era stata incarcerata la peggiore feccia. Sai molto a riguardo» osservò Rayne.

Ghost scrollò le spalle. «Mi piace la storia militare.»

«Ovviamente.»

Ghost sorrise contro i capelli di Rayne. Gli piaceva quando faceva un po' la sarcastica con lui. Era una boccata d'aria fresca, rispetto alle persone con cui di solito aveva a che fare nella sua vita.

«Che altro sto guardando?»

Ghost indicò altri punti d'interesse del panorama di Londra, mentre continuavano a guadagnare quota. Quando raggiunsero la parte più alta della ruota, Ghost la spostò fino a che non videro di nuovo l'Abbazia di Westminster, molto al di sotto di loro.

«Guarda, Ghost! È il Big Ben!»

«In realtà, il suo vero nome è Elizabeth Tower.»

«Che cosa?»

«Elizabeth Tower. Big Ben è solo un soprannome. Prima di allora, era conosciuto semplicemente come la Torre dell'Orologio.»

Rayne si girò tra le braccia di Ghost e gli cinse la vita.

«Davvero? Per fortuna lo hanno cambiato. La Torre dell'Orologio è un nome davvero noioso per uno degli orologi più famosi al mondo. Cos'altro?»

«Cos'altro?»

«Cos'altro sai del Big Ben?»

Ghost le sorrise. «Big Ben è il soprannome dell'orologio e della torre in cui si trova, ma in realtà sarebbe il nome della campana. Inoltre, non è il più grande orologio a quattro facce del mondo... il più grande è di fatto negli Stati Uniti, nello specifico, a Minneapolis. Ai visitatori stranieri non è permesso salire in cima alla torre, ma i residenti del Regno Unito sono autorizzati, a condizione che siano patrocinati da un membro del parlamento.»

«Qualcos'altro?» chiese Rayne con un ghigno, stupita di quanti fatti particolari conoscesse.

«Sì, non c'è un ascensore, quindi, chiunque voglia arrivare in cima, deve salire i trecentotrentaquattro gradini per arrivarci... poi farne altrettanti per scendere.»

«Trecentotrentaquattro? Te lo sei inventato? Come fai a saperlo? Sei stato lassù?»

Ghost sorrise a Rayne, ma non rispose.

«Ci sei stato! Come diavolo ci sei riuscito? Conosci qualcuno al governo, oltre che nelle forze di polizia? Non vivi qui, vero?»

«No. Sono un cittadino americano, proprio come te.»

Rayne fissò Ghost per un istante, cercando di usare il suo inesistente potere di fusione mentale per convincerlo a raccontarle i suoi segreti. Alla fine sbuffò. «Avevo ragione...sei decisamente una spia. Va bene, non dirmelo. Probabilmente sei il migliore amico della regina o qualcosa del genere.»

O qualcosa del genere era giusto, ma Ghost non glielo avrebbe detto. Era incredibile la quantità di connessioni che aveva per il fatto di essere un soldato della Delta Force. Nella sua carriera, aveva protetto, e persino salvato la vita, di alcuni uomini e donne potenti.

Girò Rayne, per far sì che guardasse di nuovo la città. Il debole sole stava tramontando, e si stava lentamente facendo buio.

Rayne sospirò quando Ghost la tenne tra le braccia, mettendole le mani sui fianchi, e rabbrividì. Dio, era una sensazione bellissima.

Sentendola rabbrividire, fece scorrere le mani su e giù sulle sue braccia. «Hai freddo, Principessa?»

Gesù. Principessa. Avrebbe potuto fare di meglio? L'aveva già chiamata così più volte, ma era chiaro, che avesse ufficialmente deciso che quello era il suo nuovo soprannome. Avrebbe dovuto sentirsi irritata, ma le piaceva tanto. «No, non proprio.»

«Vieni qui.» Ghost la chiuse completamente nel suo abbraccio; la circondò con le braccia in modo che la mano destra fosse posata sul fianco sinistro, e la mano sinistra su quello destro. Lei appoggiò le sue sugli avambracci di Ghost, e infine, sospirò.

«Che cosa sta succedendo in quella tua testa?»

«Mi sono divertita oggi.»

«E?» la sollecitò.

«E non voglio che finisca. Ma» disse, sentendo le sue mani stringerla «ho paura.»

Le sue braccia si allentarono subito e Rayne ne sentì la mancanza. La voltò per far sì che si trovasse di fronte a lui, le mise un dito sotto il mento e glielo sollevò, in modo che non avesse altra scelta che guardarlo. «Paura di me?»

Rayne scosse la testa. «Non esattamente.»

«Dimmelo. Spiegati.»

Rayne si morse inconsciamente le labbra, cercando di pensare a come voleva esprimere le sue paure. «Ho compreso quello che hai detto prima... e sono d'accordo con tutto. Ma, non ho mai fatto una cosa del genere.» Fece un gesto tra loro. «Ero seria quando ti ho detto che sono una sfigata. Io non ho mai avventure di una notte, non ho avuto un fidanzato in due anni, mi piace leggere e sai che sono una romantica. Dormire con te va contro tutto quello che ho mai pensato di fare, e non è sicuro andare a letto con qualcuno che non conosci. Non so se hai qualche malattia contagiosa, o se sei un pervertito, o chissà cos'altro. Per quel che ne so, il tuo documento d'identità era falso, e il tuo nome non è davvero John Benbrook, e non sei di Fort Worth. Sono solo... spaventata.

Ma devi sapere che... non penso di aver mai desiderato un uomo più di quanto desidero te. Non ho mai dovuto sforzarmi di pensare a come potrebbe essere il tuo petto, o quanto è grande il tuo... be', quanto sei grande, o anche alle sensazioni che mi daranno le tue mani sulla pelle. Quindi, tutto ciò mi fa andare fuori di testa. Tutto quanto. John, penso che non dovrei...»

«Chiamami Ghost» ordinò all'istante, e quando lei annuì, continuò: «Hai assolutamente ragione, non è sicuro dormire con qualcuno che hai appena incontrato. Ma te lo dico subito, non ho una malattia contagiosa, non sono un pervertito, tuttavia, se voler assaggiare ogni centimetro della tua pelle, voler scoparti così forte che mi sentirai ancora nei giorni successivi, per poi leccarti dopo che sei venuta sul mio cazzo, è un comportamento sessualmente deviato, dovrò modificare quel concetto. E, Principessa, non sei la sola a provare questa attrazione, non ho smesso di pensare a cosa c'è sotto a quei vestiti sexy, da quando ti sei seduta vicino a me in aeroporto. Dovremmo assolutamente farlo. Ogni donna dovrebbe avere nella vita, almeno un'avventura di una notte. Dio, ti prego, prendi ciò che vuoi. Prendimi. L'ho detto prima, e lo dirò di nuovo, sei al sicuro con me, Rayne Jackson.»

«Quanto manca perché questa cosa arrivi in fondo?»

«Penso che abbiamo un po' di tempo» mormorò Ghost,

abbassando la testa verso la sua. «Un sacco di tempo da permettermi di assaporare di nuovo queste labbra deliziose.»

Rayne sorrise all'uomo di fronte a lei e si leccò le labbra in attesa del suo bacio.

«Dio» gemette «sarai la mia morte.» E abbassò la bocca sulla sua.

CAPITOLO SETTE

GHOST SAPEVA che stava facendo uno dei più grandi errori che avesse mai commesso in vita sua, ma non riuscì a fermarsi. Se Hollywood fosse stato lì, lo avrebbe schiaffeggiato sulla nuca dicendogli di usare la testa per *pensare*. Ma Hollywood e gli altri suoi compagni di squadra *non* c'erano, e Ghost non poteva resistere alla donna dolce, divertente, e un po' nerd che gli teneva la mano e cercava di non iperventilare come se la sua vita dipendesse da ciò.

Si era sentito in colpa quando lei aveva espresso il suo turbamento e la sua paura mentre erano sul London Eye, e gli aveva detto che anche se temeva che il suo nome non fosse davvero John, non era sufficiente da voler fermare quello che stava per succedere.

Aveva *bisogno* di Rayne. Aveva bisogno di lei come un tossicodipendente ne aveva della dose successiva. Una parte di lui sapeva che se ne sarebbe pentito se non se la fosse portata a letto... e non perchè era un assatanato, ma perché sapeva che il tempo passato insieme a lei lo avrebbe cambiato in modo radicale.

Stava facendo il sentimentale, ma Rayne era la prima donna in tanto tempo da cui si sentiva attratto, sia dalla sua personalità sia dal suo corpo. Diceva quello che pensava, non aveva paura di mostrare le proprie emozioni, ed era divertente stare con lei. Sì, era anche sexy, e non vedeva l'ora di mettere le mani sul suo corpo, ma era qualcosa di più profondo. Per la prima volta nella sua vita, sentì di essere in sintonia con una donna.

Lo spaventava da morire, ma Ghost sapeva che non poteva andarsene. Non *voleva* andarsene.

Sentire Rayne dire che aveva pensato a come avrebbe potuto essere senza vestiti... che voleva sapere quanto fosse grosso il suo cazzo, sì, in quel momento, era diventato come creta nelle sue mani, e lei non ne aveva idea. Nessuna. Aveva detto che aveva paura di lui, ma in realtà era il contrario. Era *lei* che *lo* terrorizzava. Non si era mai sentito come ora, in tutta la sua vita, gli sembrava come se non avesse mai vissuto veramente se non fosse entrato in lei, se non avesse potuto assaporarla, annusarla, sentirla abbandonarsi sotto le sue mani.

Ma era più di questo. Nel profondo sapeva che una notte non sarebbe stata sufficiente. Per la prima volta in assoluto, stava contemplando il fatto di provare a trovare il modo di incontrarsi di nuovo con una donna... di rivederla. Non aveva mentito quando le aveva detto che era il tipo di uomo da una sola notte; prima di tutto, il suo lavoro lo richiedeva, ma in secondo luogo, non aveva mai trovato una donna che lo avesse interessato abbastanza da volerla conoscere più a fondo.

Ciò lo rendeva uno stronzo, ma finora non aveva ricevuto lamentele. Diceva sempre chiaramente alla donna che non poteva darle più di una notte a letto, e se lei si impuntava, la mollava con tatto e se ne andava. Una o due avevano provato a cambiare le regole del loro accordo, dopo che avevano scopato, ma in ogni caso, Ghost se ne andava sempre.

Il fatto era che voleva conoscere più cose di Rayne, e sapeva che una notte con il suo corpo sotto di lui, sopra di lui, e in tutte le altre posizioni che riusciva a immaginare, e persino qualcuna che non riusciva... non sarebbe stata sufficiente. Lo sapeva, fin nel midollo, ma questo non cambiava il fatto che non poteva avere ciò che voleva.

Probabilmente Ghost avrebbe potuto resisterle e andarsene, ma da quando aveva detto che non aveva mai avuto un rapporto occasionale, e non aveva un ragazzo da due anni, tutto quello a cui riusciva a pensare era che fosse pura. *Pura*. Keane Bryson non aveva nulla di "puro" nella sua vita. Le sue mani erano ricoperte dal metaforico sangue di tutti gli uomini e le donne che aveva ucciso per il suo Paese.

Aveva visto troppo odio, gelosia, ingordigia, egoismo e assoluta stupidità nel mondo. Non sapeva nemmeno che esistesse qualcuno di così innocente e ingenuo come Rayne Jackson, tranne nei film romantici che lei sosteneva le piacesse guardare. E anche se lo avesse saputo, si rendeva conto che non le avrebbe *mai* dato una possibilità. Ma averla lì davanti, a dirgli senza mezzi termini che aveva pensato a come sarebbe stato sentirlo contro la sua pelle, era troppo per riuscire a resistere.

Ghost non era un uomo egoista. Il suo team Delta Force veniva per primo. Il suo Paese per secondo. Se qualcuno avesse avuto bisogno di cibo, gli avrebbe ceduto il proprio. Se avessero avuto bisogno di un'arma, avrebbe dato volentieri la sua. Non aveva nemmeno paura di dare la sua vita, se ciò significava salvare uno dei suoi compagni di squadra, o qualcuno che doveva proteggere in missione.

Ma questo? Non poteva rinunciare a questo. Ghost pensò di meritare di essere egoista per una volta.

Aveva bisogno di Rayne, e l'avrebbe avuta. E non solo una volta, ma tutte le volte che avrebbe potuto, prima che fosse arrivato il momento di andarsene. Si sarebbe tolto la voglia, e gli sarebbe rimasto il ricordo della donna sexy che aveva sedotto durante una fortunata sosta a Londra.

Entrarono nell'atrio del Park Plaza Hotel, e dopo aver ritirato i bagagli dal concierge, per poco non andarono a sbattere contro una donna su una sedia a rotelle con il cane guida accanto a lei. La oltrepassarono mormorando delle scuse, e mentre Ghost teneva la mano su Rayne, si avvicinarono alla reception e riuscirono a ottenere una stanza per la notte.

Ghost sapeva che Rayne era imbarazzata, era arrossita quando lui aveva chiesto una stanza con il letto più grande che avevano, e con la vista sul London Eye. Era arrossita mentre lui dava alla donna dietro il bancone la sua carta di credito. Era arrossita persino quando la signora sulla sedia a rotelle era tornata dentro, e li aveva salutati mentre passava accanto a loro per tornare nella sua stanza.

«Non devi essere imbarazzata, Rayne» le disse Ghost, quando l'impiegata della reception andò un momento in una stanza sul retro.

«Mi sento come se avessi tatuati sulla fronte "rapporto occasionale" e "puttana"» sussurrò.

Ghost si chinò e le baciò la testa. «Ti garantisco che non è così. Sei così lontana dall'essere una puttana che non dovresti nemmeno dirlo per scherzo. Rilassati.»

Terminò il check-in, si gettò il borsone sulla spalla, afferrò il manico della sua valigia e le prese la mano con quella libera. Nessuno dei due parlò mentre salivano con l'ascensore, né quando uscirono al loro piano.

Ghost aprì la porta e la tenne ferma per far entrare Rayne prima di lui. La guardò appoggiare la borsetta sul cassettone, e poi andare dritta alle finestre che andavano dal pavimento al soffitto. La camera era bella, ma non era enorme, come era tipico degli alberghi europei. Rayne tirò indietro la tenda e rimase a bocca aperta.

Il sole era tramontato del tutto mentre si stavano registrando, e la loro stanza si affacciava sul London Eye e sull'Abbazia di Westminster.

«È bellissimo» sospirò Rayne, guardando le luci della città che brillavano in lontananza.

Ghost le si avvicinò e le mise le mani sulle spalle. «*Sei* bellissima» le disse sincero, spostandole i capelli da una spalla, per baciarle con dolcezza il collo.

«Penso di riuscire a vedere anche Buckingham Palace da qui. Eravamo davvero così in alto sul London Eye? Oh, a che ora parte il nostro aereo domani? Sei *riuscito* a entrare nella lista d'attesa, giusto? Dobbiamo programmare la sveglia?»

Ghost fece voltare Rayne finché non si trovò di fronte a lui invece che alla finestra, sapendo che era nervosa per l'imminente notte. «Sì. Ho parlato con l'addetta alle prenotazioni, e le ho detto di mettermi in attesa e che avrei confermato domani mattina. Non essere nervosa, Principessa. Rispetteremo i tuoi tempi, ok?»

La guardò deglutire a fatica e annuire. «Va bene.»

«Perché non ti metti qualcosa di più comodo? Poi ci sediamo e parliamo.»

«Parliamo?»

«Sì, parliamo. Poi se vuoi fare di più, lo faremo. Se in qualsiasi momento vorrai smettere, ci fermeremo.»

«Così, semplicemente?»

«Sì, Principessa, così, semplicemente. Oggi ti ho detto che non ti avrei mai costretto a fare qualcosa che non volevi, e ciò non è cambiato. Anche se, devo dirtelo... spero che tu non *voglia* fermarti, e farò tutto quanto è in mio potere per cercare di convincerti a continuare.»

«Ti voglio, Ghost, sono solo nervosa. Grazie per essere paziente con me. Ce la farò.»

«Allora, aspetterò anche tutta la notte se sarà necessario. Vai, cambiati, scenderò di sotto e mi assicurerò che il servizio sveglia sia programmato.» Sapeva che non doveva lasciare la stanza per impostare la chiamata, ma pensò che Rayne sarebbe stata più a suo agio se non fosse stato lì, una volta cambiata.

«Grazie, Ghost. Non ci metterò molto.»

Ghost la attirò contro il suo corpo e la abbracciò. Aspettò, compiaciuto quando sentì le sue mani scorrere esitanti intorno a lui e fermarsi sulla sua schiena. Si tirò indietro, la baciò lievemente sulle labbra e le strinse i bicipiti. «Torno subito.»

Prese l'ascensore fino all'atrio, uscì e si appoggiò all'edificio dopo aver parlato un attimo con la donna alla reception. Non aveva bisogno di programmare una sveglia per se stesso, si alzava senza problemi, si svegliava sempre presto al mattino. I ragazzi del team avrebbero potuto usare lui come orologio. Tuttavia, aveva chiesto una chiamata alle sei, per Rayne. Doveva tornare all'aeroporto per andare al lavoro, e non voleva che perdesse il volo e si mettesse nei guai.

Sapendo che ciò che aveva intenzione di fare era una cosa da bastardi, aveva comunque preso degli accordi perché Rayne raggiungesse l'aeroporto la mattina dopo senza di lui. L'aveva avvertita, quindi sapeva che molto probabilmente si sarebbe svegliata da sola... o almeno non sarebbe stata sorpresa quando l'avrebbe fatto.

Ghost aspettò quello che pensava fosse un tempo sufficiente per Rayne per cambiarsi, e fare qualsiasi cosa le donne facessero per prepararsi per andare a letto, e poi tornò di sopra. Mise la chiave nella serratura e aprì la porta. Le luci erano state abbassate, e Ghost poteva solo vedere la forma di

Rayne sul letto. Si avvicinò al suo borsone, lo prese e andò in bagno.

Uscì pochi minuti dopo, indossando un paio di pantaloni della tuta grigi e senza maglietta. Si avvicinò al letto e scostò il lenzuolo. Si allungò sul suo lato e si appoggiò su un gomito, rivolto verso Rayne.

Era seduta dritta con le braccia attorno alle ginocchia piegate. Indossava una canottiera nera e un paio di pantaloni larghi viola brillante. Ghost sorrise.

«Viola, eh?»

Guardò Rayne che sorrise a sua volta, e girò la testa verso di lui. «Sì, mi piacciono i colori vivaci.»

«Vedo. Facciamo un gioco.»

«Un gioco?» Rayne aggrottò le sopracciglia, confusa.

«Sì. Associazione di parole. Dirò una parola e mi dirai la prima cosa a cui pensi quando la senti. Poi toccherà a te dirla, e farò la stessa cosa.»

«Qual è lo scopo?»

Ghost sorrise di nuovo, amava che fosse così schietta. «Lo scopo è farti rilassare un po'... e conoscerci un pochino meglio.»

«In che modo questo gioco ci aiuterà a conoscerci meglio? E non è che vanifichi il fine di un rapporto occasionale?»

«Soldato» disse Ghost, senza rispondere alla sua domanda. L'obiettivo principale del gioco era quello di farle distogliere la mente da quello che stavano per fare, e di farle abbassare la guardia.

«Fort Hood» rispose lei subito.

«Perché Fort Hood?»

«Perché è la più grande base militare del Texas, mio fratello è lì, ed è la prima cosa che ho pensato.»

Ghost imprecò tra sé. C'era da immaginarlo che con la fortuna che si ritrovava, suo fratello sarebbe stato di stanza nello stesso posto dove lo era lui. Ma pur essendo a conoscenza di quel piccolo particolare, non era disposto a voltare le spalle a Rayne. Aveva troppo bisogno di lei per andarsene adesso. «Ok, è il tuo turno.»

«*Londra*» disse con un bagliore negli occhi.

«Baciarti sul London Eye» rispose subito Ghost. Guardò Rayne sorridere. «*Sesso*.»

«Imbarazzo.» Non appena lo disse, si mise una mano sulla bocca, e chiuse gli occhi mortificata.

Ghost allungò una mano e gliela posò sul piede. «Il sesso ti provoca imbarazzo?»

«Purtroppo, sì.»

«In che senso?»

«In tutti i sensi. È strano, spogliarsi con qualcuno, cercare di capire dove dovrei mettere le mani, aspettare che lui finisca... è strano e basta.»

Il battito del cuore di Ghost accelerò, mentre la ascoltava. Era ovvio che non fosse vergine, ma dannazione voleva introdurla alla passione. Se si fosse persa nel momento, non si sarebbe preoccupata di dove fossero le mani o se lui fosse venuto o meno. «È il tuo turno» disse con voce strozzata.

Rayne si appoggiò contro i cuscini e lasciò cadere le gambe, allungandole di fronte a lei. La mano di Ghost scivolò dal piede alla coscia.

«*Casa*.»

La prima cosa che gli venne in mente fu "da nessuna parte", ma sapeva che non poteva dirlo. «Fort Worth.»

Nella stanza cadde per un attimo il silenzio, prima che lei dicesse sottovoce: «È il tuo turno.»

«Raccontami della tua famiglia.»

«Della mia famiglia? Non sono sicura che questo mi metterà dell'umore giusto, Ghost.»

Lui ridacchiò. «Dimmelo lo stesso.» Guardò Rayne rilassarsi ancora di più. Il suo piano stava funzionando esattamente come sperava.

«Be', ho un fratello e una sorella. Sono la figlia di mezzo. Mia sorella è più grande di me di tre anni, e io ne ho due più di mio fratello. Samantha è un'attrice e vive in California, è stata scritturata per alcuni film, ma sta ancora aspettando la sua grande occasione.»

«E tuo fratello?»

«Chase vive a Killeen ed è tenente nell'esercito, è di stanza a Fort Hood. Ha sempre voluto essere nell'esercito, è stato accettato a West Point e sarà un militare di carriera. Ho sempre scherzato con lui sul fatto che non gli farò mai il saluto... anche se dovesse arrivare al grado di generale.» Rise tra sé e sé.

«Generale Jackson?» chiese, in quello che sperava fosse un tono leggero.

«Sì, ridicolo, eh? Credo che ce l'abbia proprio nel sangue.»

«Non hai mai pensato di arruolarti? Sarebbe stato un altro modo di vedere il mondo.»

Rayne lo guardò con tale orrore che dovette sorridere.

«Assolutamente no! Sarei un soldato terribile. Accidenti, se mai ci sarà un'apocalisse, sarò di certo la prima a venire uccisa dagli zombie, perché non riuscirei a correre per salvarmi la vita.»

«C'è di più che correre per sopravvivere, Principessa.»

«Vabbe'. Faccio schifo con le flessioni, non faccio addominali da quando avevo otto anni e, a essere sincera, non sono molto brava a seguire le istruzioni.»

Quando Ghost non disse altro, Rayne scivolò più in giù sul letto e imitò la sua posa, girandosi su un fianco e sollevandosi sul gomito, con la testa appoggiata alla mano. Sembrava che lui stesse pensando seriamente a qualcosa, quindi lo lasciò ai suoi pensieri.

«Non guarderò mai più la pioggia allo stesso modo» disse, così, dal nulla.

«Che cosa?»

«Se non fosse stato per il temporale, il volo non sarebbe stato cancellato, e non sarei qui con te ora, così eccitato che non riesco nemmeno a pensare in modo chiaro.»

Rayne lo guardò sorpresa. «Davvero?»

«Sì, Principessa. Mi sento come se avessi di nuovo quindici anni, e fossi accanto a Whitney Pumperfield, sotto gli spalti alla partita di football.»

Rayne ridacchiò e Ghost continuò con la sua storia inventata. «Aveva un anno in meno di me, ma ovviamente aveva avuto uno sviluppo precoce, perché aveva il miglior paio di tette che avessi mai visto. E volevo mettere le mani su di loro... tanto.»

«Continua... l'hai fatto?»

«Oh, sì...» Ghost fece una pausa a effetto. «Ha lasciato che la baciassi per un po' e pensavo di essere davvero affascinante, ho portato una delle mani sotto la sua canotta corta e l'ho sollevata piano. Poi sono andato dritto al reggiseno e l'ho tirato giù. Ho strizzato il suo seno voluttuoso e ho sentito il capezzolo inturgidirsi contro il mio palmo.»

«E?» Rayne sorrise, e gli fece segno di continuare. «Non lasciarmi qui in sospeso!»

Ghost le si avvicinò e le mise una mano sul fianco.

«E proprio mentre lei gemeva nella mia bocca, sono venuto nei pantaloni, e la sua migliore amica l'ha chiamata da dietro l'angolo. Si è allontanata e ho perso la possibilità di fare qualsiasi altra cosa con lei.»

«Sei venuto solo toccandole il seno?»

«Principessa, avevo quindici anni. E tu non le hai visto le tette.»

Rayne rise di nuovo, ma cercò subito di nasconderglielo.

«Sì, adesso posso ridere, ma allora ero mortificato e incazzato allo stesso tempo. Volevo toccarla... dappertutto. Ma più tardi, quella sera, la sua amica la convinse che volevo solo portarmela a letto, e lei si rifiutò per sempre di venire da qualche parte con me.»

«*Volevi* solo portartela a letto?»

«Mi hai sentito dire che avevo quindici anni, vero?» scherzò Ghost.

«Sì, giusto, scusa» ridacchiò.

Ghost ringraziò la sua buona stella che Rayne si stesse finalmente rilassando. «Come ho detto qualche momento fa, sono così eccitato che mi sento proprio come allora, con la mano sul petto di Whitney.» Fece scivolare lentamente le dita su e giù lungo il lato del corpo di Rayne.

«Hai intenzione di perdere la testa quando mi toccherai il seno?»

«Accidenti, no. Da allora ho fatto un po' di pratica con l'autocontrollo.»

«Baciami, Ghost.»

«Con piacere.» Ghost si sporse in avanti e provò dentro di sé un senso di soddisfazione, quando Rayne al suo movimento si inclinò indietro e si sdraiò sulla schiena, aprendosi a lui, guardandolo negli occhi come se fosse il suo primo amante.

«Sto per baciarti, Principessa, poi vedrò finalmente come sono i *tuoi* meravigliosi seni. Li ho immaginati per tutto il pomeriggio e so che Whitney Pumperfield sarà un lontano ricordo dopo aver visto i tuoi. Poi ti toglierò quegli orribili pantaloni viola, e vedrò se le tue gambe sono lunghe quanto sembravano oggi sotto quella gonna.»

«Ehi! I miei pantaloni non sono orribili!»

Ghost ignorò la sua protesta e finì: «Poi ti farò mia. Ti prenderò piano e con dolcezza, finché non mi pregherai di lasciarti venire, e mentre verrai, ti prenderò in modo duro e veloce, finché non potrai più pensare al sesso senza pensare a me. E, Principessa? Ti garantisco che dopo stasera, non penserai che il sesso sia ancora imbarazzante. Capirai cosa ti sei persa per tutto questo tempo.»

Si fermò, aspettando che lei dicesse qualcosa, che lo fermasse, e quando non mosse un muscolo, nemmeno per respirare, Ghost le sorrise. «Oh sì, Whitney impallidisce in confronto a te.»

Si chinò per baciarla, e fu percorso da un fremito quando Rayne si inarcò sollevandosi per incontrare la sua bocca. Cristo, grazie.

CAPITOLO OTTO

RAYNE NON RIUSCIVA A CREDERE che stesse per avere una notte di sesso con un uomo che aveva praticamente rimorchiato in un aeroporto. Era davvero l'uomo più sexy che avesse mai visto; braccia muscolose, addominali scolpiti, un tatuaggio con alcune parole sul lato sinistro del corpo... avrebbe potuto essere un modello, se non fosse stato per la varietà di cicatrici che gli attraversavano il busto. Malgrado quello era bellissimo, e voleva a tutti i costi toccarlo. Non aveva idea del motivo per cui sembrasse interessato a una donna insignificante come *lei*, ma non aveva intenzione di far domande.

Lo desiderava. Tanto. Rayne sollevò il mento e si leccò le labbra mentre la testa di Ghost scendeva verso la sua. Tenne gli occhi aperti, non volendo perdersi un secondo dell'esperienza.

Ghost sentì il cuore che gli batteva forte nel petto per la trepidazione di vedere Rayne nuda, di entrare in lei, sentirla premuta addosso a sé. Non ricordava di essere stato così eccitato di vedere una donna senza vestiti da molto, molto tempo... probabilmente da quando aveva circa quindici anni.

Le loro labbra si toccarono e Ghost le mise la mano destra sul viso, mentre con il braccio sinistro si teneva sollevato sopra di lei. Intrecciarono le lingue per riscoprire di nuovo il loro sapore. Le accarezzò la guancia con il pollice, e le loro teste si inclinarono da un lato e poi dall'altro, mentre si divoravano a vicenda.

Ghost si ritrasse e deglutì a fatica. Voleva velocizzare la cosa, desiderava essere dentro questa donna straordinaria, più di quanto volesse respirare, ma non voleva spaventarla, e forse, cosa più importante, voleva darle il romanticismo. Questa potrà anche essere una storia di una notte, ma la parte romantica di lui, di solito sepolta in profondità, voleva fare in modo che lei la ricordasse a lungo.

«Sai di menta.»

Ghost le sorrise. «Anche tu.» Dopo un attimo chiese: «Tutto ok?»

Rayne annuì. «Tutto ok.»

«Comoda?»

«Sì, perché?»

«Perché ho la sensazione che starai sulla schiena per un po'.»

Rayne rise un po' nervosamente e gli afferrò i bicipiti, notando in modo distratto che le sue dita non si toccavano mentre vi avvolgeva la mano intorno. «Ah sì?»

«Sì.»

«Non ti immaginavo proprio come un uomo da posizione del missionario.»

Ghost si chinò e le baciò la mascella senza rispondere. Poi si spostò per mordere e leccare la pelle proprio vicino all'orecchio, le prese il lobo tra i denti, lo succhiò lievemente e le accarezzò la pelle con la lingua. Alla fine, spostò le labbra in modo da poterle sussurrare all'orecchio: «Sono un uomo da stile missionario, a pecorina, cowgirl al contrario, e qualunque altra posizione. Ti voglio in qualsiasi modo possa averti, e sto pensando di usare ogni minuto della nostra notte per soddisfarti. Ma voglio iniziare godendomi il banchetto... e la migliore posizione per te è questa, sulla schiena. Capito?»

Il suo respiro brusco fu una risposta sufficiente. Ghost sollevò la testa e Rayne vide che i suoi occhi erano cupi di desiderio, poi fece scorrere la mano dalla guancia al seno, sopra il suo capezzolo turgido e fino alla vita. Senza rompere il contatto visivo, sollevò la canotta e infilò le dita sotto.

Nessuno dei due pronunciò una parola mentre il palmo di Ghost scivolava lento e si posò sopra un seno. Non indossava un reggiseno, la sua mano lo coprì completamente e lo strinse.

Rayne si dimenò sotto di lui, sentendosi bagnare al suo tocco sicuro.

«Non vedo l'ora di vedere queste bellezze» mormorò Ghost con riverenza. «Sei così morbida e il tuo capezzolo sta implorando di essere toccato.»

«Ghost, ti prego.»

«Ti prego cosa, Principessa?»

Le stava sorridendo, era chiaro che si stesse godendo i suoi movimenti agitati sotto di lui, sapendo che il suo tocco la eccitava.

«Toccami.»

«Ti sto toccando.»

«Ghost...» Il suo nome uscì come un gemito, e Rayne si sentì mortificata non appena la parola lasciò la sua bocca. Non avrebbe dovuto preoccuparsi comunque.

«Dio, mi piace sentirti perdere la testa, e non ho nemmeno iniziato. Alza le braccia, togliamo questa canotta.»

Rayne esitò per un secondo. Adesso o mai più, se voleva tirarsi indietro, ora era il momento.

Ma nell'attimo in cui quel pensiero le passò per la testa, lo respinse. Desiderava Ghost. Era stato un gentiluomo per tutto il giorno, l'aveva protetta quando erano stati in giro, e aveva un lato divertente nascosto sotto la sua facciata burbera. Non aveva fatto altro che rassicurarla che non sarebbe successo nulla che lei non volesse fare, e anche se ciò la faceva assomigliare a una di quelle stupide donne nei film dell'orrore, si sarebbe fidata di lui.

Sollevò le braccia.

Ghost fece un respiro profondo e si rilassò, quando finalmente Rayne alzò le braccia per dargli il via libera per toglierle la canotta. Per un attimo si era chiesto se stesse per rinunciare, e ciò lo avrebbe ucciso, ma si sarebbe tirato indietro. Grazie a Dio, non aveva cambiato idea.

Ghost si sollevò, e si mise a cavalcioni sui suoi fianchi e le accarezzò la pancia sopra la canotta, prolungando il momento. Guardando le sue mani − e il suo premio − le infilò sotto il tessuto e lentamente lo spinse verso l'alto, trascinandosi dietro la canotta, mettendo in mostra l'ombelico e poi le curve dei seni, e infine, mentre le mani passavano sopra a entrambi i capezzoli, tutto il suo busto fu nudo per lui.

Era bella. Non perfetta, e sapeva che se glielo avesse chiesto, probabilmente avrebbe indicato tutte le parti del suo corpo che pensava avessero dei difetti, ma le sue curve morbide glielo facevano diventare solo più duro. Il suo pensiero originale, che lei gli ricordava Marilyn Monroe, era corretto. Aveva i fianchi larghi e il seno ampio. I capezzoli erano ritti, come se implorassero il suo tocco. Aveva un po' di pancia, ma tutto ciò che Ghost vide fu il paradiso.

Non potendo aspettare, e mentre le sfilava la canotta dalla testa e dalle braccia, Ghost si chinò e prese uno dei capezzoli in bocca, e gemette, era turgido e lo sentì indurirsi di più mentre lo stringeva tra i denti.

Con le mani ora libere, ne usò una per prendere e sollevare il seno del capezzolo che stava succhiando, e con l'altra coprì il secondo, e lo strinse.

Sentì Rayne inarcarsi sotto il suo tocco e sorrise. Alcuni uomini potevano adorare il sedere, ma lui era certamente uno che amava il seno. Senza alzare gli occhi, si spostò sull'altro, mordicchiò intorno alla curva del suo ampio petto, e alla fine alzò gli occhi verso il viso di Rayne, mentre la sua lingua usciva e guizzava sul capezzolo rimasto trascurato.

Rayne lo stava guardando con la bocca leggermente aperta, e Ghost sentì i suoi respiri rapidi. Tornò a guardare quello che stava facendo. «Non c'è niente che mi piaccia di più che giocare con un paio di seni. E, Principessa, devo dire che i tuoi sono assolutamente perfetti.»

«Meglio di quelli di Whitney Pumperfield?»

A Ghost servì qualche secondo per capire di chi stesse parlando, e dal momento che Whitney era stata inventata, poté rispondere con onestà e con un sorriso: «Un milione di volte meglio di quelli di Whitney.»

Si tirò indietro e si raddrizzò, incombendo ancora sopra di lei. Non staccò le mani dal suo seno e continuò ad accarezzarlo e a stringerlo. «I tuoi sono abbastanza carnosi, che se faccio così» li strinse insieme fino a farli toccare, «posso immaginare il mio cazzo che scivola tra di loro.»

Ignorò il respiro ansimante di Rayne e proseguì, spostando le mani in modo da pizzicare i capezzoli con le dita. «I tuoi capezzoli sono grandi e sporgono alla perfezione, dandomi qualcosa da afferrare quando voglio fare così...» Ghost attorcigliò leggermente le dita, amando il rossore che si estese fin sul suo collo. Sapeva che non le stava facendo male, perché i suoi fianchi ondeggiavano sotto di lui. Un piccolo gemito le sfuggì dalle labbra e sentì le unghie di Rayne affondare nei fianchi mentre si teneva aggrappata a lui, ma soprattutto, non gli disse di smettere e non cercò di allontanarsi.

«Sei bellissima, Principessa.» Accarezzò di nuovo i suoi seni con entrambe le mani, stringendoli con delicatezza, e massaggiando i capezzoli con i palmi.

Qualcosa attirò la sua attenzione e si avvicinò per dare un'occhiata. «Ah, tatuaggio numero uno.»

Quasi nascosto, sotto il seno sinistro, e di certo sarebbe passato inosservato se fosse stata in piedi, c'era tatuato un piccolo nastro rosa. Accanto c'era anche un piccolo cuore viola. Il tatuaggio era minuscolo, probabilmente un centimetro e mezzo al massimo. Ghost si chinò e lo leccò, poi lo baciò con dolcezza, prima di sollevarsi.

«Posto interessante per un tatuaggio. Deve aver fatto male.»

Rayne annuì. «È per la mia amica Mary. Ha avuto il cancro al seno e l'ho fatto per solidarietà verso di lei. Il dolore che ho patito nel farlo non è stato nulla in confronto a quello che ha passato lei.»

«La donna a cui hai mandato i miei dati?»

«Già…ehm, Ghost…»

«Sì, Principessa?» Ghost sapeva esattamente cosa le stava facendo, continuando a stimolare il capezzolo mentre parlava. Aveva sollevato il seno sinistro in modo da poter vedere il piccolo disegno, e poteva sentire il suo cuore sotto il palmo della mano battere veloce come quello di una lepre.

«Possiamo parlarne più tardi?»

«Di cosa?»

«Gesù, Ghost. Del mio tatuaggio. Della mia amica Mary. Del cancro al seno. Di tutto.»

«Sì, hai ragione, ero nel mezzo di qualcosa, vero?»

Rayne annuì con entusiasmo.

«Ok, Principessa. Un tatuaggio scoperto. Non vedo l'ora di trovare gli altri due.» Rise quando gemette sotto di lui. Scivolò sopra il suo corpo verso il basso finché non arrivò alle ginocchia. «Allarga le gambe per me.»

Amando il fatto che facesse subito ciò che le aveva chiesto, Ghost si spostò in modo da permetterle di aprirsi per lui e mettersi in ginocchio tra le sue gambe, quindi si spinse un po' più su, costringendola ad allargarle ancora di più per accoglierlo. Le mise le mani sui fianchi e la fissò in volto.

Dopo un momento, lei sollevò lo sguardo su di lui, agitava nervosamente le mani ai lati del corpo, come se non fosse sicura di cosa farne.

«Riesco a sentire l'odore della tua eccitazione per me, Principessa. Mi vuoi ancora? Vuoi farlo?»

Lei annuì e deglutì a fatica.

«Grazie a Dio.» Prese il cordoncino in mano e lo tirò piano, allentando la vita dei suoi pantaloni di cotone viola. Premette i pollici sulle ossa iliache e poi metodicamente li strofinò avanti e indietro sopra la stoffa, in apparenza senza fretta.

Si chinò, strofinò il naso appena sotto l'ombelico e usò il mento per spingere i pantaloni un po' più giù sui fianchi. Alzando gli occhi sorpreso, commentò: «Non hai le mutandine.»

«Sì. Ho pensato che se stavo andando a letto per stare con te, poi avrei dovuto toglierle, quindi mi è sembrato un risparmio di tempo *non* metterle.»

«Gesù, non c'è da meravigliarsi che riesca a sentire così bene il tuo odore.» Non spostò le mani, ma portò il naso tra le sue gambe e inspirò profondamente.

Dimenandosi imbarazzata, ma desiderando che continuasse a farlo, Rayne commentò in tono secco: «Sai, faresti prima se usassi le mani.»

Ghost trattenne una risata. Era esilarante. «Lo so, ma mi sto divertendo a prendermi il mio tempo.»

«Per quanto lo apprezzi, abbiamo solo una notte, Ghost. Possiamo andare avanti?»

Il bagliore nei suoi occhi quando alzò lo sguardo fu eccitante. «Sei pronta per me?»

«Sì.»

Ghost indietreggiò e si alzò in piedi accanto al letto, andò con le mani alla cintura dei suoi pantaloni, e indicò quelli di lei, ordinando in tono deciso: «Toglili.»

Rayne sollevò i fianchi e spinse giù i suoi pantaloni da relax preferiti, usando i piedi per spingerli fino a toglierli e farli cadere sul pavimento. Non riusciva a staccare gli occhi da Ghost. Si era tolto tutto ed era in piedi accanto al letto a fissarla, come se lei fosse un pasto, e non mangiasse da giorni.

Ma accidenti, era bello. C'era un'altra brutta cicatrice sulla sua coscia sinistra, ma per il resto era perfetto. Poteva vedere la scritta tatuata sul fianco, ma non riusciva a leggere quello che diceva. Era distratta dal suo uccello, che si ergeva lungo e grosso, sporgendo tra le cosce. Prima che lei riuscisse a finire di guardarlo tutto, Ghost salì sopra di lei e si sistemò di nuovo tra le sue ginocchia. Ancora una volta scivolò verso l'alto, fino a quando le fece spalancare completamente le gambe che lei piegò per accoglierlo, e sussultò quando le mise entrambe le mani sotto il sedere e le sollevò i fianchi.

Rayne si aggrappò di nuovo alle sue braccia e ansimò trepidante. Aveva avuto qualche uomo che gliel'aveva leccata prima, ma nessuno era sembrato così... intenso a riguardo. Ghost *aveva* detto che voleva che lei si perdesse nella passione tra di loro, e sembrava che sarebbe successo.

«Tatuaggio numero due» disse Ghost.

Rayne vide che stava osservando il piccolo tatuaggio appena al di sotto dell'inguine, quasi sulla parte interna della coscia. Si chinò e leccò il simbolo cinese, e lei fu percorsa da brividi sulle braccia.

«Che cosa dice?»

«Vuoi dire che non sai leggere il cinese?» sospirò Rayne, mentre le leccava di nuovo il tatuaggio.

«No.»

«Bella spia che sei! Significa forza.»

«Mmm, mi piace.»

«Gr-grazie...» Rayne avrebbe detto di più, ma Ghost aveva ovviamente finito di parlare del tatuaggio perché aveva cominciato a lambirle piano il clitoride. Non aveva perso tempo a girarci intorno, era andato dritto al piacere.

«Ghost... Gesù... oh, mio Dio... sì... merda...»

Ghost strinse più forte i fianchi di Rayne mentre si contorceva nelle sue mani. Dopo che l'ebbe portata dove voleva, non volle perdere altro tempo. Aveva un odore divino e poteva vedere il suo sesso brillare dei suoi umori. All'improvviso ebbe bisogno di vederla perdere la testa tra le sue braccia, di vederla lasciarsi andare, di vederla fidarsi di lui per portarla al piacere.

Sentì le unghie affondare nella pelle mentre cercava di tenersi aggrappata a qualcosa. Ghost amava ascoltare i suoi mormorii incoerenti mentre lui si deliziava. Aveva le mani occupate, quindi non poteva usarle per aiutarla a venire, così andò più in basso con la bocca e la assaporò con una lunga leccata tra le pieghe. Era bagnata fradicia e Ghost si tirò indietro per un secondo per dare una bella occhiata al suo sesso rosa.

Rayne continuò a contorcersi nella sua stretta e lui sorrise. Dio. Era incredibile. Abbassò la testa e si diede di nuovo da fare, cercando di farla esplodere di piacere nella sua bocca. Fece guizzare la lingua forte e veloce contro il clitoride e strofinò il mento contro le pieghe del suo sesso.

«Sì, proprio lì. Più forte... merda... sì... Ghost... sto per...»

Non doveva avvertirlo, Ghost riusciva a leggere i segni. Continuò la sua incessante pressione sul piccolo fascio di nervi, anche quando si inarcò contro di lui e tremò, travolta dall'orgasmo. Le abbassò i fianchi sul materasso, ma non fermò l'assalto al suo clitoride. Finalmente, liberò una mano, la portò sul suo sesso e lentamente infilò un dito dentro, mentre continuava a leccarla in modo veloce e deciso.

Gemette quando sentì il suo interno caldo stringersi attorno al dito. Lo tirò fuori e poi ne aggiunse un altro, mantenne un ritmo lento e costante mentre li spingeva dentro e fuori. Ghost sentì le mani di Rayne spostarsi sulla sua testa per cercare di spingerlo di più contro di lei.

Si tirò indietro di un millimetro e soffiò sul clitoride. Alzò lo sguardo e vide che lo stava osservando. «Ti piace quello che vedi, Principessa?»

«Mmm-mmm.»

Senza perdere il contatto visivo, Ghost disse: «Questa è la passione. È perdersi in ciò che sta succedendo al tuo corpo. Voler vedere il tuo amante prendersi il piacere. Sei bellissima, Rayne. Maledettamente bella.»

Lei riabbassò la testa sul cuscino alle sue parole e gemette. Dimenò i fianchi contro la sua mano, spingendolo a continuare. Ghost chinò la testa e si concentrò di nuovo sul suo compito, assicurandosi che Rayne fosse persa nella passione che era esplosa tra di loro, come lo era lui. A Ghost piaceva il sesso orale, ma di solito era il mezzo per raggiungere un fine; più riusciva a far bagnare una donna, migliore era il sesso per lui.

Ma con Rayne, non era così. Vederla avere un orgasmo contro la sua lingua lo fece sentire come se fosse il re del mondo. Non si trattava di fare a turno con lei in modo che potesse anche lui avere il suo, sarebbe stato felice di farla venire in continuazione, anche se poi non avesse avuto la sua occasione.

Fu quel pensiero a tendergli tutti i muscoli del corpo, comprese le dita affondate dentro a quello di Rayne. Strinse involontariamente i denti sul clitoride sensibile, e anche se allentò subito la presa, fu troppo tardi, lei esplose ancora una volta di piacere tra le sue braccia. Ghost poteva davvero sentire i suoi umori che gli ricoprivano le dita e lo spasmo dell'orgasmo stringerle fino a far male. Il pensiero che lo facesse quando il suo cazzo era dentro di lei, era quasi troppo da sopportare.

Spostò la mano che era rimasta sotto il suo sedere e si afferrò con forza la base dell'uccello, per evitare di venire sulle lenzuola. Gesù Cristo, cazzo.

$$\text{———}$$

CAPITOLO NOVE

$$\text{———}$$

GHOST ERA un uomo che aveva sempre il controllo su tutto ciò che lo circondava, incluso il suo corpo. Il fatto che l'avesse quasi perso mentre immaginava come sarebbe stato essere dentro a quello di Rayne, non gli piaceva molto.

Mentre lei si stava ancora riprendendo dal suo secondo orgasmo, Ghost allungò la mano verso il comodino e prese il preservativo che aveva messo lì prima di raggiungerla a letto. Infilandoselo rapidamente, e facendo una smorfia per quanto era sensibile, strisciò sopra il corpo di Rayne fino a che non fu a cavalcioni su di lei. Posò le mani vicino alle sue spalle e attese che aprisse gli occhi.

Rayne si stirò pigramente e sollevò in modo lento le palpebre. Sorpresa di vedere il viso di Ghost così vicino al suo, sorrise, e alzò le braccia per afferrargli i bicipiti. «Ehi.»

«Ehi.»

«È stato... wow.»

«Sei bellissima quando vieni.»

«Ehm, grazie?»

«Prego. Sei pronta per me?»

«Oh! Sì, scusa. Adesso tocca a te.» Rayne sollevò le gambe,

le piegò di nuovo e sollevò il bacino. «Sono pronta.» Quando Ghost non si mosse, inclinò la testa all'indietro e corrugò la fronte, confusa. «Ghost?»

«Non è uno *scambio di favori*, Rayne.»

«Non capisco.»

«Ti comporti come se dato che ti ho fatto venire, posso infilarmi dentro di te, e una volta che avrò raggiunto l'orgasmo, saremo pari.»

«Oh, be', non sei... lo sai... ancora, e io invece sì.»

«E lo farai di nuovo.»

«Ghost, sul serio, so che sei una super spia cazzuta, ma non è così che funziona.»

«Rayne, *è* così che funziona. Vuoi sapere a cosa stavo pensando mentre avevo la lingua dentro di te, e stavi venendo sulle mie dita?»

«Ehm, no, direi di no.»

Ignorando la sua risposta deliziosa e nervosa, Ghost continuò: «Stavo pensando che avrei potuto guardarti venire tutta la notte, ed essere completamente soddisfatto, anche se non avessi avuto il mio turno.»

«Come scusa? È solo che... non ho idea di cosa parli.»

«Della verità. Ecco di cosa parlo.»

«Ma sei duro, sei pronto.» Rayne sollevò i fianchi finché la punta del cazzo di Ghost non sfiorò la parte bassa della sua pancia.

Ghost gemette, ma si costrinse a continuare. «*Sono* pronto. Ma voglio che sia pronta anche *tu*. Voglio che tu sia sicura. Posso venire anche senza penetrarti, possiamo farlo così, se vuoi.» Vide gli occhi di Rayne dilatarsi. Dio, lo faceva sentire così bene il fatto che le sue parole potessero eccitarla.

«Ti voglio dentro di me. Ti prego, Ghost.»

«Prendimi in mano. Mettimi dove mi vuoi allora.»

Ghost sapeva che stava camminando sul filo del rasoio, avere le mani di Rayne su di lui avrebbe messo alla prova i limiti del suo controllo. Quando lei portò la mano tra di loro, sfiorandogli lo stomaco, strinse ogni muscolo del corpo, e cercò di pensare a qualsiasi cosa tranne a quanto fosse bella quella sensazione.

La sentì stringere il suo cazzo e tirarlo, mentre cercava di portarlo più vicino a lei. Ghost si spostò finché sentì il suo corpo caldo contro il proprio, e non riuscì a trattenere un gemito quando sentì le pieghe separarsi attorno al suo uccello.

Dopo averlo portato dove doveva, Rayne spostò la mano e la posò sul fianco di Ghost, vi affondò le unghie e lo attirò a sé. «Scopami, Ghost. Ti prego.»

«Oh, cazzo, Principessa.» Fu come se le sue parole avessero scatenato qualcosa dentro di lui, si spinse dentro in modo lento e implacabile, finché non poté andare oltre. Poi andò con le mani ai suoi fianchi, la sollevò attirandola di più contro di lui, e guadagnò altri millimetri cruciali. Ghost sentì le sue palle appiattirsi contro la pelle calda del sedere di Rayne.

«Ghost, oh, sì. Dio, sei fantastico.»

Chiuse gli occhi quando i muscoli interni di Rayne si strinsero intorno al suo uccello. Dannazione. Aveva scopato la sua buona parte di donne, non si vergognava delle sue esperienze sessuali, ma questo era qualcosa di diverso. Rayne era più stretta, più calda, più bagnata... e più giusta di qualsiasi altra cosa avesse mai provato prima.

Aprì gli occhi e abbassò lo sguardo. Rayne non lo stava guardando, ma aveva la testa sollevata sul cuscino, e stava fissando i loro corpi dove erano uniti.

Ghost tirò un po' indietro i fianchi, poi si spinse dentro, amando l'espressione sul viso di Rayne mentre continuava a guardarli. Ripeté il movimento, tirandosi ancora più fuori, prima di scivolare lentamente dentro, fino a quando fu di nuovo piena di lui. La osservò cominciare ad ansimare e la sentì inarcare i fianchi.

Continuò con quel movimento, e gli piaceva che Rayne mantenesse gli occhi sul suo cazzo mentre si tirava indietro, ricoperto dai suoi umori, e poi si spingeva dentro di lei. Di solito gli piaceva vedere il suo uccello venire avvolto dal corpo di una donna, ma questa volta stava provando più piacere a guardare Rayne. Lei sospirò, gemette, e si morse il labbro, mentre lui continuava il lento assalto ai suoi sensi, ma non distolse nemmeno una volta gli occhi dal suo cazzo.

Ghost era vicino a esplodere, e indietreggiò in modo che solo la punta fosse circondata dal suo corpo caldo, e si fermò... attese. Quando infine lei sollevò un po' i fianchi si spinse dentro con forza, e Rayne distolse lo sguardo da dove erano uniti, appoggiò la testa sul cuscino, e gemette.

Nessuno dei due parlò, ma con ogni spinta, Ghost sapeva che stavano comunicando lo stesso. Nel disperato tentativo di sentire i muscoli di Rayne contrarsi attorno al suo cazzo nell'orgasmo, come avevano fatto con le sue dita, portò una mano tra loro e le accarezzò il clitoride, mentre si spingeva con forza dentro e fuori. Alla fine, proprio mentre pensava che avrebbe dovuto venire senza di lei, Ghost percepì le lievi contrazioni dei suoi muscoli interni intorno a lui, e le sue dita stringerlo di più.

«Più forte, Ghost, Dio, sì, strofina un po' più forte... sì, proprio lì... Ghost!»

Il suo nome fu un sospiro e un avvertimento che stava venendo; inarcò la schiena e spinse il bacino contro il suo, disperatamente persa nell'orgasmo che le stava procurando.

Ghost rimase immobile per un attimo a godersi le deliziose contrazioni che gli stringevano il cazzo, e infine si lasciò andare. Spinse una volta, poi un'altra, e si bloccò quando sentì il suo orgasmo montare nelle palle e sprigionarsi dalla punta del suo uccello.

Entrambi si contorsero e gemettero durante le piccole contrazioni dei loro muscoli, e lentamente Ghost si abbassò sopra Rayne, stringendola tra le braccia mentre ansimavano e cercavano di riprendere fiato.

Ghost amò la sensazione di sentire i muscoli interni di Rayne continuare a contrarsi e rilassarsi intorno a lui, mentre pian piano tornava in sé. Fece scorrere una mano sui suoi capelli, sentendosi orgoglioso di averle provocato quel sudore sulla fronte.

«Stai bene?» le chiese in modo sommesso.

«No, penso che tu mi abbia ucciso.» La sua voce era bassa e roca, e si schiarì la gola mentre apriva gli occhi. «Ma che bel modo di andarsene.»

Si sorrisero per un istante, e poi Ghost commentò: «Devo liberarmi di questo preservativo. Non muoverti.»

«Non potrei muovermi nemmeno se ne andasse della mia vita.»

Ghost sorrise, soddisfatto di sé e sollevò i fianchi, gemettero entrambi quando scivolò fuori dal suo corpo. «Torno subito.»

«Ok.»

Ghost si occupò del preservativo in bagno e tornò subito da Rayne, che non aveva mosso un muscolo, e scivolò nel letto accanto a lei. Si mise sdraiato sulla schiena e lei gli si rannicchiò contro, con un braccio intorno al suo torace e la testa sulla spalla. La circondò con un braccio e si meravigliò di quanto fosse bello tenerla stretta a lui.

«So che dovrei essere stanca, ma non lo sono» mormorò Rayne. «Mi sento fiacca e rilassata, ma non pronta a dormire. È normale?»

Ghost ridacchiò. «Non ne ho idea, ma sì, mi sento allo stesso modo.»

Rimasero in silenzio per un istante, poi Ghost chiese:

«Allora, qual è la cosa più imbarazzante che hai visto durante un volo?»

«Credevo che fosse la donna quella che vuole sempre parlare dopo il sesso» disse in modo scherzoso.

Ghost scrollò le spalle. «Ho pensato che potremmo passare il tempo chiacchierando prima di essere pronti per rifarlo.»

«Ancora?» Rayne si appoggiò su un gomito e lo guardò.

«Sì. Non avrai mica pensato che una volta sarebbe stata sufficiente, vero? Ci sono un sacco di altre cose che voglio fare con te, prima che la nostra notte finisca, Principessa.»

Si sdraiò di colpo, imbarazzata per qualche motivo. «Oh, ok, va bene, allora. E immagino che parlare, mentre ci stiamo... riprendendo, vada bene come qualsiasi altra cosa che potremmo fare.»

Ghost ridacchiò, gli piaceva quanto fosse adorabile da imbarazzata. Mosse pigramente la mano su e giù sulla parte della sua schiena che riusciva a raggiungere, e con l'altra le prese la sua e giocò con le dita mentre lei rispondeva: «La cosa più imbarazzante che ho visto durante un volo, eh? Mmm, certo, ho beccato alcune coppie che cercavano di entrare nel "club dell'alta quota"... ma se devo essere onesta, non riesco a immaginare niente di peggio che fare sesso nel piccolo bagno di un aereo. *Non può* essere igienico, o comodo!»

Dopo che Ghost ridacchiò, proprio come lei voleva, continuò: «Credo che dovrei suddividere la tua domanda in più categorie. La cosa più sorprendente che abbia mai visto, è stata quando il pilota ha annunciato che sul nostro volo c'erano due soldati americani deceduti che dovevano essere riportati negli Stati Uniti, e uno dei passeggeri ha iniziato una raccolta di denaro improvvisata, per l'organizzazione "Wounded Warrior Project". Giuro che quasi ogni persona sull'aereo quel giorno, ha donato almeno un dollaro.»

«È fantastico» disse Ghost a voce bassa, nel silenzio che ne seguì.

Rayne tirò su col naso. «Lo so. Credo che abbia significato qualcosa di più per me, perché Chase era un militare. Era appena stato mandato in Iraq per la sua prima missione, e mi ha toccato profondamente per il fatto che avrebbe potuto esserci *lui* in una bara sotto di noi. Ho il massimo rispetto per chiunque sia nell'esercito, è una vita dura, e devono fare cose che noi civili non potremmo mai capire. Li ammiro.»

Sentendosi a disagio per la direzione in cui stava andando la conversazione, Ghost cercò di riportarla in un territorio più sicuro. «Quindi quella è la più sorprendente, qual è la prossima?»

Rayne si schiarì la voce. «Ok, allora la più strana... è stata su un volo dal Gabon, in Africa, per Parigi. C'era un'intera famiglia... e per intera intendo almeno venti persone. Non so in che modo fossero tutti imparentati, ma nel bel mezzo del viaggio qualcuno ha tirato fuori un pollo spennato, e ha provato a cucinarlo sopra la piccola fiamma di quelle cartucce di gel combustibile.»

«Come hanno fatto a portare uno di quegli affari a bordo?» chiese Ghost, sbigottito.

«Non ne ho idea, di certo la sicurezza è molto diversa lì rispetto agli Stati Uniti, ma comunque, erano lì, a cercare di cucinare questo volatile, alcuni degli altri passeggeri avevano i conati di vomito e si lamentavano, e tutta la famiglia iniziò a litigare per il pollo: alcuni volevano riuscire a cucinarlo, e altri erano contrari. Urlavano e non smettevano. È stata davvero una cosa strana.»

«Com'è stata risolta?»

«Una delle donne più anziane alla fine ha dato uno schiaffo dietro la testa a uno degli uomini più giovani, e ha detto qualcosa in tono duro. Il pollo e la cartuccia sono spariti nella borsa di qualcuno, ed è finita lì. Come ho detto, strana.»

Ghost si stava divertendo a stare steso accanto a Rayne e ad ascoltare le sue storie. «Continua.»

«Ok, allora, vediamo... il momento più spaventoso? Un brutto atterraggio di fortuna.»

Ghost la sentì tendersi accanto a lui e si chinò a baciarle la fronte. «Deve essere stato spaventoso, ma sei qui, quindi è ovvio che sia andato tutto bene.»

«Sì. Ghost... non so come spiegartelo. Pensavo che sarei morta. Eravamo nel bel mezzo del servizio di bevande e l'aereo ha attraversato una turbolenza pazzesca. Voglio dire, pazzesca come le persone che non avevano allacciato le cinture di sicurezza e stavano volando dai loro posti. Sono stata spazzata via e ho colpito la testa sul soffitto dell'aereo, prima di venire scaraventata a terra. Abbiamo portato rapidamente i carrelli delle bevande nelle cambuse e ci siamo sedute e legate sui nostri seggiolini. Il pilota è venuto a dirci che eravamo in mezzo a una tempesta e un fulmine ci aveva colpiti, e ovviamente stavamo attraversando una turbolenza, e che c'era stato un danno a uno dei motori, quindi dovevamo dirigerci verso l'aeroporto più vicino per un atterraggio di emergenza.»

Rayne fece una pausa e un respiro profondo, poi proseguì: «Ero seduta vicino alla porta con la finestrella così potevo guardare fuori, ma tutto ciò che sono riuscita a vedere erano quelle enormi montagne. Pensavo che ci saremmo andati a sbattere contro. In realtà mi sarebbe andato bene, perché pensavo che non avrebbe fatto male. Non volevo morire, e trovarmi faccia a faccia con quella possibilità non sarebbe stato di certo piacevole, ma mi andava bene morire di colpo e senza soffrire. Abbiamo arrancato per altri venti minuti prima di riuscire ad atterrare, con l'aereo fuori controllo e sobbalzando, ma alla fine eravamo al sicuro a terra, e tutti interi.»

«E tu fai ancora l'assistente di volo?»

Rayne fece una risata cupa davanti all'incredulità e all'ammirazione sottintesi nella domanda di Ghost. «Sì, folle, non è vero? Ho pensato che quello doveva essere stato il mio unico incontro con la morte. Ho fatto un po' di terapia psicologica in seguito, e ci ho davvero pensato molto. Moriremo tutti a un certo punto, mi piace quello che faccio... almeno per ora, e non volevo essere cacciata. Il pilota sapeva quello che stava facendo, e anche se è stato spaventoso, in realtà sono cose che succedono spesso.»

«È un modo interessante di vederla» commentò Ghost.

«Sì, be', era quello o tornare a insegnare» disse ironica Rayne, ridendo.

«Capisco il tuo punto di vista.»

«E riguardo a te?»

«Riguardo a me cosa?»

«C'è stato un momento in cui ti sei spaventato?»

Ghost cercò freneticamente tra suoi ricordi per vedere se c'era qualcosa che poteva dirle. Escludendo tutto ciò che era accaduto nella sua vita militare, cercò di pensare a qualcosa a cui lei avrebbe creduto. «Una volta, mi hanno puntato una pistola contro.»

«Davvero?»

No. Odiava mentirle, ma non aveva proprio scelta. «Sì, davvero.»

«Cos'è successo?»

«È stato a Fort Worth, io, e una donna che frequentavo, stavamo uscendo da un ristorante e un uomo è spuntato dal nulla, ci ha puntato una pistola in faccia e ci ha intimato di dargli tutti i nostri soldi.»

«Dio mio! Che cosa hai fatto?»

«Gli abbiamo dato tutti i nostri soldi, ovviamente.»

«E poi cos'è successo?»

«Se n'è andato.» Mentire a Rayne non gli sembrava più giusto. Ghost non voleva altro che poterle raccontare alcune delle storie vere di quando si era sentito spaventato; sdraiato sulla sabbia in Iraq, in attesa di vedere se l'uomo a cui davano la caccia avrebbe ucciso o meno suo figlio, di fronte a loro... guardare il suo amico e compagno di squadra, Fletch, picchiato a sangue da alcuni estremisti che avevano avuto la fortuna di catturare due di loro. Era sembrata un'eternità, ma erano trascorse solo un paio d'ore prima che arrivasse il resto del team e li tirasse fuori di lì.

«Tutto qui? Se n'è andato?»

Ghost venne strappato dalle sue riflessioni dalla domanda di Rayne. «Sì.»

«E tu eri spaventato?»

Ghost non poté farci niente, rise della sua perplessità. «Principessa, aveva una pistola puntata contro la donna con cui ero... e avevo pianificato tutto un gioco di seduzione per quella sera. Se avesse sparato a uno di noi due, avrebbe rovinato i miei piani per scopare.»

Rayne lo colpì in modo scherzoso sul petto. «Ma dai!»

Ghost sorrise e le afferrò la mano, tenendosela appiattita sul petto, e vi strofinò pigramente il pollice sopra. «Quali sono i tuoi sogni, Principessa?»

La sentì accoccolarsi meglio al suo fianco, prima di dire: «Non lo so. Ero solita pensare che volevo avere una grande famiglia, e vivere in una casetta con una staccionata bianca, ma dopo aver visto così tante cose nel mondo, non so se sia ancora quello che voglio.»

«Cosa *vuoi*?»

«Non ne sono sicura» sussurrò Rayne assonnata. «Mi piace vedere altri Paesi. Mi piace conoscere altre culture, ma non mi sento nemmeno a mio agio. A volte mi spaventa trovarmi in luoghi che so essere bersaglio di attacchi terroristici continui. So di avere solo ventotto anni, ma ho la sensazione che se decidessi di fare qualcos'altro, ora che ho perso tutto questo tempo... con la mia laurea e questo lavoro, non saprei che altro dovrei o potrei fare.»

Ghost non era contento quando pensava a Rayne in città e Paesi pericolosi, ma non aveva risposte per lei. Mantenne il corpo rilassato sotto il suo e le accarezzò piano la schiena.

«Mary lavora in una banca, e dice che potrebbe trovarmi un impiego lì, ma non credo di essere adatta a quel tipo di lavoro.»

Rimasero immobili per un po', ognuno perso nei propri pensieri.

«Potrei sempre essere una spia super-segreta» lo stuzzicò Rayne, mezza addormentata. Le sue parole erano state farfugliate, ed era ovvio che era sul punto di prendere sonno.

«Non è tutta questa gran cosa» replicò Ghost, in modo quasi impercettibile. «Dormi adesso, Principessa. Sono qui.»

Non molto tempo dopo, stavano entrambi respirando profondamente, dormendo il sonno dei sessualmente soddisfatti, e sentendosi al sicuro l'uno tra le braccia dell'altra.

CAPITOLO DIECI

RAYNE SI MOSSE E SOSPIRÒ. Si sentiva *bene*. Più che bene, magnificamente in realtà. Aveva appena fatto un sogno fantastico... fece per allungarsi e si sentì tenuta ferma da un paio di mani forti.

Spalancò gli occhi e ansimò guardando in basso.

Ghost era sdraiato a pancia in giù tra le sue gambe, e stava leccando pigramente il suo sesso. Lei gemette e gettò la testa indietro, all'improvviso il suo corpo fu vivo e totalmente eccitato. «Da quanto tempo sei laggiù?» chiese incuriosita.

«Abbastanza a lungo da vederti diventare pian piano sempre più bagnata, e da imparare che il tuo corpo preferisce una stimolazione più diretta sul clitoride, piuttosto che una delicata manipolazione.»

«Oh, buon Dio, Ghost. Sul serio?»

«Sì. Sono serio. Quando faccio così» appiattì la lingua e la passò con forza una volta sopra il clitoride, e lei sobbalzò in reazione, «ti bagni più presto rispetto a quando faccio così» la leccò leggermente intorno a quel fascio di nervi invece che sopra. Il secondo modo dava una bella sensazione, ma niente in confronto a quando aveva deliberatamente leccato forte sul clitoride.

«Sì, ok... ti credo.» Rayne sentì una delle sue grosse dita spingersi dentro le sue pieghe e trattenne un gemito... a malapena.

«Ma stavo pensando...»

«Oh, merda...»

Ghost continuò come se Rayne non lo avesse interrotto: «... che ho visto due dei tuoi tatuaggi, ma hai detto che ne hai tre. Non ho ancora trovato il terzo. Ho controllato le caviglie e le braccia mentre facevi la pigrona, e non ho visto niente. Quindi mi rimane solo un altro posto da controllare. Voltati, Principessa.»

«Voglio vedere il tuo, Ghost.»

«E lo farai... dopo. Girati.»

Sentendosi nervosa, perché non aveva idea di cosa avrebbe pensato Ghost del suo tatuaggio, che era molto diverso dagli altri, si girò in modo goffo, affondò il viso sulle braccia e trattenne il respiro.

«In ginocchio, Principessa.»

Ghost le fece pressione sulle gambe finché non si mise sulle ginocchia, con il corpo ancora chinato. Si sentiva molto esposta in quel modo, con il sedere per aria e le parti intime in mostra, ma era una posizione perfetta perché Ghost avesse una visione ravvicinata e intima del suo tatuaggio.

Quando non disse nulla, Rayne commentò in tono secco: «È un po' più grande degli altri due.»

Dato che Ghost continuava a rimanere in silenzio, Rayne si azzardò a guardarlo. Non sapeva cosa aspettarsi, il tatuaggio *era* più grande degli altri, in effetti, le attraversava tutta la parte bassa della schiena. Non era andata dal tatuatore con l'intenzione di farsi il più grande tatuaggio che avesse mai visto, ma l'artista aveva disegnato proprio ciò che lei voleva, ed era così bello, che aveva seguito il suo suggerimento di farlo più grande di quanto avesse programmato.

«Ghost?»

«Non hai idea di quanto sia perfetto.» La voce di Ghost era bassa e riverente.

Rayne finalmente sentì il suo tocco quando fece scorrere la punta delle dita sulla schiena, tracciando il contorno del tatuaggio.

«Dimmi cosa significa per te» le ordinò con sollecitazione e dolcezza.

Lei abbassò di nuovo la testa, e guardò d'istinto l'orologio sul comodino accanto al letto. Erano le due e trenta del mattino. Avevano dormito solo circa un'ora e mezza.

«L'aquila rappresenta il mio lavoro... l'amore per il volo e per il mio Paese. Il logo dell'Esercito è in onore di Chase. Ho messo un fiore in un artiglio e un fucile nell'altro per rappresentare mio fratello e mia sorella... Samantha ama i garofani.»

«E il fulmine?»

Rayne non capiva il tono nella voce di Ghost, ma continuò comunque: «Ricordi quando ti ho parlato del momento più spaventoso che ho avuto sull'aereo? Con il fulmine? È stato un momento importante della mia vita, e ho pensato che ci stesse bene nel tatuaggio.»

«Ci sta bene» sospirò Ghost. Non poteva credere a quello che stava guardando. Se avesse disegnato un tatuaggio per se stesso, sarebbe stato praticamente quasi uguale a ciò che era tatuato su di lei; l'aquila, il simbolo patriottico degli Stati Uniti, le cui ali erano spalancate e abbracciavano tutta la sua schiena. Le due estremità si avvolgevano appena attorno ai fianchi. Il logo dell'Esercito, il fucile... c'era anche il dannato fulmine, che era incorporato nel logo della Delta Force. L'unica cosa che non avrebbe incluso era il garofano, l'avrebbe cambiato con una bacchetta magica o qualcosa del genere.

Non credeva che le principesse avessero la bacchetta, ma per qualche motivo, gli ricordava Rayne.

Ghost si sentì diventare dolorosamente duro. Sua. Era maledettamente *sua*.

Scosse la testa rifiutando la realtà. No, non era sua. Non poteva. Lei credeva che il suo nome fosse John Benbrook. Non sapeva nulla di lui. Non *poteva* sapere nulla di lui, per la sicurezza di entrambi.

Si sporse verso il comodino, prese un preservativo, e lo infilò in fretta sul suo uccello duro come una roccia. Si sistemò su di lei fino a sentire il suo calore, le sollevò i fianchi in modo che fosse perfettamente allineata. «Tieniti forte» mormorò, prima di scivolare fino in fondo dentro di lei con una sola spinta.

Tenne gli occhi fissi sull'aquila mentre si ritraeva e poi si spingeva di nuovo dentro. Ghost fece scorrere le mani sulla sua schiena, stringendo i denti contro l'emozione che cercava di travolgerlo. Rayne era perfetta; esteriormente era dolce come una torta. Premurosa e leale con i suoi amici e familiari, ma quell'enorme tatuaggio sulla schiena, gli diceva che aveva anche un lato ribelle.

Sua.

Cazzo. Doveva smettere di pensare così.

«Quindi presumo che approvi il tatuaggio?» gemette Rayne, con un sorriso nella voce.

«Sì, approvo, Principessa. Lo approvo assolutamente.»

Rayne trattenne il fiato, mentre Ghost la scopava con spinte brevi e dure. Si spinse contro di lui e si sollevò sulle mani e le ginocchia, quando lui ci mise più forza.

«Toccati, Rayne. Vieni sul mio cazzo.»

Le sue parole erano audaci e brusche, ma la eccitarono da morire. Si bilanciò con una mano e raggiunse il punto in cui erano uniti con l'altra. Accarezzò Ghost una volta quando si tirò indietro, e lo sentì imprecare.

«Devi toccare *te*, Principessa, non me.»

«Ma mi piace toccarti» disse con il broncio.

«Piace anche a me, ma se lo fai di nuovo, finirà tutto troppo presto.»

«Guastafeste» mormorò Rayne, e rivolse l'attenzione al proprio corpo. Mentre Ghost continuava a spingersi dentro e fuori il suo sesso sensibile, si strofinò il clitoride con leggere carezze, poi sempre più forte finché percepì che il suo orgasmo era vicinissimo.

«Sto per venire, Ghost.»

«Sì, vieni. Voglio sentirlo.»

Rayne si strofinò ancora una volta il clitoride, e poi si resse con entrambe le mani quando fu travolta dall'orgasmo, e si spinse indietro tremante. Era grata che Ghost fosse dietro di lei, che la teneva, perché altrimenti avrebbe piantato la faccia sul materasso.

«Oh, Dio, Rayne, sì. È dannatamente fantastico. Devo... merda...» Ghost uscì dal corpo di Rayne che ancora si contraeva, e si strappò via il preservativo. Si strofinò avanti e indietro un paio di volte, e guardò lo sperma sgorgare dalla punta del suo uccello e cadere sulla schiena di Rayne, proprio al centro del tatuaggio. Si accarezzò un altro paio di volte, cercando di farne uscire il più possibile, poi con entrambe le mani spalmò la propria essenza sulla sua schiena... e sul tatuaggio.

Fece dei respiri profondi mentre osservava la pelle assorbire lentamente il suo seme. Non era qualcosa che aveva programmato, o qualcosa che avesse mai fatto prima, ma voleva marchiarla. Voleva consacrare quel tatuaggio. Un tatuaggio che significava molto per lei, e in cui ogni cosa rappresentava anche la vita di Ghost.

«Stai bene?»

La voce di Rayne era tenera e preoccupata. Ovviamente le stava massaggiando la schiena da più tempo di quanto avesse pensato. Gli occhi di Ghost si posarono su quelli di lei. Era appoggiata su un gomito e si era voltata a osservarlo. Fece un'ultima carezza al tatuaggio, lasciò cadere le mani e si allontanò un po', dandole lo spazio per girarsi. Sospirò di rimpianto quando il tatuaggio scomparve dalla sua vista.

«Sto più che bene, Principessa.»

Rayne si sedette e gli mise una mano sul petto. «Ora è il mio turno di guardare il tuo. Stenditi.»

Ghost sorrise e si sdraiò accanto a lei, piegando un braccio e mettendolo dietro la testa. «Fai pure.» Indicò con la mano libera il suo fianco.

Rayne si chinò, ignorando la sua eccitante nudità, e scrutò la scritta tatuata sul lato sinistro del busto. Ghost sapeva che quelle parole non avrebbero rivelato nessuno dei suoi segreti, lui e i suoi compagni di squadra ci avevano riflettuto molto, e a lungo, prima di decidere cosa avrebbero potuto farsi tatuare sul corpo. Era il loro codice, il loro credo. La citazione era un misto tra il motivo per cui combattevano e ciò che significava per tutti loro il servizio che rendevano.

Difenderò i miei fratelli e le loro donne,
* e ricorda che la libertà non è un dono.*
* Il professionismo silenzioso trionfa.*

Ghost sapeva che non era proprio una poesia, ma a lui e ai suoi compagni di squadra piaceva. Il riferimento ai fratelli era per come si sentivano tra di loro. L'intero team sapeva che si sarebbero difesi a vicenda fino alla morte, ma l'avevano esteso sul tatuaggio per includere le donne che potrebbero avere in futuro. Era importante per tutti sapere che il team avrebbe protetto le loro donne... se mai fosse servito.

E l'ultima riga era un riferimento al loro lavoro come

operatori della Delta Force. Non molte persone sapevano di loro o di ciò che facevano, e sarebbe rimasto così.

Ghost attese che Rayne leggesse le parole sulla sua pelle. Passò la punta delle dita su ogni frase, proprio come aveva fatto lui con il suo tatuaggio. Rabbrividì; giurò che avrebbe ricordato per il resto dei suoi giorni la sensazione della sua mano sulla pelle, mentre accarezzava quello che era il vero lui.

«È bellissimo.»

«Già.»

«Ti si addice.»

Ghost inclinò la testa in una muta domanda, e la incoraggiò a sdraiarsi accanto a lui.

Mentre si rannicchiava contro il suo fianco, la testa appoggiata alla sua spalla e il braccio gettato intorno al suo corpo, annuì e disse: «Sì. So che ti ho preso in giro sul fatto di essere una spia, ma se dovessi davvero azzardare un ipotesi, direi che sei un militare di qualche tipo.» Quando si tese sotto di lei, fece scivolare la mano sul suo collo e la tenne lì, rassicurante. «Mi sentivo al sicuro oggi. Completamente. Non mi importava che il tassista fosse inquietante, perché ero con te. Non sarei mai salita su quella ruota panoramica pazzesca, se non fossi stato con me. E non sarei mai, intendo proprio *mai*, venuta a letto con te, se non mi fossi fidata. Quello che voglio dire è che tu sei il tipo di uomo che vorrei al mio fianco, se stessi combattendo per il mio Paese.»

Ghost non disse nulla, ma si spostò fino a posare una mano sulla parte bassa della sua schiena, coprendo il tatuaggio.

«Penso che anche tu sia davvero straordinaria» disse a bassa voce.

«Mmm. È la prima volta che sono contenta che il mio volo sia stato cancellato.»

«Anch'io, Principessa. Anch'io.»

Ghost la tenne stretta mentre si addormentava, e per le

successive due ore. Avrebbe voluto fare tante altre cose con lei, c'erano tante posizioni che non aveva avuto il tempo di provare, ma era esausta. Stava dormendo profondamente, e anche il tocco della punta delle dita sul suo seno non la fece muovere; i capezzoli si erano inturgiditi ma il suo respiro era rimasto costante. Ghost avrebbe voluto prenderli in bocca, e poi guardare i suoi seni rimbalzare mentre lei lo cavalcava, ma non aveva il coraggio di svegliarla.

Non si era mai sentito così prima. Mai.

In genere, si alzava dal letto e tornava a casa circa cinque minuti dopo aver avuto l'orgasmo, ma stare con Rayne era rilassante... ed eccitante. Anche se stava dormendo.

Era bellissima, la sua pelle era liscia e perfetta. I suoi seni erano grandi abbastanza da riempire bene la mano, ma non così tanto da appesantirle il fisico. Aveva un po' di pancia e delle cosce che poteva afferrare senza avere paura di farle male. C'erano tanti modi in cui voleva fare l'amore con lei, conoscerla... ma a ogni secondo che passava, Ghost sapeva che il suo tempo insieme a lei stava rapidamente finendo.

Pur sapendo che stava sfidando la sorte, non lasciò il letto fino a un'ora dopo rispetto a quello che aveva programmato. Dopo essersi vestito, Ghost si chinò verso Rayne, che ora dormiva distesa a pancia in giù e con un cuscino stretto al petto, e le baciò la tempia.

«Vola alto, Principessa» le sussurrò con dolcezza all'orecchio, prima di raddrizzarsi.

Si voltò e andò alla porta, poi si fermò con una mano sulla maniglia, fece un sospiro rassegnato e si diresse di nuovo verso la donna meravigliosa sul letto. Tirò giù piano il lenzuolo, rivelando la curva della sua spina dorsale... e il tatuaggio che gli aveva fatto perdere la testa. Lo fissò, dibattendo tra sé e sé. Era davvero sconcertante come fosse riuscita a catturare l'essenza di ciò che lui era, senza nemmeno conoscerlo. Ghost sapeva che stava facendo il sentimentale, ma non poteva farci niente.

La parte di lui che desiderava un ricordo eterno di quella notte vinse, e Ghost tirò fuori in fretta il cellulare e scattò una foto di quel tatuaggio unico nel suo genere, facendo attenzione a non acquisire nulla di indecente nell'immagine. Il suo bel sedere era riservato solo a lui.

Tirò su di nuovo il lenzuolo e si chinò ancora una volta. Inspirò il suo odore, che ormai era davvero un misto di sesso e qualsiasi profumo avesse messo ore prima, si baciò le dita e le posò con dolcezza sulle sue labbra, poi si voltò brusco e si diresse di nuovo verso la porta. Uscì senza fare il minimo rumore, e scomparve nella grande metropoli come se non esistesse.

CAPITOLO UNDICI

UNO SQUILLO acuto svegliò Rayne da un sonno profondo. Si sporse e rispose al telefono con un grugnito: «Pronto?» Sentì la registrazione standard per la sveglia dell'hotel, riattaccò il telefono e si mise lentamente a sedere. Guardò accanto a lei e vide che era sola nel letto.

«Ghost?»

La sua voce risuonò nella stanza vuota. Anche se in cuor suo sapeva che non lo avrebbe trovato, Rayne si girò e mise comunque i piedi per terra, si alzò, andò verso il bagno e guardò dentro. Vuoto.

Prese la canottiera e i pantaloni che aveva la sera prima e li indossò, poi si diresse verso la finestra e sbirciò fuori. La ruota panoramica London Eye era immobile e silenziosa, in attesa di un altro gruppo di turisti, e il Big Ben e l'Abbazia di Westminster erano regali e imponenti, come il giorno prima. In effetti, tutto sembrava uguale, compreso il tempo nuvoloso... ma Rayne non si *sentiva* la stessa.

Ghost era stato chiaro e onesto con lei, sin dall'inizio, le aveva detto che era un tipo da una notte e via e che non si impegnava in relazioni. Lei gli aveva risposto che le andava bene, ed era così. Ma quando l'aveva tenuta tra le braccia, e portata più volte all'orgasmo, le sue difese si erano sgretolate. Aveva cominciato a fantasticare che si sarebbero svegliati la mattina, e lui le avrebbe detto che non poteva vivere senza di lei. Sarebbero tornati insieme negli Stati Uniti e si sarebbero frequentati per un po', prima che lui si fosse finalmente proposto.

Era ridicolo, e lei era troppo vecchia per vivere in un mondo di fantasia.

All'improvviso sentì freddo, tornò a letto e si mise sotto le coperte. Si tirò il lenzuolo fino al mento e si raggomitolò sul fianco. Girò la testa e inspirò. Dio. Il cuscino profumava di Ghost.

Ghost. Era un nome appropriato per quell'uomo. Non sapeva quasi nulla di lui, tranne che la faceva sentire al sicuro. E desiderata. E attraente. Aveva un tatuaggio e... che altro? Il suo nome era John Benbrook e viveva a Fort Worth. Si rianimò un po' a quella consapevolezza. Poteva cercarlo una volta tornata a casa e poi...

No. Se n'era andato. Avevano passato una notte insieme, ed era stato solo quello. Non voleva avere più niente a che fare con lei. Se avesse voluto di più, glielo avrebbe detto. Rayne in fondo lo sapeva, era stata una scopata occasionale per lui, tutto qui.

Gettò via il lenzuolo e scese dal letto per la seconda volta quella mattina. Bene, allora, era una donna di mondo, poteva avere una storia di una notte ed essere moderna. Non che dormire con qualcuno lo stesso giorno in cui lo incontri ti renda in qualche modo moderna, ma comunque... poteva farcela.

Rayne, come un automa, fece la doccia e si preparò per il turno di lavoro. Dopo il viaggio verso casa, a Dallas/Fort Worth, avrebbe avuto due giorni di pausa, prima di tornare a volare. Non riusciva a ricordare dove sarebbe dovuta andare dopo, ma pensava che fosse il turno del Medio Oriente. Non era il suo preferito, ma al momento, non vedeva l'ora di andare al lavoro e cercare di dimenticare l'incredibile uomo che aveva incontrato.

Mentre stava lasciando il Park Plaza, il concierge le porse un biglietto, dicendo: «Il suo accompagnatore mi ha chiesto di darle questo, insieme alle sue scuse per essersene dovuto andare presto.»

Rayne ringraziò con cortesia l'uomo, arrossendo, perché era sicura che lui sapesse che Ghost l'aveva scaricata, ed erano praticamente degli estranei.

Si infilò il biglietto in tasca, perché non era ancora pronta a leggerlo, arrivò a Heathrow appena in tempo per incontrare gli altri assistenti di volo con cui avrebbe lavorato, e prepararsi per il volo. Aveva sperato che Ghost sarebbe stato sullo stesso aereo, come aveva programmato il giorno prima, ma quando arrivò il momento di chiudere lo sportello, non si era visto da nessuna parte.

Quattro ore dopo che l'aereo era decollato, e dopo che era stato servito il primo giro di cibo e bevande, Rayne estrasse il biglietto che Ghost le aveva lasciato. Ci aveva pensato per ore, e non poteva più rimandare di leggerlo. Dispiegò il piccolo pezzo di carta, lo lisciò e lo lesse.

Principessa,

ti ho detto che non voglio avere relazioni... ed è vero. Ma stamattina, per la prima volta nella mia vita, ho desiderato essere un tipo diverso di uomo. Sii prudente.

-Ghost

Senza versare una lacrima, Rayne infilò il biglietto nel libro che aveva letto il giorno prima che tutto il suo mondo venisse messo sottosopra, sapendo che per un po' avrebbe pensato agli eventi della sua vita come cose successe "Prima di Ghost" e "Dopo Ghost", e sospirò.

Posò la testa sul sedile e chiuse gli occhi. Sussurrò, a nessuno in particolare: «Se i desideri fossero cavalli, i mendicanti cavalcherebbero.»

———

Keane "Ghost" Bryson, talvolta noto come John Benbrook, sedeva in prima classe, l'unico posto che era riuscito a ottenere con un breve preavviso quella mattina, e fissò l'immagine sul suo telefono. C'era Rayne che lo guardava e rideva, mentre si trovavano di fronte a Buckingham Palace. Anche se c'era un po' di nebbia, lei era come un raggio di sole. Gli aveva circondato la vita con entrambe le braccia, e lui la guardava come se fosse la cosa più importante nel suo mondo. Il balcone che aveva desiderato tanto vedere, era sfocato dietro di loro.

Ghost poteva quasi sentirla stringere le braccia intorno a lui e ridere. Sospirò, e toccò lo schermo con il pollice per passare alla foto successiva. Ripassò mentalmente come avrebbe modificato per sè il tatuaggio che stava guardando. Ne aveva *bisogno*. Imprimersi sulla pelle il tatuaggio di Rayne, era la cosa più vicina ad averla nella sua vita che poteva ottenere.

Mentre Londra scompariva dietro di lui, Ghost sapeva di aver lasciato in hotel la cosa migliore che gli fosse mai capitata. Era quasi tornato in camera due volte, prima di buttare giù una rapida nota e chiedere al concierge di consegnarla a Rayne.

Se fosse stato un uomo diverso... ma non lo era. Era un operatore della Delta Force e doveva la vita al suo Paese per almeno altri cinque anni. Non avrebbe chiesto a nessuna donna di farsi carico della preoccupazione che portava essere sposati a uno come lui. Non sarebbe mai stato in grado di dirle dove stava andando o quando sarebbe tornato. Non avrebbero mai potuto sedersi e parlare di come erano trascorse le loro giornate.

E Dio non voglia che avessero dei figli. La possibilità che un figlio rimanesse senza padre era molto più alta della media... persino per un soldato. No, doveva andare così. Rayne avrebbe trovato un altro uomo, uno che poteva amare e di cui fidarsi.

Ma questo non voleva dire che Ghost non avrebbe rimpianto ciò che sarebbe potuto essere. Avrebbe voluto aver incontrato Rayne anni prima. Avrebbe voluto avere più tempo con lei, o...

«Dannazione» sussurrò tra sé e sé, interrompendo i propri pensieri. «Se i desideri fossero cavalli, i mendicanti cavalcherebbero.»

CAPITOLO DODICI

6 MESI *dopo*

Rayne sospirò mentre Mary la rimproverava per quella che sembrò la millesima volta. «Devi darti una regolata e rimetterti in gioco, Rayne.»

«Lo so, Mary. Lo *so*.»

«Tu lo dici, ma le tue azioni non corrispondono alle parole. Guarda, ne abbiamo parlato, so che hai passato dei momenti meravigliosi con Ghost, e sono contentissima che finalmente ti sia buttata e abbia avuto la tua prima avventura di una notte... ma ha lasciato Londra senza salutarti, tranne che per quella criptica nota, e non hai più avuto sue notizie. Non capisco quale sia il problema qui.»

Rayne sospirò, appoggiò il mento sulla mano e agitò distrattamente il suo Martini Midori. Non sapeva nemmeno lei quale fosse il suo problema.

Ghost *era* stato chiaro e onesto con lei. Le aveva detto che non voleva relazioni, che il loro tempo insieme poteva durare solo una notte. Cazzo, era addirittura stata d'accordo con lui. Ma a un certo punto, tra il momento in cui Ghost aveva rivolto uno sguardo letale all'inquietante tassista, che se l'avesse rivolto a lei l'avrebbe spaventata a morte, e quello in cui aveva fatto scorrere le mani con riverenza sul tatuaggio sulla sua schiena, si era innamorata di lui... profondamente.

Avevano fatto l'amore – no, fatto sesso – diverse volte durante la notte, e si era persa in lui. Era stato tenero e dominante allo stesso tempo. L'aveva stuzzicata, e anche se era stato chiaro sul fatto che sarebbero stati insieme solo per una notte, aveva fatto proprio ciò che lui aveva temuto: pensare che ci potesse essere qualcosa di più tra loro, una volta che la notte fosse finita.

Svegliarsi nella stanza d'albergo, indolenzita e soddisfatta, ma da sola, non era stato il miglior momento della sua vita. Persino il biglietto che aveva lasciato per lei, con scritto che desiderava essere un altro tipo di uomo, non era stato sufficiente da permetterle di dimenticarlo.

Mary sospirò. «Sono passati sei mesi, Rayne, non ti cercherà, non puoi fare così. Devi tornare a provare a uscire con qualcuno.»

«Hai ragione. So che hai ragione.»

«Puoi dirlo forte che ce l'ho» disse Mary, succhiando dalla cannuccia l'ultimo residuo della sua Diet Coke e rum. «Andiamo, non sto dicendo che devi portarti a casa uno di questi yuppie e scoparlo in mille modi diversi, ma almeno prova a rilassarti un po' e a divertirti. Balliamo, dai, balliamo e basta.»

Rayne annuì e si chinò per finire il suo drink. Mary poteva anche aver ragione, ma questo non significava che ciò non le facesse schifo. *Era* arrivato il momento di voltare pagina. *Avrebbe* dovuto farlo da tempo, ma nessun uomo che aveva incontrato dopo quell'incredibile notte a Londra tanti mesi prima, si era avvicinato a farle provare almeno un briciolo di quello che aveva provato quando era stata con Ghost.

Quando l'aveva incontrato all'aeroporto di Heathrow, aveva percepito qualcosa in lui. Era seduto con un braccio appoggiato allo schienale del sedile di fianco, la schiena era contro la parete e stava osservando con attenzione tutti quelli che lo circondavano. Trasudava testosterone, e anche se molte persone gli avevano girato alla larga, Rayne si era sentita attratta da lui, come una falena alla fiamma.

Non sapeva cosa le avesse dato il coraggio di avvicinarsi come se fosse stato un amico di vecchia data, ma lo aveva fatto. Avevano parlato, e in un batter d'occhio, erano in giro per Londra insieme.

Pranzo, Abbazia di Westminster, Buckingham Palace e London Eye; era stato tutto fantastico, ma era stato quando erano andati a letto che i suoi sentimenti erano cambiati da desiderio ad... altro.

Oh, era ovvio che Ghost aveva una certa pratica sotto le lenzuola, ma era il modo in cui si era comportato con lei a farle palpitare il cuore. Era stupido, probabilmente lui era così con ogni donna con cui andava a letto, ma anche quel pensiero non cambiava il modo in cui si sentiva Rayne.

Si era preso del tempo con lei, aveva apprezzato il suo corpo, l'aveva fatta sentire come se non fosse un'avventura di una sola notte, ed era quello che faceva davvero più male. Anche quando era stato pronto a scoparla, si era fermato e le aveva chiesto se ne era sicura. Era stato un gentiluomo, e la dicotomia tra l'evidente uomo alfa, duro, al comando, e quello premuroso e sensibile rispetto alle sensazioni che lei provava, e, oh, mio Dio se sapeva come farla urlare, era così irresistibile nella sua memoria, come lo era stato quando era sdraiata sotto di lui, in quella stanza d'hotel a Londra.

Rayne ripensò al suo impulsivo viaggio dal tatuatore.

Circa tre mesi prima, era tornata dallo stesso artista che le aveva fatto quello sulla schiena e gli aveva chiesto di fare un'aggiunta. Non aveva intenzione di raccontarlo o mostrarlo a Mary, ma dato che non aveva mai avuto segreti per la sua migliore amica, aveva finito per tenerlo nascosto solo fino a quando non era guarito. Poi gliel'aveva mostrato, e Mary aveva detto: «Oh, Raynie. È bellissimo. Penso che non avresti dovuto farlo, ma è bellissimo.»

Rayne non aveva pensato che il suo tatuaggio fosse qualcosa di speciale, ma il ricordo di come Ghost vi aveva fatto scorrere le mani con riverenza, e marchiato con il suo orgasmo, aveva ancora il potere di farle venire la pelle d'oca. Così, aveva voluto in qualche modo immortalare quella notte... renderla più indelebile di quanto già non fosse.

Non avrebbe mai pensato di essere il tipo da tatuarsi, ma aveva iniziato con il piccolo simbolo cinese che significava "forza" sull'inguine. A Mary era stato diagnosticato un cancro al seno ed erano andate insieme a farsi il tatuaggio, giurando, a prescindere da cosa sarebbe successo, di essere forti. Poi, quando Mary aveva sconfitto il cancro, Rayne si era fatta aggiungere sulla pelle il piccolo nastro rosa. Lo aveva fatto sulla parte inferiore del seno sinistro. Aveva fatto male come nulla che avesse mai provato prima, ma ce l'aveva fatta, pensando che ciò che doveva aver provato Mary fosse stato molto peggio.

Dopo una lunga conversazione con suo fratello, una sera, aveva preso la decisione di farsi il terzo tatuaggio. Avrebbe voluto qualcosa di piccolo e femminile, ma a ogni modo era uscita dal negozio di tatuaggi con un disegno che le copriva tutta la parte bassa della schiena. Pensava che se ne sarebbe pentita, ma non poteva, rappresentava la sua famiglia, e per lei significava tutto. L'aquila aveva le ali dispiegate che quasi le si avvolgevano intorno ai fianchi; sì, era proprio enorme.

Quando Ghost l'aveva presa per l'ultima volta, e lei si era

chinata davanti a lui, aveva avuto una reazione quasi viscerale nel vedere il suo tatuaggio. Non conosceva il motivo, solo che lui l'aveva presa in modo più duro e intenso di quanto avesse fatto in qualsiasi altra occasione quella notte.

Rayne aveva chiesto all'artista di aggiungere il Big Ben, quindi era più o meno dietro l'aquila, sempre sulla schiena, ma vicino al fianco sinistro. Aveva riprodotto in modo perfetto il maestoso monumento inglese, incorporando in qualche modo il fulmine nel disegno dell'orologio. Gli aveva fatto mettere le lancette sulle due e mezza... l'ultima volta che Rayne si era ricordata di aver guardato l'orologio, quando era stata con Ghost.

Poi gli aveva fatto aggiungere le parole "Professionismo Silenzioso" con una scrittura elegante, in cima all'orologio. Quelle parole erano tatuate sul fianco di Ghost, e si addicevano a lui alla perfezione. Non sarebbe mai stato il tipo di uomo che si metteva in mostra, e attirava l'attenzione su di sé, ma faceva ciò che doveva essere fatto senza farsi notare.

L'ultima aggiunta al suo tatuaggio, già molto più grande di quanto fossero state le sue intenzioni, era stato un piccolo fantasma che fluttuava intorno alla cima dell'orologio. Sembrava fuori posto con il resto del disegno, e persino l'artista aveva protestato, ma lei aveva insistito, e ora aveva un ricordo indelebile del giorno e della notte più incredibili della sua vita.

Rayne aveva pensato che avrebbe potuto pentirsene, ma lo aveva fatto comunque. Ora, anche tre mesi dopo, e con nessuna possibilità di parlare con l'unico uomo che le aveva toccato il cuore, in un modo che persino lei non riusciva a capire, non si era pentita di quel tatuaggio. La tranquillizzava, la faceva sentire bene dentro.

«Vieni?» La voce di Mary era impaziente, e Rayne capì che non era più dell'umore di assecondare la sua amica e la sua depressione.

«Sto arrivando, non agitarti, donna» la stuzzicò Rayne, allontanandosi dal tavolino in cui si erano sedute, nell'enorme bar *Country-Western*.

Rayne raggiunse Mary sulla grande pista da ballo in legno, e sorrisero e risero, mentre la canzone cambiava in una musica che potevano davvero ballare. Nessuna di loro due lo sapeva fare molto bene, ma *sapevano* come ballare il two-step.

Probabilmente sembravano stupide; Mary era alta e snella, i capelli castani le ricadevano sulle spalle e mentre si muoveva, le ciocche rosa e viola che aveva aggiunto facevano capolino. Rayne era alta quasi come Mary, ma non era snella. Non poteva più fare acquisti nei negozi alla moda che vendevano solo taglie dalla 38 alla 46, ma non le importava. Le piaceva il cibo, odiava stare a dieta e sapeva di essere di corporatura normale. Ignorava i media che cercavano di convincere le donne che la taglia 42 era nella norma.

Comunque a Rayne non importava delle taglie. Non era mai stata presa in giro, non aveva nessun oscuro segreto nel suo passato riguardo a persone che l'avevano presa di mira o insultata. Voleva bene a Mary, che naturalmente era una taglia 42, a prescindere da quello che mangiava, maledetta lei, ma aveva perso peso a causa del cancro. Probabilmente era più vicina a una 40 in questo momento. Le persone erano persone, non importava se erano una taglia 40 o 100.

Rayne rise con Mary mentre ballavano, alcuni uomini cercavano di provarci con loro, ma per una volta, sembrò che Mary non fosse impaziente di fare in modo che la sua amica facesse sesso.

Più tardi, quella notte, mentre Rayne era a letto un po' brilla, pensò ancora una volta a Ghost. Mary aveva ragione, era ora di toglierselo dalla mente una volta per tutte. Erano passati sei mesi. Se avesse avuto intenzione di rintracciarla e dichiararle il suo amore eterno, lo avrebbe già fatto. Ma non era successo.

Senza chiederle il permesso, Mary aveva provato a cercarlo, usando le informazioni del documento d'identità che Rayne le aveva mandato con un messaggio dall'aeroporto. Rayne aveva voluto sentirsi al sicuro, e aveva immaginato che mandando una foto della patente di guida di Ghost alla sua migliore amica, si sarebbe almeno assicurata che qualcuno sapesse con chi era a Londra.

Era stata una buona idea, solo che Mary non aveva avuto fortuna nel trovare dove fosse John Benbrook. In realtà si era recata all'indirizzo di Fort Worth che era sul documento, e aveva trovato un enorme complesso di appartamenti. Quando aveva chiesto all'agenzia immobiliare, le avevano detto che non c'era nessun inquilino con quel nome e che non le avrebbero dato alcuna informazione sugli inquilini passati, dicendo qualcosa riguardo le leggi sulla privacy.

Mary non era stata disposta a rinunciare, ma Rayne aveva infine fermato la cosa, dicendo che probabilmente metà delle persone in Texas avevano un vecchio indirizzo sulle patenti. Chi andava davvero alla motorizzazione nel momento in cui si trasferiva?

A essere sincera, Rayne avrebbe preferito molto di più se fosse stato John a.k.a. Ghost a rintracciarla, piuttosto che il contrario, ma sdraiata nel suo grande letto, a ricordare lo sguardo di rimpianto e tristezza sul suo viso dopo che l'aveva presa da dietro, quegli occhi fissi sul tatuaggio sarebbero rimasti con lei per molto tempo.

La uccideva pensare che fosse pentito dei momenti trascorsi insieme. Ma anche con la nota criptica, seppur dolce, che le aveva lasciato, era ovvio che il loro breve periodo insieme era proprio come aveva affermato che sarebbe stato... una cosa di una notte. Una notte bellissima e impossibile da dimenticare, ma pur sempre solo una notte.

Rayne si girò sul fianco e ignorò la leggera rotazione della stanza causata dal suo stato di ubriachezza. Le parole usci-

rono sommesse e sentite, mentre chiudeva gli occhi e prendeva la decisione finale di andare avanti con la sua vita una
volta per tutte.

«Ovunque ti trovi, John Benbrook, spero che tu sia al
sicuro e felice. Non ti dimenticherò mai.»

CAPITOLO TREDICI

GHOST SENZA PARLARE FECE un gesto ai suoi compagni di squadra della Delta Force. Blade e Hollywood gli si avvicinarono da dietro e lo coprirono mentre si muovevano tra le strade del Cairo.

L'Egitto era diventato sempre più instabile con il passare dei mesi. I militanti volevano il controllo del governo e non si facevano problemi a uccidere chiunque, al fine di ottenere quel potere. Finora, gli Stati Uniti erano restati ufficialmente fuori dalle piccole schermaglie che si stavano abbattendo in tutto il Paese, soprattutto nella capitale, ma ufficiosamente, la Delta Force e altre forze speciali, venivano inviate per raccogliere informazioni, e per vedere se si riusciva a scovare i leader della Fratellanza Musulmana.

Il gruppo era stato classificato come un'organizzazione terroristica da molti Paesi mediorientali, dopo una rivoluzione avvenuta alcuni anni fa. La Fratellanza Musulmana era per lo più un movimento, e non un partito politico, ma dopo che uno dei loro sostenitori era stato votato come Presidente dell'Egitto e il successivo colpo di stato, la Fratellanza era stata emarginata. Adesso stavano cercando di recuperare il loro potere, e gli Stati Uniti e altri Paesi, erano preoccupati che fosse in programma un'altra sanguinosa protesta, o un altro colpo di stato.

Il trio si mosse in silenzio prima dell'alba, attraverso le strade deserte, agendo in base a una soffiata che avevano ricevuto la sera prima. Sembrava che il gruppo dovesse tenere un incontro in una moschea a est della città, e Ghost e la sua squadra stavano andando a controllare, per cercare di capire quante persone erano riusciti a convincere a sostenere il loro modo di pensare.

Se ci fossero state da cinquanta a cento persone, il governo non si sarebbe preoccupato molto, era improbabile che così pochi uomini potessero mobilitarsi per rovesciare il governo. Ma se dovessero essere di più, sarebbe stato necessario intraprendere ulteriori azioni per cercare di mitigare il rischio.

Ghost fece un segnale a Blade e Hollywood, e scomparvero nella grigia luce del mattino. Se Ghost non fosse stato a guardare dove erano andati, non li avrebbe visti, si erano mischiati con le ombre che circondavano il massiccio edificio, finché Ghost non li aveva persi di vista. Sapeva che anche il resto della squadra – Fletch, Coach, Beatle e Truck – erano lì intorno. Si erano mossi da altre due direzioni diverse, ma ora anche loro si trovavano lì da qualche parte, appostati nell'ombra, a osservare.

Il lavoro di Ghost era di tener d'occhio la facciata anteriore, e osservare i veicoli che potevano arrivare, e chi usciva da essi. Per ora era tutto tranquillo… troppo tranquillo, il che significava che erano nel posto giusto. In una città come il Cairo, traboccante di gente, dovrebbe esserci un po' di movimento sulle strade anche a quell'ora del mattino. Il silenzio inquietante, e l'insolita mancanza di persone, era un segno che c'era in corso qualcosa di nefasto.

Come ogni tanto gli capitava, un'immagine di Rayne

spuntò nella testa di Ghost mentre si trovava all'ombra di un edificio, a fissare la vecchia moschea. Lei aveva guardato l'Abbazia di Westminster come se non avesse mai visto niente di più bello nella sua vita. Ghost si passò una mano sul petto, massaggiandosi il cuore, senza rendersi conto di farlo.

Le mancava. Rayne aveva una visione spensierata della vita che Ghost aveva visto di rado. Accidenti, l'aveva conosciuta solo per un giorno, ma era divertente e allegra, e gli era davvero piaciuto passare del tempo con lei. Sapeva che era una bravissima assistente di volo. Mentre erano insieme, lo aveva messo a suo agio e lo aveva fatto sentire come se fosse stato l'unica cosa su cui si stava concentrando. Poteva vederla benissimo chiacchierare con i passeggeri, alleviare le paure di quelli nervosi, e in generale essere amichevole e aperta per rendere l'esperienza non proprio bella di volare, migliore per i passeggeri.

Quel pensiero condusse al successivo... se era riuscita a mettere *lui* a suo agio, poteva farlo con qualsiasi altro uomo durante i suoi viaggi. Il pensiero di lei che sorrideva, o rideva, o addirittura eludeva le avance degli uomini d'affari arrapati, che erano destinati a viaggiare sui suoi voli, gli fece stringere le mani a pugno lungo i fianchi.

Ghost fece un respiro profondo, sperando di calmarsi. Non funzionò molto.

Non aveva il diritto di essere geloso di altri uomini, era stato lui a lasciarla. Era stato per il loro bene, ma gli bruciava ancora. Gli passò per la mente una visione di Rayne stesa sotto di lui, con la testa gettata all'indietro, nel bel mezzo di un orgasmo, e smise letteralmente di respirare per un momento. Da quando aveva lasciato il suo fianco, sei mesi prima, aveva rivissuto diverse volte nella sua mente ogni singolo secondo del tempo passato insieme, ma quell'immagine... dell'ultima volta che l'aveva presa e fatta esplodere di piacere, si ripeteva come se avesse il tasto di riavvolgimento.

Era stata assolutamente perfetta. Si era fidata di lui tanto da lasciargli fare ciò che voleva – no, che aveva bisogno – di farle. In seguito, si era sdraiata tra le sue braccia con un tale fiducia, come se fossero stati amanti da molto tempo, invece che essersi incontrati quel giorno. Ghost ricordava il suo sapore, il modo in cui rideva, le dita che gli sfioravano ritmicamente la peluria del petto mentre si riposavano tra i momenti di sesso, lo scintillio nei suoi occhi mentre lo prendeva in giro chiamandolo super-spia.

Ogni singola cosa di lei era radicata nel suo cervello, e le immagini, invece che affievolirsi, sembravano diventare più vivide col passare dei giorni. Era la cosa più strana che avesse mai sperimentato, e i flashback del tempo passato insieme arrivavano nei momenti più inopportuni... come questo.

Ghost sussultò quando un camion si avvicinò all'ingresso del grande edificio. Cazzo, doveva prestare attenzione a quello che stava facendo, l'ultima cosa di cui aveva bisogno era che i suoi ricordi facessero uccidere lui, o la sua squadra.

Dal veicolo uscirono più umani di quelli che a rigor di logica potevano starci all'interno, ed entrarono nella moschea. Era come una di quelle macchine dei clown nel circo... aveva contato almeno venti persone uscire dal camion e dirigersi in silenzio nell'edificio. Non gli erano nemmeno sfuggiti i fucili e le altre armi che gli uomini trasportavano.

Dopo circa trenta minuti di arrivi di un numero sempre maggiore di persone, Ghost si allontanò dal lato dell'edificio a cui si era appoggiato, e si avviò lungo un vicolo buio. Attraversò altre strade fino a raggiungere il punto di raccolta prestabilito. Gli altri uomini erano già lì. Senza dire una parola, salirono sul camion che avevano lasciato sul posto, e tornarono al loro luogo di incontro. Il loro compito questa volta non era interrompere l'assemblea o arrestare qualcuno dei militanti, ma di guardare e riferire.

Sembrava che questa non fosse un'operazione da poco.

C'erano più di cento uomini coinvolti. Era ovvio che la Fratellanza Musulmana aveva ottenuto molto sostegno, e che il popolo egiziano si sarebbe trovato tra le mani una battaglia da combattere... probabilmente molto presto.

Mentre Beatle li portava con meno rumore possibile nel luogo del rendez-vous, i pensieri di Ghost tornarono di nuovo a Rayne. Come stava? Era al sicuro? Dov'era adesso? Era a lavoro? Stava uscendo con qualcuno?

Scosse la testa. Non aveva nemmeno il diritto di chiederselo. Ma mentre si leccava le labbra, Ghost poteva quasi sentire il suo sapore su di loro. Era stata così bagnata e liscia sotto la sua bocca. Si ricordò di averla svegliata la seconda volta leccandola; se la stava godendo da un po' quando lei aveva iniziato a dimenarsi tra le sue braccia.

Si era preso il suo tempo, strofinando il viso e imparando le cose che preferiva. Anche mentre dormiva, il suo corpo aveva reagito a lui. Aveva tenuto il suo tocco leggero, in modo da non svegliarla, finché non fosse stato pronto, ma non era riuscito a fare a meno di prendere in bocca il piccolo fascio di nervi. Non appena lo aveva succhiato, lei si era dimenata, e gli umori erano aumentati tra le sue pieghe, come se si stesse preparando per lui. Poi aveva infilato un dito...

«Ghost, siamo arrivati.»

I suoi pensieri furono bruscamente interrotti dall'annuncio di Fletch. Annuì, tornando a essere di nuovo il leader del team. «A rapporto fra dieci minuti, riferiamo al quartier generale e ce ne andiamo da qui.»

«D'accordo. Ci vediamo tra dieci minuti» rispose Fletch per il gruppo.

Ghost osservò i suoi uomini entrare nel piccolo edificio e fece un profondo respiro. Doveva liberare la sua testa da Rayne. Aveva considerato di trovarsi un bella straniera vogliosa, single o divorziata, e di perdersi in lei per una notte, ma quel pensiero non aveva nemmeno fatto contrarre il suo uccello. Dannazione. Doveva fare qualcosa, ma Ghost non aveva idea di cosa.

Era come se Rayne si fosse insinuata nel suo cuore e non volesse andarsene... anche se le aveva detto che era un tipo da una sola notte. Era come se anche il suo cervello stesse cospirando contro di lui, e non smetteva mai di fargli rivivere il tempo passato insieme, come se ciò potesse, in qualche modo, rendere possibile una relazione tra di loro.

Ghost quasi sbuffò mentre raccoglieva la sua attrezzatura, e si diresse verso l'edificio. Una relazione tra loro non funzionerebbe mai. Per prima cosa, le aveva mentito... su quasi tutto, dal momento in cui l'aveva incontrata, al momento in cui aveva lasciato quella stanza d'hotel. Secondo, era un Delta Force, un membro del gruppo più segreto che aveva l'esercito americano. Non poteva dire a Rayne nulla di quello che stava facendo, dove stava andando, o anche quando sarebbe tornato. Non era possibile che una relazione potesse funzionare in quel modo.

E terzo, era sempre in pericolo. Sempre. Dal momento in cui se ne andava, e anche quando tornava a casa, qualcuno avrebbe potuto cercare di ucciderlo. Ucciderlo per quello che aveva fatto in passato, e per ciò che temevano avrebbe fatto in futuro. I soldati della Delta Force erano in cima alla lista nera di Al Qaeda, dell'ISIS, e di tutte le altre organizzazioni terroristiche. Farebbero qualsiasi cosa per mettere le mani su uno di loro... se non altro per usarli come esempio per ogni altro soldato.

Ghost scosse la testa mentre si liberava della sua attrezzatura, e si preparò per l'incontro con la squadra. Non poteva funzionare, in un modo o nell'altro doveva togliersi dalla testa la bella Rayne, una volta per tutte.

«Ovunque ti trovi, Rayne Jackson, spero che tu sia al sicuro e felice. Non ti dimenticherò mai.»

CAPITOLO QUATTORDICI

«Quando vieni a trovarmi?» chiese con impazienza Chase a sua sorella.

Rayne sospirò. «Vorrei avere tempo, ma parto domani mattina per una rotta internazionale.»

«Dove andrai questa volta?»

«In Francia, poi in Italia, in Egitto, quindi torno in Francia, e poi a casa.»

«Per quanto?»

«Penso che questo duri circa due settimane.»

«Non ti vedo da una vita, sorellina» si lamentò Chase.

Rayne sorrise, sentendo nella sua voce il ragazzino che era un tempo. «Lo so, ma tornerò alla fine del mese e potremo stare insieme.»

«Mi assicurerò di farti mantenere la promessa» la rimproverò Chase, poi il suo tono si fece serio. «Non mi piace che tu vada in Egitto. Promettimi che non farai nulla di pazzo, come avere la folle idea di andare in esplorazione da sola.»

«Certo che no, ma l'Egitto è del tutto sicuro, Chase. Il Cairo non è proprio il centro del terrorismo in questi giorni» disse in tono tranquillo.

«Ma hai visto le notizie, succedono ancora brutte cose laggiù. Ho sentito proprio l'altro giorno che la maggior parte delle navi da crociera ha rimosso dai loro itinerari i porti egiziani. E fidati di *me* quando ti dico, che non è sicuro.» Nelle parole di Chase c'era più della normale preoccupazione che un fratello aveva per una sorella.

«*Non* è sicuro?»

«No.»

Quando non spiegò, Rayne cercò di rassicurarlo. «Chase, sul serio, starò bene. È come la maggior parte degli altri viaggi che ho fatto da quelle parti. Ho la rotta Atene-Cairo, arriviamo lì un giorno e partiamo quello successivo. Lo farò per tre volte, poi passeremo un giorno in più al Cairo, tornerò a Parigi e poi a casa. L'ho già fatto un turno così. Non è un grosso problema.»

«Be', ti ripeto, non andare in giro da sola. In realtà, sarebbe più sicuro se rimanessi in albergo nel tuo giorno libero, ma non credo che lo farai.»

Rayne sorrise e assicurò il cellulare contro la spalla, mentre prendeva una tazza dall'armadietto e si preparava a versarsi un bicchiere di succo d'arancia. «Sai come sono. Mi piace esplorare città diverse. Non so se poi avrò ancora quella possibilità. Prometto che non andrò in giro da sola, e se non riesco a convincere nessuno a venire con me, starò in albergo ad annoiarmi a morte, e triste di essere in Egitto e non vedere nemmeno un cammello, ma starò al sicuro. Sei felice?» Non disse a Chase che andare in giro da sola non aveva alcuna attrattiva, dopo aver passato del tempo con Ghost a Londra.

«No, ma dovrà bastarmi. Chiamami quando atterri al Dallas/Fort Worth. Dopo questo turno hai una settimana di ferie, giusto?»

«Giusto.»

«Bene, puoi venire a trovarmi qui a Fort Hood.»

Non era tanto una domanda, quanto un ordine, ma poiché

era ciò che Rayne voleva fare comunque, non si lamentò. «Mi sembra una buona idea. Hai notizie di Sam?»

«Conosci nostra sorella... esce con i ricchi e famosi di Los Angeles.»

Rayne rise. *Conosceva* sua sorella. «Chi sta frequentando ora?»

«Non ne ho idea, ma mi ha detto che ha ottenuto una piccola parte nel nuovo film di *Jurassic Park* che stanno girando ora.»

Rayne gemette. «Non dirmelo... viene mangiata da un gigantesco dinosauro?»

Chase rise. «È probabile. Hai visto nell'ultimo, c'erano un sacco di comparse che correvano in giro e venivano rapite da quei volatili mangiatori di carne. Ma mi raccomando, non hai saputo niente da me, sono sicuro che vuole chiamarti per dirtelo lei.»

«Le mie labbra sono sigillate. Sono così orgogliosa di lei, e anche di te.»

Il tono di Chase si addolcì. «Lo so. Ma sul serio, sorella, sii prudente. Ci sono problemi in vista laggiù in Egitto, e odio il fatto che ti troverai nel mezzo.»

«Non mi troverò nel mezzo di nulla... be', tranne della città. Rilassati, Chase. Ho quasi ventinove anni, sono abbastanza vecchia da prendermi cura di me stessa.»

«Sarai anche più vecchia di me di due anni, ma mi preoccuperò sempre per te.»

A volte era certa che Chase fosse un'anima antica, era impossibile che si comportasse da ventiseienne. Non aveva dubbi che avrebbe risalito i gradi del Corpo Ufficiali a una velocità record. Ma non volendo fare la sentimentale, Rayne cambiò argomento mentre si sedeva sul divano e girava distrattamente i canali. «Come vanno le cose per te?»

«Bene. Sono in lizza per una promozione il prossimo mese.»

Lo sapeva. «Così diventerai capitano. Era ora, davvero.»

«Lo spero. Sono pronto.»

«Sarai fantastico. Hai idea di quale potrebbe essere il tuo primo incarico?»

«Nessun indizio. Ma non importa, mi piacerà, qualunque cosa sia.»

«Avrai un PCS?» Rayne aveva impiegato un po' di tempo per imparare tutti gli acronimi dell'esercito, ma ci era riuscita. Il PCS, *Permanent Change of Station*, rappresentava il cambio permanente di zona di servizio… nel senso che l'esercito trasferiva una persona da una base a un'altra.

«Sono sicuro di sì.»

«Che rottura.»

Chase rise. «È che sei stata viziata ad avermi qui in Texas.»

«Vero.»

«Ti farò sapere non appena ne avrò notizia.»

«Sarà meglio.»

Risero entrambi, godendosi le battute. Alla fine, Rayne disse con rammarico: «Devo andare.»

«Appuntamento galante?»

«Ah. No. Devo finire di fare le valigie e assicurarmi che Mary si ricordi di controllare il mio appartamento, e ritirare la posta, eccetera.»

«Un appuntamento galante sembra più interessante. Tu e Mary non siete uscite l'altra sera?»

«Sì… e?»

«Non hai incontrato nessuno?»

«Buon Dio, Chase. Primo, non te lo direi, secondo, non ho avventure di una notte.» Era una piccola bugia, che non avrebbe mai saputo.

«Accidenti, Rayne, non stavo parlando di portarti un ragazzo a casa per la notte, ma chiedevo se avevi incontrato qualcuno che potresti pensare di voler *frequentare*. Sai… cene, film, passeggiate sulla spiaggia.»

Rayne rise. «Non abbiamo spiagge qui a Fort Worth, e no, era un bar Country-Western. Non incontrerò il futuro Mr. Rayne Jackson in un bar. Sul serio!»

«Ehi, non stroncarlo a priori, *Mr. Giusto* potrebbe essere ovunque. Hai provato qualcuno di quei siti di appuntamenti online?»

«Ok, questa conversazione è ufficialmente finita» affermò Rayne con fermezza. «*Non* mi farò dare consigli sugli appuntamenti dal mio fratellino, e non ti vedo là fuori a darti da fare in questo senso, *Mr. dovresti buttarti nella mischia.*»

Suo fratello rise. «Ok, ok, tregua. Hai ragione, starò fuori dalla tua vita amorosa se rimarrai fuori dalla mia.»

«Affare fatto. Ora devo proprio andare. Stammi bene, e ti chiamerò al mio ritorno tra un paio di settimane, e ci metteremo d'accordo sul momento migliore per venire a trovarti per qualche giorno.»

«Buona idea. Ti voglio bene. Ci sentiamo.»

«Ciao, Chase. Ti voglio bene anch'io.»

«Ciao.»

Rayne chiuse la chiamata e si appoggiò contro i cuscini del divano, cercando di trovare l'energia per alzarsi e finire di fare i bagagli, come aveva detto a suo fratello di dover fare. Sembrava fosse sempre più difficile provare entusiasmo per il suo lavoro. Non le dispiaceva la parte del volo, ma ogni volta che faceva una sosta in una città straniera, le veniva in mente Ghost... e quello faceva male.

Non aveva avuto problemi a dire a Chase che non avrebbe gironzolato per il Cairo da sola, non desiderava più esplorare nessuna delle città in cui faceva sosta... non senza Ghost. L'aveva reso divertente, e non si era mai sentita più al sicuro di quando era stata con lui; una mano sulla schiena, mettersi tra lei e la gente che camminava troppo vicino a loro... non importava, erano quelle piccole cose che le mancavano sempre quando era da sola, lontana da casa.

Fu il pensiero di Ghost che rideva con lei mentre discutevano... di qualsiasi cosa di cui avessero parlato nell'Abbazia di Westminster, che la fece alzare dal divano e andare in camera sua. Era stato così paziente con lei, anche se in apparenza non era un romantico. Si ricordò che le sorrideva, che rideva, e anche quando era stato in disaccordo con quello che lei stava dicendo, era stato paziente e non condiscendente. Era come se avesse fatto letteralmente una lista delle qualità che voleva in un uomo, e lui soddisfaceva ogni singola cosa. Ed era entrato e uscito dalla sua vita così velocemente, che non aveva avuto nemmeno la possibilità di rendersi conto di ciò che aveva, prima che sparisse tutto.

Rayne aprì la valigia, e cominciò a riempirla solo con i vestiti necessari per il viaggio. Non aveva tempo di essere triste per quello che non sarebbe mai stato. Non c'era dubbio che l'uomo avesse dei difetti, ma non erano stati insieme abbastanza a lungo da capire quali fossero. Sarebbe andata avanti con la sua vita... pian piano, ma di sicuro l'avrebbe fatto. Forse questo sarebbe stato il viaggio in cui avrebbe potuto mettersi Ghost alle spalle, una volta per tutte.

CAPITOLO QUINDICI

Rayne sorrise al gruppo che chiacchierava dietro di lei. Erano atterrati al Cairo, e l'equipaggio del volo stava condividendo con loro un autobus che dall'aeroporto li avrebbe portati a uno degli hotel turistici più belli nelle vicinanze. Le piaceva volare con lo stesso team per diversi turni, rendeva il lavoro più semplice e il tempo passava più velocemente.

C'erano quattro coppie sul bus con loro, stavano discutendo i piani per il giorno successivo. A quanto pare, avrebbero trascorso alcuni giorni nella capitale per poi andare a vedere le famose piramidi egizie.

«Ehi, qualcuno di voi vuole venire con noi?»

La domanda era stata posta da una robusta donna ispanica. Era con il marito, e si erano tenuti per mano praticamente durante tutto il volo, e anche dopo essere sbarcati. Rayne notò che l'uomo massiccio sembrava protettivo con sua moglie, e teneva la mano nella sua il più possibile, le ricordava com'era stato Ghost con lei, anche se cercò di mettere da parte quel ricordo.

Rayne si girò e le chiese: «Come scusi?»

«Ho chiesto se volete venire con noi domani. Abbiamo

organizzato un tour privato e il numero massimo di persone è dieci, ma siamo solo in otto. Il prezzo è davvero ragionevole e vedremo molte cose fantastiche... le piramidi di Giza, la Sfinge, il Museo Egizio e finiremo in piazza Tahrir, per fare un tour del Mogamma, il palazzo governativo.»

«Cos'ha di speciale la piazza? Non è solo una grande zona del centro?» chiese Rayne.

La donna, di certo entusiasta riguardo l'argomento, esclamò: «Oh, no! C'è molto di più che una rotatoria e degli edifici. È dove il Paese si era riunito per protestare contro il governo di Hosni Mubarak. C'erano probabilmente duecentocinquantamila persone nella piazza che chiedevano le sue dimissioni. E ha funzionato! Poi, qualche anno dopo, c'è stata una rivolta contro il nuovo presidente, dove chiedevano ancora una volta le sue dimissioni. È tutto davvero affascinante, e sarà bello essere lì dove si è compiuta la storia!»

Il pilota, il copilota e tre degli altri assistenti di volo declinarono tutti gentilmente, ma Rayne pensò che quella potesse essere proprio la cosa di cui aveva bisogno per uscire dalla sua crisi. Andare a vedere la città con un gruppo era perfetto. L'unione fa la forza eccetera, eccetera.

Si voltò verso Sarah, una delle nuove assistenti di volo, con cui aveva viaggiato nell'ultima settimana e mezzo o giù di lì. «Vuoi andare? Abbiamo la giornata libera domani.»

Sarah scrollò le spalle e acconsentì. «Certo, perché no?»

«Grande!» gridò eccitata la donna ispanica. «Mi chiamo Diana. Questo è mio marito Eduardo. Siamo di Houston. Seduti nella parte posteriore ci sono Paula e il suo fidanzato, Leon, loro invece sono Becky e Michael, e infine Tracy e Steve. Ci conosciamo tutti perché andiamo nella stessa chiesa. Abbiamo sempre voluto vedere le Grandi Piramidi e alla fine, ci siamo fatti forza e abbiamo deciso di provarci.»

Rayne sorrise gentile a ciascuna delle coppie, e tornò a rivolgersi a Diana. «Quindi, quali sono i dettagli?»

«Domani ci incontreremo nella hall verso le nove, saremo prelevati e dovremmo tornare all'hotel intorno alle tre. Sono solo sei ore, ma vedremo quante più cose possibile della città in quel lasso di tempo. È così bello che veniate con noi!»

Discussero del prezzo per un po', e mentre l'autobus si avvicinava all'hotel, Diana esclamò: «Sarà epico! Ci vediamo domani mattina!»

«È un tipo un po' entusiasta, eh?» Sarah disse in tono secco, mentre prendevano i bagagli per poi avviarsi verso l'atrio dell'hotel.

«Sì, ma è meglio che l'indifferenza. Hai visto quell'altra coppia? Non hanno fatto altro che guardarsi male a vicenda» commentò Rayne con una risata.

«Vero. Per quanto voglia vedere la città, comincio a chiedermi se non staremmo meglio da sole.»

«Naa, andrà tutto bene, quanto brutto potrà essere?»

———

«Oh, mio Dio, potrebbe andare peggio?» chiese Sarah sottovoce, mentre guardavano Michael rimproverare l'autista del tour.

La mattinata era iniziata abbastanza bene, si erano incontrati tutti nell'atrio alle nove precise, e avevano trovato il loro autista, Hamadi, ad aspettarli. Aveva un furgoncino in cui, in qualche modo, riuscirono a infilarsi tutti. Era un po' stretto, ma dopotutto quello *era* l'Egitto. Viaggiavano così.

Trascorsero la mattinata a guardare le piramidi di Giza... non solo *le* piramidi, che erano davvero molto belle, ma anche l'autentica Sfinge, che Rayne non avrebbe mai pensato di vedere. Fecero un sacco di foto e poi trascorsero un paio d'ore al Museo Egizio. Poi girovagarono per la piazza che Diana era stata così entusiasta di visitare.

Adesso erano al palazzo del governo Mogamma. A Rayne

non sembrava chissà cosa, ma ci sarebbe andata. Dopo aver passeggiato nella grande piazza che circondava l'edificio, ora stavano aspettando in fila, con centinaia di altri turisti, di avere la possibilità di visitare l'interno del massiccio palazzo governativo.

Erano tutti stanchi e un po' affamati, ma Michael e Becky non stavano reagendo affatto bene alla situazione.

«Spero che non ti aspetti che ti diamo la mancia dopo tutto questo. Pensavo avessimo un tour esclusivo, quanto dovremo aspettare in questa fila? Non mi sembra esclusivo!» si infuriò Michael. «Stare qui fuori a cuocersi sotto il sole. Ridicolo!»

Rayne guardò l'autista, era stato molto paziente, e aveva persino pensato che avesse fatto un ottimo lavoro a manovrare il furgone in mezzo al folle traffico della città, ma quella coppia, non aveva detto una sola parola positiva per tutto il giorno.

«Non badare a lui» disse sottovoce Rayne ad Hamadi, voltando le spalle a Michael. «Hai fatto un lavoro incredibile oggi. Non penso che avrei mai visto così tante cose interessanti se fossimo stati in un tour normale. Grazie.»

L'uomo le rivolse un piccolo sorriso che non raggiunse gli occhi. «Il Karma si occuperà di lui» disse a Rayne in tono serio, anche se un po' drammatico, poi si rivolse al gruppo in generale: «Ho i biglietti, ma per entrare, dobbiamo aspettare in fila il controllo della sicurezza. Una volta dentro, ci separeremo dagli altri e faremo un tour esclusivo del bellissimo edificio.»

«Mi pare magnifico» disse Paula. Aveva fatto da paciere per tutto il tour, facendo in modo di impedire che il cattivo umore di Michael si diffondesse nel resto del gruppo. «Non vedo l'ora di vedere l'interno.»

«Continuo a pensare che sia una cazzata» sbuffò Michael, «di che cosa potrebbero essere mai alla ricerca, in ogni caso?»

Sarah si chinò e sussurrò a Rayne: «Che ne dici di pistole, coltelli e bombe? Che idiota.»

Rayne soffocò una risata e guardò a terra, cercando di ritrovare la sua compostezza. Ce n'era sempre uno in ogni gruppo, una persona o una coppia presuntuosa e viziata, che non capiva culture diverse dalla propria. Non capiva come potessero essere addirittura amici di Diana e delle altre coppie; gli altri erano tutti rilassati e dolci, mentre Michael e Becky sembrava non andassero d'accordo con nessuno.

Rayne pensò a Ghost per la millesima volta quel giorno. Aveva cercato di non farlo, davvero, ma non riusciva a farne a meno. Quando Michael aveva rimproverato Hamadi davanti a tutti, *era sicura* che Ghost non lo avrebbe tollerato. Avrebbe fatto a pezzi l'uomo e l'avrebbe fatta sembrare una cosa da nulla.

Ghost l'avrebbe fatta sentire più al sicuro. Il Cairo non era tremendamente pericoloso, come aveva detto suo fratello, ma Rayne si sentiva comunque a disagio. Le sue parole sul fatto che non fosse il posto migliore per andare in giro continuavano a passarle per la testa. Si sentiva meglio in mezzo al gruppo con la guida, ma c'erano state volte in cui si era guardata intorno, dopo essere stata fatta scendere per vedere alcuni siti, e aveva osservato la loro guida parlare con altri uomini, in posti appartati.

Lui non faceva niente di particolare per farla sentire a disagio, ma si sentiva così lo stesso. Gli era consentito parlare con i suoi amici quando i turisti stavano visitando i vari luoghi d'interesse, ma di tanto in tanto notava uno sguardo sul suo viso, che non era quello della guida accomodante che aveva cercato di mostrarsi a loro per tutto il giorno. Per qualche ragione Rayne sapeva che Ghost l'avrebbe fatta sentire meglio, le avrebbe detto che si stava immaginando il suo disagio, oppure, che non si stava sognando tutto, e l'avrebbe presa per mano per riportarla in hotel in modo che potessero...

Interruppe quel pensiero prima di finirlo. Dannazione, avrebbe dovuto mettersi alle spalle Ghost, e fare questo tour oggi, doveva essere il primo passo... purtroppo tutto ciò che stava facendo era farglielo mancare di più. Era stato un errore, e Rayne poteva solo sperare che finissero in fretta il giro del palazzo del governo. Il suo letto in hotel la stava chiamando, aveva un libro da leggere e una persona da dimenticare.

Finalmente arrivarono all'inizio della fila e tutti passarono i controlli di sicurezza senza problemi, tranne Steve, che aveva un piccolo coltello in tasca, e glielo confiscarono. Non ne fu contento, ma agì con maturità e non si arrabbiò, come tutti sapevano che avrebbe fatto invece Michael, se avessero portato via il coltello a lui.

Rayne pensò al fermacapelli che aveva indosso. Chase glielo aveva regalato l'ultimo Natale, e al momento aveva riso, ma lo indossava comunque ogni giorno. Aveva un design semplice, ma sul pacchetto era pubblicizzato come il fermacapelli a coltellino svizzero.

Vi erano celati tre cacciaviti, tra cui uno a stella, e due piatti, uno con la testa più grande e uno più piccola. C'era un buco che poteva funzionare come una piccola chiave inglese da 8 mm, un lato era contrassegnato per essere usato come un righello, ma le ultime due caratteristiche erano le più importanti per Chase; in effetti, un lato del fermaglio aveva un bordo seghettato, non avrebbe tagliato nulla di molto grosso, ma se qualcuno fosse stato abbastanza determinato, probabilmente avrebbe potuto fare qualche danno. E l'ultima caratteristica − a cui, come aveva sottolineato Chase, i produttori probabilmente non avevano nemmeno pensato, o almeno non lo avevano pubblicizzato − era che la punta del fermacapelli poteva essere usata come un grimaldello o, all'occorrenza, come una sorta di arma. Chase aveva detto a Rayne di puntare agli occhi di un aggressore se avesse dovuto usarlo per difendersi, quell'azione le avrebbe dato abbastanza tempo per fuggire a gambe levate. Le aveva detto di non rimanere mai a combattere, se poteva scappare.

Mai una volta era stato dato un secondo sguardo al fermaglio, in qualsiasi controllo di sicurezza che aveva passato. Probabilmente indossarlo avrebbe dovuto renderla nervosa, ma era felice di avere l'ulteriore protezione e tranquillità che le dava. Non che lei fosse una specie di James Bond, ma se le cose si dovessero mettere male, potrebbe essere in grado di usarla per uscire da una brutta situazione.

Proprio come Hamadi aveva detto, dopo aver superato la sicurezza, furono raggiunti da un altro uomo che li condusse in una direzione diversa rispetto al resto dei turisti. Hamadi disse che li avrebbe incontrati alla fine del tour, e sparì tra la folla di persone in attesa del loro turno. La nuova guida parlava un inglese con un forte accento straniero, che Rayne riusciva a malapena a capire. Era più che pronta per terminare la giornata, era stanca e accaldata, e a essere sincera, visitare un palazzo governativo non era in cima alla lista delle cose che voleva fare.

La nuova guida li portò da una stanza all'altra, spiegando gli scopi di ognuna, e parlando di alcune opere d'arte appese alle pareti. Alla fine, dopo circa quindici minuti, l'uomo egiziano li portò in una stanza in cui c'erano pochi mobili e che non aveva finestre. Aveva soffitti alti e delle decorazioni incise alle pareti.

«Aspettate qui» ordinò, e la voce risuonò nell'enorme stanza. «Torno subito.»

Prima che qualcuno potesse dire qualcosa – o piuttosto, prima che *Michael* potesse lamentarsi allo stesso modo in cui aveva criticato tutto il resto – l'uomo era sparito. Era uscito da una delle tre porte, e il rumore quando si chiuse dietro di lui, rimbombò nella stanza scarsamente arredata. C'era un piccolo divano dall'aspetto scomodo, ricoperto di finta pelliccia, e due sedie di legno che, se fossero state effettivamente usate, sarebbero crollate sotto il peso della persona seduta. Sul pavimento c'era un grande tappeto marrone di forma rettangolare, con le nappe tutto intorno. Era il tipo di arredamento che ci si aspetterebbe di vedere in un museo, non in un edificio governativo funzionante.

«Michael, sono stanca. È una noia. Pensavo che avremmo potuto vedere troni, gioielli e cose del genere. Questa roba fa schifo.»

Rayne sospirò in modo impercettibile. Aveva pensato che il tour sarebbe stato più eccitante di così, ma non si sarebbe lamentata come faceva Becky.

«Non preoccuparti, troverò Hamadi e gli dirò di riportarci al furgone. Sono quasi le due e mezza comunque, possiamo interrompere il tour, ne sono sicuro» disse Michael a Becky, senza chiedere al resto del gruppo se era d'accordo.

Andò alla porta da cui era uscita la guida, girò la maniglia e tirò. Non successe nulla. Michael si voltò confuso verso il gruppo. «Che strano. Sembra sia chiusa a chiave.»

«Ne sei sicuro?» chiese Sarah. «Forse è solo bloccata.»

Michael tirò più forte, ma ancora una volta non si mosse.

Leon, un uomo alto sulla sessantina, con i capelli bianchi come i fasci di nuvole nel cielo, si diresse verso una delle altre porte. Provò la maniglia, e fu evidente che anche quella era bloccata.

Chiaramente più che un po' allarmato, Steve si precipitò alla porta che avevano usato per entrare nella stanza, e scoprì che anche quella era chiusa a chiave. Tutti rimasero a guardarsi con espressioni confuse per un momento.

«Sono sicura che Hamadi sarà qui presto. Voglio dire, facciamo parte di un tour ufficiale. Non possono lasciarci chiusi in questa stanza per sempre» disse Tracy piena di fiducia.

«Questa è una cazzata assoluta!» sbottò Michael, dando un

calcio alla porta da cui era scomparsa la loro guida. «Non *vedo l'ora* di sentire la sua spiegazione per questo casino.»

Per quanto a Rayne non piacesse Michael, era d'accordo con lui su quel punto, non aveva senso, ma non c'era niente che potessero fare se non aspettare.

Passarono trenta minuti, poi un'ora. Rayne si era avvicinata a una delle pareti e si era messa a sedere contro di essa, avvolgendo le braccia intorno alle gambe piegate mentre aspettavano, e Sarah si era seduta accanto a lei.

Leon e Paula erano seduti sul divano. Dato che erano i più vecchi del gruppo, tutti erano stati d'accordo sul fatto che dovevano avere quel po' di comodità. Paula piangeva sommessamente mentre Leon cercava di confortarla. Tracy e Steve erano seduti con le spalle contro il muro opposto, mentre anche loro aspettavano l'arrivo di Hamadi.

Michael aveva camminato su e giù per la stanza per un po', sbraitando e farneticando contro gli stronzi degli egiziani, cosa che non aveva senso, visto che quasi tutti gli uomini e le donne che avevano incontrato durante il loro tour, erano stati molto educati e accomodanti. Aveva persino battuto su tutte le porte, e urlato a squarciagola, cercando di convincere qualcuno a farli uscire... senza fortuna. Anche Becky si era arrabbiata all'inizio, ma col passare del tempo era ovvio che stava diventando sempre più spaventata... come tutti gli altri.

Eduardo e Diana erano seduti sulle due sedie, e, ancora una volta, lui non aveva lasciato la mano della moglie. Si sporgeva e le sussurrava all'orecchio qualcosa in spagnolo e lei annuiva, poi, pochi minuti dopo, lo rifaceva. Erano la coppia più dolce che Rayne avesse mai visto. Era proprio sgradevole che si fossero ritrovati tutti in questa situazione... qualunque essa *fosse*.

Sarah si chinò e sussurrò a Rayne: «Che diavolo sta succedendo?»

Rayne poté solo scuotere la testa. «Non ne ho idea. Niente di tutto questo ha davvero senso.»

«Credi che la guida intendesse chiuderci qui? O è stato un incidente?»

Rayne aveva pensato alla stessa identica cosa. «Penso che dovesse saperlo. Voglio dire, non abbiamo visto molte persone nelle ultime stanze che abbiamo visitato, e di sicuro sembrava sapesse dove stava andando... vero?»

Quando Sarah annuì, Rayne disse a voce più alta, per far sì che gli altri potessero sentirla: «Diana, come avete organizzato questo tour?»

Lei sollevò la testa, e Rayne vide la sua espressione preoccupata. «È stato all'aeroporto. Abbiamo passato la dogana e stavamo aspettando sull'autobus quando Hamadi è venuto da noi e ci ha chiesto se volevamo fare un tour. Era molto gentile e parlava un inglese eccellente. Abbiamo contrattato un prezzo, e poi ci ha detto che ci avrebbe prelevato in hotel stamattina.»

«Gli hai detto che sareste stati in otto?»

«Oh, sì. Ci ha esortato a trovarne altri due che si unissero a noi, dato che aveva spazio per dieci nel suo furgone. Ecco perché abbiamo chiesto a te e Sarah di venire.»

Era un metodo usato da molta gente del posto nei Paesi meno prosperi, per cercare di derubare i ricchi turisti che venivano in città. I pensieri di Rayne divagavano incontrollati. Ripensò alle cose che suo fratello aveva cercato di insegnarle riguardo alla sicurezza. Dannazione, una delle prime cose che aveva imparato era di non parlare mai, o andare, con qualcuno che non fosse di un'agenzia turistica legittima. Aveva pensato che lo sapessero tutti, ma a quanto pare non era così. Non aveva nemmeno pensato di fare a Diana e agli altri altre domande riguardo alla prenotazione del tour, aveva dato per scontato che avessero preso precauzioni. Diana le aveva detto di aver incontrato Hamadi all'aeroporto, ma

Rayne non si era resa conto fino a ora, che lui non lavorava per un'agenzia turistica affidabile. Si rimproverò tra sè e sè. Chase sarebbe stato deluso di lei.

«Avevano pianificato per dieci, anche se otto sarebbero andati bene lo stesso» disse Rayne a nessuno in particolare. «Ho visto Hamadi parlare con diversi gruppi di uomini mentre visitavamo i vari luoghi turistici oggi. Forse erano complici?»

«Complici di cosa? Di che cazzo stai parlando, donna?» chiese Michael caustico.

«Di qualunque cosa sia tutto questo, del perché siamo rinchiusi in una stanza senza finestre, nel mezzo di un palazzo governativo in piazza Tahrir» ribatté Rayne, senza più preoccuparsi di cercare di essere gentile.

«Sono sicura che si sono solo dimenticati di noi. Non appena ci troveranno, torneremo in hotel e rideremo di questa situazione» disse Paula con la voce sull'orlo del pianto.

Proprio in quel momento un forte boato risuonò da qualche parte nell'edificio. Poi un altro, e un altro ancora, che fece tremare il pavimento sotto i loro piedi.

«Oh, mio Dio, che cos'è stato?» chiese Sarah, alzandosi subito, come fece Rayne.

«Andiamo, venite tutti qui» ordinò Rayne, ricorrendo al suo addestramento di assistente di volo. La stanza tremò di nuovo, e l'intonaco si staccò dal soffitto e cadde sul piccolo gruppo.

Le quattro coppie, e Sarah e Rayne, si rannicchiarono contro una delle pareti, lontano da dove sentivano i tonfi sordi. Cercarono di rassicurare il gruppo, usando la loro esperienza, per tentare di mantenere tutti calmi, anche se nessuno di loro sapeva di cosa dovevano essere rassicurati.

Quando risuonò un altro boato, molto più vicino degli altri, Rayne si guardò intorno. «Sarah! Aiutami con il divano.» Le due donne trascinarono il piccolo divano di fronte al gruppo. «Inginocchiatevi tutti qui dietro. Non dà molta copertura, ma è meglio di niente.»

Michael era silenzioso. A quanto pare non trovava battute o commenti maleducati nel bel mezzo di una situazione pericolosa. Il gruppo si rannicchiò dietro il minuscolo riparo dato dal divano, chiedendosi cosa diavolo stesse succedendo.

CAPITOLO SEDICI

GHOST e il suo team rimasero in silenzio sull'aereo da trasporto C-17 mentre volavano sopra l'Oceano Atlantico. Erano tornati dalla loro missione esplorativa in Egitto due settimane fa, e ora stavano tornando lì, ma questa volta era per un salvataggio.

Si era scatenato l'inferno in Egitto, e il governo degli Stati Uniti stava cercando freneticamente di far uscire tutti gli americani dal Paese. I militanti avevano fatto la loro mossa, a metà giornata, a metà settimana. Era stata una mossa audace; nessuno se lo era aspettato, il che aveva contribuito a rendere la loro aggressione un successo.

Il colpo di stato era iniziato nel bel mezzo della città, nello stesso luogo in cui era accaduto qualche anno prima, anche se ora le strade attorno al palazzo del governo e nella piazza erano deserte, mentre in passato, avevano pullulato di troupe televisive e altri media, solo che questa volta le minacce di violenza avevano allontanato tutti.

Avevano fatto scoppiare una serie di bombe nella piazza, e con quella distrazione, avevano preso il controllo del palazzo del governo.

Il loro piano era stato semplice ed efficace; il gruppo aveva centinaia di uomini che si erano spacciati per guide turistiche, si erano infiltrati in modo lento e costante, e avevano imparato la pianta dell'edificio. Erano rimasti in attesa, corrompendo persino i funzionari della sicurezza. Avevano programmato tutto bene, ognuno degli uomini aveva portato quanti più turisti erano riusciti a prendere, e ora c'erano innumerevoli americani, e altre persone, tenute in ostaggio all'interno del grande complesso governativo, ed era diventato un incubo politico.

I militanti stavano mettendo in mostra, di fronte ad alcune finestre dell'enorme edificio, gli uomini e le donne catturati, e avevano iniziato a giustiziarli quando il governo egiziano non aveva reagito abbastanza in fretta alle loro richieste.

L'esercito americano aveva già inviato diverse unità nell'area, e stava lavorando con quello egiziano per proteggere le strade intorno al palazzo assediato. Ma era stato solo quando avevano gettato i corpi di due uomini e due donne, dalla finestra del terzo piano di uno degli edifici che la Delta Force e i SEAL erano stati chiamati a intervenire.

I corpi dei turisti uccisi giacevano dove erano atterrati; qualsiasi tentativo di recuperarli era stato ostacolato dai militanti. Com'era ovvio, a loro piaceva tenerli esposti per le centinaia di troupe televisive che si erano insediate all'interno degli edifici intorno alla piazza, e le riprese dalle finestre andavano comunque bene.

Ghost era rimasto sorpreso di vedere all'aeroporto il team SEAL che avevano assistito sei mesi prima in Turchia. I SEAL stavano scortando il sergente Penelope Turner a casa dopo averla portata via con successo da sotto il naso dell'ISIS, quando il loro piano era stato scoperto, o forse i terroristi erano stati fortunati, e avevano abbattuto l'elicottero durante il viaggio per portarla in salvo. La squadra di Ghost era piombata lì, avevano sistemato le cose, e scortato i SEAL e il Sergente Turner verso una base sicura, dove poi si erano separati.

Non avevano passato molto tempo con gli altri uomini, ma Ghost e il suo team avevano un grande rispetto per il modo in cui i SEAL avevano agito, e per come la loro squadra aveva operato in missione. Non sarebbe stato difficile lavorare di nuovo con loro. Ghost sospettava che il suo amico di lunga data e compagno d'armi, Tex, avesse qualcosa a che fare con il fatto di essersi trovato di nuovo con loro, oggi. Non che lui potesse prendere la decisione effettiva rispetto a quali missioni venivano assegnate, ma quell'uomo aveva una straordinaria abilità nel fare delle cose che gli altri avrebbero ritenuto impossibili. Un suggerimento qui, un messaggio in codice là... e voilà! Ghost non fu per niente sorpreso di apprendere che ognuno degli uomini della squadra dei SEAL non solo conosceva Tex, ma era anche amico stretto con lui.

Tex era un uomo che conosceva tutti, ed era un ex SEAL, quindi era naturale che Wolf e il suo team facessero affidamento su di lui per l'intelligence e le informazioni. Tex era stato ferito in una missione e si era ritirato dalla Marina, ma sembrava che fosse altrettanto attivo oggi, se non di più, di quando era nei team.

Ghost salutò con calore Wolf. «È bello vederti, Wolf.»

«Anche tu, Ghost. Diamoci una mossa, possiamo aggiornarci a bordo.»

Ghost e la sua squadra di solito volavano sugli aerei di linea per cercare di non farsi notare, ma per questa missione il tempo era essenziale, ed era più importante andare al Cairo e aiutare a salvare gli ostaggi rimasti, piuttosto che cercare di mimetizzarsi. Per quanto ne sapevano gli altri, facevano parte del team SEAL, non della Delta Force.

Dopo che i tredici uomini si sistemarono sull'aereo e

furono in aria, in quanto soldato di grado più alto, Ghost iniziò l'aggiornamento senza perdere tempo.

«Ok, ecco quello che sappiamo... che non è molto: i rapporti che arrivano dal Cairo sono approssimativi, soprattutto perché nessuno sembra sapere esattamente cosa stia succedendo all'interno del palazzo. Non esiste un numero definito di militanti, e nessun numero reale di quanti ostaggi potrebbero esserci.»

«Quindi abbiamo un bel po' di "chi cazzo sa qualcosa"» sbottò Wolf, ovviamente incazzato.

«Praticamente sì» concordò Ghost.

«Per quanto sia spiacevole, ci vorranno un giorno o due per la ricognizione» dichiarò Fletch. «Non possiamo fare una mossa fino a quando non sapremo dove si trovano gli ostaggi.»

«Esatto» affermò Abe, uno dei SEAL. «L'ultima cosa che vogliamo è irrompere ad armi spianate e rischiare di far uccidere innocenti.»

Tutti loro odiavano dover rimandare l'azione, ma era necessario.

«Va bene. Discutiamo il piano A. Poi penseremo ai piani B, C e D. Se tutto il resto fallisce, usciamo da lì portando in salvo tutti gli ostaggi che riusciamo a trovare» ordinò Ghost, lisciando la mappa sul tavolo di fronte a loro.

Mozart, un altro dei SEAL, gemette: «Più facile a dirsi che a farsi.»

«Puoi dirlo forte» concordò Beatle.

«Ok, ecco il piano...»

Gli uomini definirono le strategie, obiettarono e discussero i vari piani di azione, fino a quando giunsero dall'altra parte dell'oceano. Finalmente, ore dopo essere decollato, l'aereo militare atterrò. Tutti e tredici gli uomini a bordo erano armati fino ai denti, pronti a eliminare quanti più cattivi possibile, e a portare a casa il maggior numero di ostaggi.

———

Rayne soffocò il gemito di paura che minacciava di uscire dalla sua gola. Erano rimasti bloccati nella stanza chiusa a chiave per quelle che sembravano ore, ma quando finalmente furono liberati, la situazione non fu proprio quella che avevano immaginato.

Un egiziano dall'aspetto rude aveva aperto la porta ed era entrato, seguito da altri tre. Tutti e quattro gli uomini impugnavano fucili automatici, e avevano subito iniziato a ordinare loro di fare qualcosa in egiziano.

Fu Michael – ovvio che fu Michael – a essere abbastanza stupido da lamentarsi con gli uomini sul fatto che non capiva cosa volessero, così venne colpito in faccia con il calcio del fucile per la sua insolenza. In seguito, non si lamentò più.

Furono condotti in un'altra stanza, che ospitava una ventina di turisti, e altri cinque o più uomini e ragazzi con armi cariche. Rayne e Sarah si strinsero vicine, non volendo separarsi. Le altre coppie fecero la stessa cosa, e Rayne non poté fare a meno di sentire un nodo in gola nel guardare come Leon, Eduardo e Steve, si misero tra gli uomini con i fucili e le loro mogli. Alla fine, dopo un'altra ora circa, tutto il gruppo fu spostato in un'altra stanza, ancora una volta senza finestre. Le porte furono di nuovo chiuse a chiave, e si ritrovarono ancora prigionieri.

Le circa trenta persone che componevano il gruppo, trascorsero la giornata successiva confuse, affamate e terrorizzate da morire. Rayne si sentiva disgustosa con quella maglietta e i jeans e, per quanto fosse inopportuno, desiderò potersi lavare via il sudore e la paura con una doccia bollente.

Un paio di volte alcuni uomini provarono a battere e a

prendere a calci le porte, senza fortuna. Alla fine, dopo che tutti erano spaventati oltre ogni immaginazione, e oltre la necessità di ribellarsi, il gruppo fu condotto ancora una volta in un'altra stanza. Questa, dava l'impressione di essere stata un tempo una sala da ballo.

C'erano decorazioni incise, dipinti alle pareti e arazzi rossi appesi come tende alle finestre. L'incongruenza tra l'opulenza di ciò che li circondava e il modo in cui si sentivano – abbattuti, puzzolenti, affamati e spaventati – era sconvolgente. In totale, nella grande sala, c'erano probabilmente una sessantina circa di ostaggi. Rayne non riusciva a capire da quale Paese provenissero tutti, sapeva solo che non tutti parlavano inglese. C'era chi sembrava parlare francese, chi tedesco, chi spagnolo e anche una lingua slava. Ma al momento erano alleati, gettati in quella terribile situazione dal destino, e la nazionalità non aveva importanza.

Sarah e Rayne andarono subito in fondo alla stanza, lontano dalle finestre e dalle porte, e si sedettero contro il muro. Rayne sussurrò senza indugio a Sarah, asciugandosi il sudore dalla fronte provocato dalla stanza calda e dallo stress: «Non fare nulla per attirare l'attenzione su di te. Nulla, capito? Non diventare isterica. Cerca di non vomitare. Non urlare a nessuno, non litigare. Se attiri l'attenzione su di te, diventi un bersaglio, e questa è l'ultima cosa che vuoi fare in una situazione come questa. Mimetizzati o muori, Sarah, non sto scherzando.»

«Come diavolo fai a sapere queste cose? Non ricordo che ce lo abbiano insegnato al corso di assistente di volo» le chiese Sarah meravigliata.

«Mio fratello è nell'esercito. Antiterrorismo. Me l'ha insegnato lui.»

Le donne rimasero in silenzio per un po', mentre osservavano quello che succedeva intorno a loro. Rayne non fu sorpresa quando Michael cercò di nominarsi capo del grande gruppo, e avrebbe potuto dirgli che era la cosa più sbagliata da fare, ma non l'avrebbe comunque ascoltata.

Per il primo giorno, o due, nella sala da ballo, i loro rapitori li ignorarono per la maggior parte del tempo. Portarono pezzi di qualche tipo di carne e formaggio, e secchi d'acqua perché tutti potessero dividersele, e nient'altro. Dopo aver svuotato uno dei secchi, lo misero in un angolo lontano, per usarlo come bagno.

Quando Michael iniziò a insistere con le guardie, chiedendo di essere lasciato andare, Rayne capì che stavano perdendo la pazienza.

Al terzo giorno della loro reclusione – Rayne non sapeva ancora perché fossero tenuti prigionieri, o da chi, ma supponeva che fosse comunque irrilevante – le guardie ne ebbero abbastanza di Michael e di alcuni degli altri ostaggi più esigenti. Ordinarono a tutto il gruppo di mettersi in fila; le donne in una e gli uomini in un'altra. Rayne osservò triste Diana e Eduardo, Leon e Paula, e Tracy e Steve, salutarsi in lacrime. Nessuno aveva idea di cosa diavolo stesse succedendo, ed essere separati gli uni dagli altri sembrava all'improvviso una condanna a morte.

Becky e Michael si rifiutarono in modo categorico di fare come avevano detto i loro rapitori. Michael si fermò accanto alla moglie, le mise un braccio intorno alle spalle e dichiarò: «No. Non potete separarci, questa è mia moglie e lei è molto delicata, non andremo da nessuna parte; dovete lasciarci liberi. Morirete comunque tutti, quindi fareste meglio ad arrendervi!»

Rayne non poteva credere a quanto fosse stupido Michael. Non aveva idea di cosa pensasse di poter ottenere con il suo piccolo discorso, ma era evidente che aveva irritato l'uomo che stava cercando di mettere in ordine tutti.

Infatti, tirò fuori il fucile e sparò in testa a Michael, e

quando Becky cominciò a strillare, piantò due pallottole anche su di lei, senza una parola di avvertimento.

Tutti rimasero in silenzio mentre i loro corpi cadevano a terra con un tonfo. Nessuno osò urlare. Nessuno voleva far incazzare l'uomo instabile che aveva appena ucciso due persone davanti a loro senza pensarci due volte.

«Qualcun altro vuole lamentarsi del trattamento? Qualcun altro vuole essere liberato?»

Nessuno disse una parola.

Il tizio, apparentemente ancora incazzato, si voltò e sparò all'uomo in fila più vicino a lui, poi uccise anche la donna più vicina. Non diede alcuna spiegazione, si voltò soltanto e uscì dalla stanza, dicendo qualcosa in egiziano agli altri rapitori prima di andarsene.

«Voi uomini, sì, voi quattro in fila, prendete i corpi e buttateli dalla finestra, là» ordinò un altro rapitore. Il suo inglese era incerto, ma più che comprensibile.

Rayne osservò, tremante e debole per la paura e la fame, mentre gli uomini facevano come era stato ordinato loro. I corpi di Michael e Becky furono trascinati alla finestra e gettati fuori. Poi fu il turno dell'altro uomo e della donna, che non avevano fatto altro che essere troppo vicini a Michael.

Rimasero tutti in silenzio mentre le donne venivano fatte uscire da una porta, e gli uomini condotti fuori attraverso un'altra, sul lato opposto della grande stanza. Tutti, fino a quel momento, avevano pensato, o si erano illusi, che la situazione sarebbe finita in modo non violento. Ora sapevano di essere sacrificabili. Non si poteva sapere quando i rapitori si sarebbero stufati di loro, decidendo che era più facile gettare i cadaveri degli ostaggi fuori da una finestra, piuttosto che dar loro da mangiare, da bere, o occuparsene in qualsiasi altro modo.

Per la prima volta da quando erano stati rinchiusi nella prima stanza, Rayne pensò che c'era un rischio più alto della media di non sopravvivere a quella situazione. Non avrebbe mai più rivisto suo fratello e sua sorella, non sarebbe più andata a ballare con Mary. E non avrebbe mai, mai, avuto l'opportunità di rivedere Ghost.

Non capiva perché quell'ultimo pensiero fosse quello che la rendeva più triste, ma una lacrima solitaria scorse lungo la sua guancia mentre Rayne seguiva obbediente Sarah, verso qualunque cosa i militanti avessero pianificato per loro.

CAPITOLO DICIASSETTE

FLETCH MANTENNE il binocolo puntato sull'edificio di fronte a lui mentre parlava a Ghost. «Le tende sono tirate indietro in quella stanza. Sembra siano in tre in quella in alto a destra, armati di AK-47, hanno probabilmente intorno ai tredici, venticinque e quarantacinque anni.»

«Qualche ostaggio?» chiese Ghost a voce bassa.

«Non che riesca a vedere, ma immagino che siano lì. Gli uomini tengono le armi come se stessero sorvegliando una o più persone. Nelle stanze dove non ci sono ostaggi o tende, tengono le armi appese alle spalle. Probabilmente sono seduti.»

«Qualche possibilità di poterci spostare per fare un conto dei presenti?»

«Dubito. Dovremmo andare parecchio in alto per vedere in quella stanza, e non ci sono edifici qui intorno che facciano al caso nostro.»

«Dannazione» imprecò Ghost. «Non è positivo che abbiano separato gli uomini dalle donne.»

Fletch abbassò il binocolo e guardò il suo amico e

compagno di squadra. «No. Ma questo non è niente di nuovo. Che ti succede, Ghost?»

Ghost sospirò, ma rimase in silenzio.

«Ha qualcosa a che fare con quel nuovo tatuaggio sulla gamba?» insistette Fletch.

«Te l'ho già detto, non voglio parlarne» disse a denti stretti. Anche se erano molto amici con Fletch, non gli sembrava giusto condividere ciò che era successo tra lui e Rayne mesi prima. E il suo tatuaggio era speciale. Sacro. Non qualcosa di cui spettegolare, come se fossero dei pre adolescenti ridacchianti.

Fletch sospirò. «Guarda, non sono un idiota. Nessuno di noi lo è. Sappiamo che è successo qualcosa durante la tua sosta a Londra, all'inizio di quest'anno, e non parlarne non ti sta aiutando. Sai meglio di me che non è bene tenersi tutto dentro, ti fa inasprire; scatti con niente, e sembra che ti lasci turbare più del solito da cose come questa situazione. Non sto dicendo che sia una brutta cosa, ma non puoi lasciarti destabilizzare. E lo sei, molto più di quanto lo sia mai stato in passato.»

«Non mi fa inasprire, e non voglio parlarne, cazzo.»

Fletch continuò come se il suo amico non gli avesse appena chiuso la bocca: «Se dovessi indovinare, direi che si tratta di una donna. Hai incontrato qualcuno e ti sei divertito molto... e ora ti penti di aver dormito con lei, che non è da te. Era grassa? Brutta? Non vuole lasciarti in pace? È questo il problema?» Fletch sapeva che non era nessuna di quelle cose, ma continuava a far pressione per vedere di riuscire a far reagire il suo amico. Qualsiasi reazione era meglio dello sguardo assente sul volto di Ghost, quando si rifiutava di parlare di qualunque cosa fosse accaduta.

«Fammi indovinare, ha fatto schifo a letto. No, ci sono, ti ha attaccato una malattia venerea? È questo il problema? Perché se è così, puoi andare dal dottore e...»

«Ma che cazzo, Fletch, non mi ha attaccato una malattia venerea. Cristo.»

«Quindi, *c'è stata* una donna.»

Ghost si passò stancamente la mano sul viso. Fletch gli stava addosso da settimane, cercava di provocarlo sperando che si lasciasse sfuggire qualcosa, e sembrava che alla fine ci fosse riuscito. Ma Fletch era un buon amico, qualcuno di cui Ghost si fidava, e Dio sapeva se aveva bisogno di parlare con qualcuno di questa roba. Pensò che, dopotutto, avrebbero spettegolato come pre adolescenti.

«Sì. Era... fantastica.»

«Allora, qual è il problema?»

Ghost guardò il suo amico. «Siamo Delta.»

«E?»

«Non basta?»

Fletch scosse la testa. «Guarda, non sto dicendo che sarebbe facile avere una relazione, ma sai che può funzionare.»

«Le ho mentito, Fletch. Ogni fottuta cosa uscita dalla mia bocca è stata una bugia.»

«Le hai detto che volevi essere il suo fidanzato?»

«No.»

«Le hai detto che l'amavi?»

«Cazzo, no.»

«Che l'avresti chiamata? Le avresti scritto? Mandato lettere d'amore sdolcinate?»

«Dannazione, Fletch. No.»

«Allora non vedo il problema.»

«Mi piaceva. Era... esuberante. Dolce. Semplice. Leale.»

«Wow» sospirò Fletch. «Non avrei mai pensato di vedere il giorno in cui Ghost l'assatanato, avrebbe perso la testa per una donna.»

«Non ho perso la testa, coglione.»

«Direi di sì. Guardati, amico. Sei andato a fare un

tatuaggio che non solo fa saltare la tua copertura come soldato — se non altro, quel cazzo di logo enorme dell'esercito lo fa – ma ti sei anche tatuato una bacchetta magica sul corpo. E non una volta nella descrizione che hai appena fatto di questa donna, hai detto qualcosa su come è fisicamente.»

«Quindi?»

«Quindi?» Fletch scosse la testa. «Amico, ogni volta che hai descritto una delle donne con cui hai dormito, hai iniziato con le tette. O il culo, o quanto era bella, quanto piccola, quanto alta, quanto formosa... qualcosa sul suo corpo. Ma di questa donna, nemmeno una maledetta cosa.»

Ghost fissò a lungo e intensamente il suo amico. Aveva ragione. Oh, Rayne era bellissima, ma non ne avrebbe parlato con i suoi amici. Lei era sua. «Cazzo, amico, non le ho nemmeno detto il mio vero nome.»

«E allora?» Fletch chiese subito.

«Pensa che io sia John Benbrook.»

«Non le hai detto il tuo nick?»

«Sì.»

«Allora conosce il vero te.»

«Ghost non è il vero me.»

«Stronzate. Tu *sei* Ghost, e lo sai. Quel nome ti sta meglio di qualsiasi soprannome abbia mai sentito prima; hai un passo leggero, e puoi entrare e uscire da qualsiasi posto senza farti scoprire, in un modo che nessuno di noi riesce a fare. Sei inquietante per il fatto che sai quando siamo nella merda, e dobbiamo andarcene di corsa. Se questa donna ti chiamava Ghost, allora conosce il vero te.»

«Ho mentito anche su tutto il resto. Mi sono inventato una ragazza di quando avevo quindici anni. Ho inventato da dove venivo. Ho mentito sul fatto di essere stato rapinato una volta. Gesù, Fletch, le ho mentito su tutto, cazzo.»

«E che mi dici del sesso? Hai mentito anche lì?»

Ghost non aveva idea che la sua espressione corrucciata si

era rilassata, sostituita da uno sguardo di contentezza quando disse: «No. Nemmeno la minima cosa è stata falsa quando siamo stati a letto insieme.»

«Quando torniamo, devi trovarla, Ghost.» Fletch alzò una mano per fermare la polemica che sapeva il suo amico stava per fare. «Se mai dovessi incontrare una donna che mi fa avere l'espressione che hai tu adesso, puoi scommettere che non la lascerei mai andare.»

Quando Ghost non rispose, Fletch continuò: «Hai mentito. Capisco, è brutto, e lei si incazzerà, ma tu sei un Delta, amico. Top secret. Stavi tornando a casa da una missione, e ci sono mille ragioni per cui hai mentito, ma non l'hai fatto sulla cosa più importante, Ghost. Il modo in cui ti sei sentito quando eri con lei, la dice molto più lunga di qualunque altra cosa.»

«Gesù, mi sento come se fossi in una puntata di *Dr. Phil*» si lamentò Ghost.

Fletch sorrise. «Non sarò l'uomo più intelligente del mondo, ma se avessi una donna dolce ed esuberante che mi aspetta a casa, che potrebbe prendere il mio cazzo notte dopo notte, lasciandomi con i ricordi che ovviamente hai tu, fino alla volta successiva che torno a casa, farei qualsiasi cosa in mio potere per tenermela stretta.»

Ghost annuì. Fletch era sempre stato il più introspettivo del gruppo. Era introverso e riservato, e non si fidava facilmente, ma una volta che superavi tutto ciò, aveva un'irriducibile lealtà.

Una forte esplosione risuonò nell'edificio dall'altra parte della piazza, ed entrambi gli uomini riportarono subito l'attenzione sul lavoro. Il binocolo tornò sugli occhi di Fletch e Ghost cercò di capire da dove provenisse l'esplosione.

«Angolo nord-ovest del complesso. Fumo» disse Ghost a Fletch.

«Oh, merda» fu la sua risposta.

«Che cosa? Merda cosa?» chiese Ghost pressante, guardando il suo amico e vedendo che non aveva spostato lo sguardo sull'angolo nord-ovest, ma continuava a guardare la stanza di cui avevano parlato prima.

«Ci sono sicuramente degli ostaggi in quella stanza. Non ci sono più nemici con loro, ma c'è un gruppo di donne che batte sulla porta con tutte le forze. Oh, merda, è...»

Le sue parole furono interrotte quando l'intero angolo dell'edificio, proprio dove c'era la stanza piena di ostaggi, scomparve dalla loro vista sotto una tremenda esplosione e una colonna di fumo.

CAPITOLO DICIOTTO

«Non possiamo stare solo sedute qui e non fare nulla» esclamò Sarah, ovviamente al limite della sopportazione.

«Che cosa vuoi fare? Chiedere di essere liberate, come quell'uomo a cui hanno sparato?» la schernì in modo brusco una delle altre donne trattenute con loro.

Rayne non biasimava Sarah per essere ansiosa. Erano state spostate più volte da quando le avevano separate dagli uomini. Diana, Paula e Tracy non stavano affrontando molto bene il pensiero di non sapere come stavano i loro uomini. Rayne si sarebbe sentita allo stesso modo se fosse stata con Ghost e li avessero separati. Ma litigare tra loro non avrebbe per niente aiutato.

Lanciò un'occhiata ai tre uomini, in realtà due uomini e un ragazzo, che le stavano sorvegliando al momento. Le guardie cambiavano, ma era ovvio che erano un branco di poveracci che non sapevano cosa stesse succedendo giorno dopo giorno, e stavano solo eseguendo gli ordini.

A un certo punto, durante la giornata, il ragazzo si era avvicinato al loro gruppo, non aveva detto niente, e sperando di cercare di fare in modo che le vedesse come esseri umani e non come animali da fucilare, Rayne aveva infranto la regola che Chase le aveva chiesto di imparare, riguardo a mimetizzarsi e non attirare l'attenzione, e gli aveva sorriso. Il ragazzo si era fermato, e l'aveva guardata negli occhi, le aveva fatto un cenno con la testa ed era tornato dai due uomini dall'altra parte della stanza. Rayne sperava che il suo cenno del capo significasse che la vedeva come un'amica, e non come un nemico. Che aveva umanizzato tutte loro per lui. Forse aveva una sorella che amava. Doveva avere una madre... giusto?

Rayne cercò di mantenere la voce chiara e calma, proprio come le era stato insegnato, in caso di emergenza sull'aereo. «Avete ragione entrambe, dovremmo pensare a cosa potremmo fare se ne avremo la possibilità, ma non possiamo esigere le cose, quello li irriterà di più.»

«Cosa dovremmo fare?» disse Paula, sempre guardando le altre in cerca di indicazioni.

Il fatto era che Rayne non ne aveva idea. Al momento, erano circa in quindici nella stanza. Erano state diciassette, ma i rapitori avevano portato via due donne, e non erano più tornate. Rayne non voleva pensare a cosa poteva essere accaduto loro. Lanciò un'occhiata agli uomini armati, si stavano parlando e di tanto in tanto le guardavano. Rayne supponeva che il loro gruppo non sembrasse molto minaccioso al momento... erano sedute in un piccolo cerchio, rannicchiate insieme per confortarsi.

«Ok, questo è un nuovo gruppo di uomini armati, giusto? Non abbiamo visto gli stessi uomini da quando siamo qui. Quindi fanno ruotare le guardie.»

«E?» Fu una donna australiana di nome Pat a intervenire. «A cosa ci serve questa consapevolezza?»

«Non ne sono sicura, ma a questo punto, qualsiasi informazione è meglio che niente» rispose Rayne tranquilla, cercando di mantenere un tono di voce normale. Anche se era irritata, non poteva lasciarlo vedere.

«Ecco cosa penso» si intromise un'altra donna, probabilmente poco più che ventenne. «Penso che dovremmo attaccarli. Siamo in quindici, e loro solo tre.»

«Ma hanno le pistole» disse Paula nervosa, torcendosi le mani.

«Vero, ma penso che un paio di noi potrebbe distrarli, mentre il resto li affronta.»

Rayne resistette a malapena dall'alzare gli occhi al cielo. Era il peggior piano nella storia dei piani. Era come trovarsi nel mezzo di un brutto film di serie B; da un momento all'altro, la ragazza si sarebbe strappata i vestiti e si sarebbe mostrata in giro, e sarebbero arrivati i buoni, che avrebbero risolto la situazione. Solo che non sarebbe successo.

La porta della loro stanza si spalancò all'improvviso, abbastanza forte da sbattere contro il muro, e fece sobbalzare dallo spavento tutte le donne.

Entrarono due uomini, naturalmente armati. Uno aveva in mano una scatola e un fucile, e l'altro iniziò subito a parlare con i rapitori nella stanza, in una lingua che non potevano capire.

Le donne si alzarono e si rannicchiarono contro il muro, sentendo che stava per accadere qualcosa, pur non sapendo cosa.

Il ragazzo a cui Rayne aveva sorriso poco prima, la indicò, quando il nuovo arrivato gli sbraitò una domanda. Rayne trattenne il respiro, chiedendosi cosa avevano intenzione di fare quegli uomini.

Non le piacque per niente essere presa di mira. Merda. Chase l'aveva avvertita. Quando era successa la stessa cosa alle altre due donne, erano state portate fuori dalla stanza e non erano più tornate.

L'uomo con la scatola la appoggiò a terra vicino agli altri due rapitori e andò verso di lei. Rayne indietreggiò più che potè, il che non era lontano considerando che dietro di lei c'era un muro.

La prese per un braccio e la tirò brutalmente verso di lui. Rayne sentì Sarah piagnucolare, ma nessuna delle donne disse nulla. Avevano imparato a tacere dall'ultima volta, altrimenti sarebbero state uccise.

Rayne sussultò quando l'altro suo braccio venne afferrato con forza da un altro rapitore. Fu trascinata fuori dalla stanza tra i due uomini, seguiti dal ragazzo. Si guardò indietro ancora una volta e colse l'angosciata espressione di dolore sul viso di Sarah, prima che la porta si chiudesse dietro di loro.

«Dove stiamo andando?» chiese Rayne, non aspettandosi davvero una risposta.

«I ragazzi diventano uomini» disse quello alto e con la barba accanto a lei, con voce roca e tonante.

«Cosa?» Rayne non si aspettava una risposta, quindi non si era concentrata a comprendere il suo accento pesante.

«I ragazzi diventano uomini» disse di nuovo, non sembrando affatto seccato di doverlo ripetere.

«Non capisco.»

«Tipico. Americani stupidi. Non capiscono mai.»

Rayne voleva protestare, ma tenne la bocca chiusa. Cambiò tattica e cercò di memorizzare dove stavano camminando. Se c'era qualche possibilità di poter fuggire, doveva sapere da che parte andare. L'ultima cosa che voleva fare era correre dritto in un covo di terroristi, mentre scappava per salvarsi la vita.

Camminarono, mezzo trascinandola lungo diversi corridoi. L'edificio era enorme, e Rayne temeva che si sarebbe persa in quel labirinto per il resto della sua vita.

Una grande esplosione risuonò da qualche parte dietro di lei, e gli uomini si fermarono e attesero. Il terreno tremò sotto i loro piedi e Rayne rabbrividì.

«Erano le tue amiche» disse uno degli uomini che la sorreggeva, un po' troppo felice per la tranquillità di Rayne.

«Che cosa?»

«Abbiamo appena fatto saltare in aria la stanza in cui si trovavano. Insegniamo la lezione al mondo.»

«Oh, Dio» gemette Rayne, mentre veniva ancora una volta trascinata con violenza lungo il corridoio. Avevano fatto saltare in aria la stanza con Paula, Sarah, Tracy e la dolce Diana? Potrebbero essere sopravvissute? Perché lei era stata risparmiata? Aveva così tante domande e assolutamente nessuna risposta.

Il ragazzo dietro di loro disse qualcosa con una voce lamentosa che la irritò. L'uomo alla sua sinistra gli urlò in un tono incazzato che avrebbe spaventato Rayne, se già non lo fosse. Il ragazzo borbottò e proseguirono il cammino.

Arrivarono a una porta alla fine di un lungo corridoio e il ragazzo si affrettò ad aprirla. Rayne fu spinta dentro dai due uomini. La stanza era buia e puzzava... di sudore e odori corporei, e un tanfo simile al rame che poteva essere solo sangue. Ci volle un po' perché i suoi occhi si abituassero alla debole luce, così non lottò contro la presa dei due uomini mentre la trascinavano in un angolo della stanza. Fu solo quando sentì una banda fredda avvolgersi attorno alla sua caviglia, tanto stretta che le pizzicò la pelle, che si rese conto di essere in guai grossi – e iniziò a provare a divincolarsi dalla forte presa dei suoi rapitori.

Ci furono risate intorno a lei, e Rayne abbassò lo sguardo sull'uomo inginocchiato ai suoi piedi, quello che aveva appena avvolto una manetta di ferro attorno alla sua caviglia, che era attaccata a una lunga catena fissata al muro. Dietro di lei c'era il telaio arrugginito di un letto con sopra un materasso sottile, che aveva diverse macchie scure.

L'uomo ai suoi piedi disse qualcosa, e risero di nuovo tutti.

«Ha detto che hai le caviglie grasse» disse una voce melliflua dal forte accento straniero, dall'altra parte della stanza.

Rayne si sarebbe offesa – *non* aveva le caviglie grasse – se non fosse stata così spaventata. Erano perfettamente normali, grazie mille, ma era troppo terrorizzata per aprire la bocca per ribattere. Aveva sempre pensato che se si fosse mai trovata in una situazione in cui la sua vita era in pericolo, sarebbe stata coraggiosa e avrebbe potuto usare la sua lingua tagliente per uscire da qualsiasi cosa, ma quello era un sogno irrealizzabile. Era assolutamente terrorizzata da quello che le stava per succedere in quell'orribile stanza, e non riusciva a dire nulla per cercare di difendersi.

C'erano sei uomini che li aspettavano quando erano entrati, tutti in vesti grigie che li coprivano dalle spalle ai piedi. Nessuno indossava alcun tipo di copricapo o maschera. Erano seduti su una specie di piattaforma... tre uomini nella fila inferiore e tre in quella superiore. Avevano tutti una lunga barba e la guardavano con intento lascivo. Sembrava una specie di rito pagano o qualcosa del genere.

L'uomo che le aveva bloccato la caviglia raccolse un enorme coltello dal pavimento. Era arrugginito e aveva la lama dentellata. Prima che Rayne potesse muoversi, qualcuno le tirò i bicipiti dietro la schiena, torcendole le braccia in una strana angolazione, tenendola immobile, e lei si agitò e si contorse in modo convulso, cercando inutilmente di liberarsi dalla presa.

«Se lotti, c'è una maggiore possibilità di venire tagliata» disse la voce con l'accento pesante.

«Perché state facendo questo? Che sta succedendo?» Rayne aveva un bisogno disperato di risposte.

L'uomo ai suoi piedi si prese il suo tempo, portò il coltello sull'orlo della gamba dei suoi pantaloni e, molto lentamente, cominciò a tagliare verso l'alto. Rayne sentì la punta della lama contro la pelle, ma non riuscì a capire se effettivamente la stava ferendo. Le sue gambe erano intorpidite – accidenti, tutto sembrava insensibile.

«Nella nostra cultura, un ragazzo diventa uomo quando prende per la prima volta una donna.»

«Oh, merda.» Rayne stava cominciando a capire.

«Vedo che capisci. Dovresti sentirti onorata, Moshe ti ha scelto per essere la sua prima.»

Rayne finalmente ritrovò la sua grinta e la parlantina. «Non è la vostra cultura. L'Egitto è un bel Paese, pieno di persone meravigliose, e non è questa la sua cultura. Sarà anche il *vostro* modo, stronzi, cercare di far finta che sia normale e giusto, ma non lo è. State facendo il lavaggio del cervello ai vostri figli per farli diventare assassini e stupratori.»

La sua testa scattò all'indietro con la forza dello schiaffo, tirato da uno degli altri uomini.

«È anche il modo in cui la nostra cultura si assicura che le donne sappiano stare al loro posto. E il loro posto è di essere tranquille e di parlare solo quando richiesto.»

«Vaffanculo» mormorò Rayne, solo per urlare di dolore quando fu colpita di nuovo, questa volta non con un palmo aperto, ma con un pugno. Fece male, ma sapeva che qualunque cosa avessero in serbo quegli psicopatici, ne avrebbe fatto molto di più. I suoi respiri uscivano sempre più rapidi mentre i suoi jeans distrutti cadevano sul pavimento. Gli uomini risero di più mentre stava lì in piedi, davanti a loro, in biancheria intima di pizzo nero. Si era sentita sexy quando l'aveva indossata, anche se molti giorni fa, ora si sentiva contaminata e sporca.

Ci fu una conversazione tra gli uomini e il ragazzo che Rayne non capì, ma l'uomo tradusse allegramente per lei. «Il padre di Moshe loda suo figlio, e gli dice che ha scelto bene. Hai coraggio, e le cosce sono grosse e piene e lo ammortizzeranno bene. I tuoi fianchi sono larghi e possono generare molti figli.»

«Oh, Dio, per favore, non fatelo. Lasciatemi andare.»

L'uomo continuò come se lei non avesse parlato. «Il rituale è di prenderti sette volte. Sette è un numero fortunato nel nostro Paese. Quando ti avrà riempito sette volte, sarà un uomo.»

Rayne non riuscì a far entrare abbastanza aria nei polmoni. Sette volte? Stava per essere violentata da questo uomo-ragazzo sette volte?

«Il nostro compito è di valutarlo, dirgli i modi migliori di dominare una donna per renderla compiacente sotto di lui. Sa che all'inizio lo combatterai, è previsto, ma quando il suo rito sarà terminato, sarai domata e farai tutto ciò che ti dirà, e prenderai tutto ciò che vorrà darti. Ti conviene accettare il tuo destino ora, puttana americana. Le due prima di te hanno lottato con coraggio, ma alla fine hanno preso i nostri nuovi uomini senza fare difficoltà, come dovrebbero fare le donne ragionevoli.»

Rayne chiuse gli occhi e pregò. Non di essere salvata, ma di avere una morte rapida. Se avesse potuto afferrare il coltello che ora l'uomo stava usando per tagliarle la maglietta, se lo sarebbe conficcato nel cuore.

Le parole nella stanza sembravano provenire da molto lontano e Rayne si sentì disconnessa dal suo corpo. Era come se fosse qualcun altro a essere trattenuto, a cui avevano tagliato la maglietta, di cui ridevano... non lei.

Pensò a suo fratello, Chase, a come si sarebbe sentito una volta saputo cosa le era successo... se mai lo avesse saputo. E a sua sorella, Sam, lei era felice come una Pasqua a Los Angeles, mentre inseguiva il suo sogno di diventare un'attrice. E Ghost...

Oh, Dio, Ghost. Cosa non avrebbe dato per poterlo vedere ancora una volta. In quel preciso istante giurò che se fosse sopravvissuta a tutto questo, non avrebbe permesso a questi animali di cancellare i bei ricordi che aveva di Ghost che faceva l'amore con lei, della loro notte insieme.

Ciò che le stava per accadere non aveva *nulla* a che fare con gli amplessi che avevano condiviso.

Rayne venne strattonata indietro, e sarebbe caduta se non fosse stato per l'uomo dietro di lei che la teneva stretta. La trascinò sul materasso sudicio e la gettò sopra. La catena attorno alla sua caviglia risuonò forte nella stanza. Rayne cominciò a calciare e a lottare contro gli uomini, ma la loro presa su di lei era troppo salda. Mentre l'altra gamba veniva incatenata al telaio del letto, e le braccia strattonate sopra la testa, la maledetta voce continuava a descrivere quello che stava per succedere.

«La prima volta, Moshe ti prenderà sdraiata sulla schiena, così potrà guardarti in faccia. Quello è il primo passo e molto probabilmente sarà veloce. La maggior parte dei ragazzi fanno presto a liberarsi la prima volta che entrano in una donna. La seconda e la terza volta lo farà da dietro, così puoi capire che ha tutto il potere, e tu sei come un cane. Inutile, buona solo per prendere ciò che ti dà. La quarta volta si svuoterà nel tuo buco nero. Quello è il momento della transizione. Se non riesce a resistere per cento colpi, sarà visto meno uomo agli occhi di suo padre, dei suoi zii, e degli uomini di fede che sono qui per testimoniare il suo passaggio all'età adulta.»

Rayne rabbrividì, pensando a quanto avrebbero fatto male cento spinte in quel posto mai toccato.

«Poi, la quinta volta, lo prenderai in gola. La sesta sarà contro il muro, e la settima sarà di nuovo con te sulla schiena. Quando arriverà la settima volta, sarai scivolosa del suo seme e del tuo sangue, e sarai pronta per lui, e lo prenderai tranquilla e senza lottare. L'obiettivo è che l'ultima volta ti faccia trovare la tua liberazione femminile. Se riesce a resistere e non svuotarsi finché non lo fai tu, avrà successo e sarà un uomo. Se non riuscirà a farti avere la tua liberazione avrà fallito, e dovrà ricominciare tutto un altro giorno.»

Rayne non poteva credere a quello che stava ascoltando. Dopo essere stata violentata sette volte, se non avesse avuto un orgasmo, avrebbe dovuto ricominciare da capo? Era ovvio che fosse una montatura in modo da poter stuprare le donne più e più volte, tutto in nome della loro cultura. Non era che a qualcuno di loro fregasse davvero se le donne avevano o meno un orgasmo.

Non era sicura se sarebbe sopravvissuta a essere violata una volta, figuriamoci sette, e Rayne sapeva che sarebbe morta se avesse dovuto affrontare il rituale barbarico più di una volta. Avrebbe trovato un modo per uccidersi prima di soffrire di nuovo. Quella gente era pazza.

Rayne tenne la bocca chiusa, sapendo che nulla di ciò che avrebbe potuto dire, avrebbe fatto cambiare idea a quei mostri.

Lanciò un'occhiata agli uomini seduti che guardavano e aspettavano. Alcuni erano imparentati con il ragazzo, e il fatto che fossero lì a sostenere quel terribile rituale, lo rendeva cento volte peggio. Non sembravano vecchi saggi, sembravano uomini di mezza età libidinosi, che si eccitavano a vedere una donna venire violentata e torturata.

«Più sangue scorre, e più sarà fortunato nella virilità. Più ti dimeni e combatti, più uomo diventerà.»

Rayne non riuscì a trattenere le parole, trovando il coraggio che le era mancato fino a quel momento. Cosa importava se li avesse fatti incazzare ora? In realtà, se la uccidevano sarebbe stato meglio. Forse se si fossero arrabbiati abbastanza, le avrebbero tagliato la gola, anche se questo probabilmente non avrebbe impedito a Moshe di violentarla. Il pensiero di lui che violava il suo cadavere le fece venir voglia di vomitare, ma non lasciò che le impedisse di far uscire le parole dalla bocca.

«Sta' zitto. Taci e basta! Siete tutti malati. Questo è stupro! Questo è sbagliato. Non puoi credere davvero alla merda che stai vomitando. Lasciami andare, non voglio il suo piccolo pene da nessuna parte vicino a me!» Strattonò con furia le spietate catene, quando il ragazzo si avvicinò al materasso, la fissò e sorrise.

Rayne lo guardò nella speranza di vedere la persona che aveva annuito timidamente nell'altra stanza. Lui non era lì, era stato sostituito da un ragazzo nel pieno della pubertà, che voleva impressionare gli anziani seduti e in piedi dietro di lui, e che non aveva nient'altro che pensieri lascivi sul fatto di scopare per la prima volta.

Rimase lì a guardarla lottare per un momento, poi si girò e disse qualcosa agli uomini dietro di lui. Ci furono risate e consensi.

Ovviamente l'uomo che parlava inglese era lì per tradurre per lei. Rayne sapeva che avrebbe sentito la sua voce con quel pesante accento straniero nei suoi incubi, per gli anni a venire. «Moshe dice che è contento. Sei rotonda e matura, e la tua pelle si increspa mentre lotti. Il tuo sangue scorre già dai polsi e dalle caviglie. Dice che sarà l'uomo più fortunato in questo ciclo rituale.»

Rayne chiuse gli occhi quando il ragazzo si portò le mani ai pantaloni. Stava per succedere. Non poteva crederci, ma *doveva*.

Rayne si sforzò di riportare l'immagine di Ghost nella sua mente, per bloccare tutto ciò che accadeva intorno a lei; il suo viso, le sue mani, il suo cipiglio quando aveva scattato la foto del tesserino identificativo dell'inquietante tassista, le parole tatuate sul suo fianco... professionismo silenzioso.

Se stava per morire, l'ultima cosa che voleva vedere nella sua mente, era Ghost.

CAPITOLO DICIANNOVE

DUDE E HOLLYWOOD lavorarono insieme come se fossero sempre stati compagni di squadra. I due membri dei SEAL e della Delta Force entravano e uscivano dalle ombre come se ne facessero parte, piazzando esplosivi in punti strategici lungo il perimetro dell'edificio.

Creare buchi nei muri del palazzo governativo, probabilmente non sarebbe stata la prima scelta tattica del governo egiziano, ma dopo aver visto una bomba esplodere in una stanza d'angolo che doveva aver ucciso tutte le donne all'interno, i team avevano smesso di aspettare il permesso. Erano stati mandati per occuparsi della situazione, ed era proprio ciò che stavano per fare. Nessun altro americano, o ostaggio, sarebbe morto davanti ai loro occhi. Non potevano semplicemente stare seduti lì a non fare nulla. Non era quello per cui erano stati addestrati, e ora era il momento di agire.

Dovevano entrare e portare fuori gli ostaggi rimasti... e se ciò significava che alcuni, o tutti i militanti, sarebbero stati uccisi durante l'operazione, tanto meglio. Tredici uomini, contro un numero sconosciuto di nemici, potrebbero sembrare un combattimento impari per molte persone, ma Hollywood sapeva che loro non erano solo tredici soldati. Erano SEAL e Delta Force. Erano stati addestrati per questo genere di cose. Facevano parte dei due gruppi di soldati delle forze speciali più letali che aveva l'esercito degli Stati Uniti.

Hollywood parlò nel microfono da gola. «B a base. Tutto pronto.»

«Ricevuto, B. Pronti all'attacco» fu la risposta tranquilla attraverso la radio.

Hollywood e Dude si allontanarono dall'ultima carica che avevano piazzato. Non appena fossero stati a distanza di sicurezza, avrebbero dato il segnale di via libera a Truck, che avrebbe fatto saltare tutte le cariche in contemporanea. Ciò avrebbe dovuto creare abbastanza caos all'interno dell'edificio, da consentire alle squadre di intrufolarsi e, si sperava, a scortare tutti gli ostaggi rimasti.

Gli uomini erano divisi in coppie, un Delta e un SEAL. Di solito entrambi i corpi speciali rimanevano uniti al proprio team, ma dal momento che avevano già lavorato insieme in passato, e si fidavano l'uno dell'altro, decisero di dividere le squadre per sfruttare i loro punti di forza. Era molto insolito, ma in genere nessuno dei gruppi lavorava secondo le regole.

«B a base. Conto alla rovescia per la detonazione» informò Hollywood in tono piatto.

«Prepararsi a muoversi» l'altro uomo ribatté subito.

Dude e Hollywood si accovacciarono contro un muro in un vicolo non troppo lontano dall'edificio, si coprirono le orecchie, e attesero che si scatenasse l'inferno.

———

Rayne cercò di concentrarsi sui suoi ricordi, ma quella dannata voce continuò a intromettersi nella sua coscienza. Sentì uno degli uomini che parlava sottovoce, presumibilmente al ragazzo, e lo stronzo che parlava inglese sentì il bisogno di tradurre ogni singola, maledetta parola.

«Sta dicendo a Moshe di assicurarsi che le gambe siano più aperte possibile, così da poter arrivare il più a fondo dentro di te.»

Rayne sentì la pelle liscia e morbida delle cosce di Moshe contro le sue. Lo sentì avanzare e spingere per aprirle le gambe, che erano già state allargate, ma per quanto facesse resistenza, Moshe riuscì a spalancargliele in modo osceno. Le catene sulle caviglie si tesero e le lacerarono la carne, quando Moshe le allargò le cosce in una posizione per niente confortevole. Aveva ancora indosso la biancheria intima, ma sapeva che la barriera che stava fornendo al momento, sarebbe stata presto solo un ricordo. Si dimenò contro le catene, nonostante sapesse che era inutile. No, questo non poteva accadere.

Il bastardo continuava il resoconto dettagliato del suo imminente stupro.

«Ora gli stanno dicendo come sarà quando entrerà. Sarai asciutta, il che fornirà più attrito per il suo membro. Stanno cercando di farlo scoppiare prima che entri, tenere duro dimostrerà che è abbastanza uomo da resistere alla tentazione.»

Rayne stava per vomitare, su Moshe e su se stessa. Era orribile e aveva bisogno di essere altrove, in qualsiasi altro posto. Non riuscì a trattenere il lamento che le sfuggì dalla gola. Strinse le mani a pugno e tremò, ogni muscolo del suo corpo si irrigidì, preparandosi all'invasione che stava per arrivare.

Proprio quando sentì le mani morbide da bambino di Moshe toccarle le cosce e stringerle dolorosamente, un'esplosione squarciò la stanza.

Rayne urlò di terrore, come un animale in trappola, non capendo cosa stesse succedendo. Era pronta perché il suo corpo venisse violato, e invece il letto tremò sotto di lei mentre i muri crollavano, e vide apparire delle grandi crepe sul soffitto sopra la sua testa.

Lanciò un'occhiata agli uomini che si erano sporti verso il letto in attesa dell'iniziazione di Moshe, e vide che non erano più seduti a fissarla con lussuria, ma si erano alzati, e stavano cercando di spingersi fuori dalla stanza tutti insieme, scappando come i vigliacchi che erano nel profondo.

Una mano le afferrò con forza il seno, e Rayne sussultò a quella sensazione. Guardando negli occhi di Moshe, non vide traccia del ragazzo di cui aveva pensato di guadagnarsi la simpatia, era incazzato che la sua iniziazione fosse stata interrotta. Glielo strinse ancora una volta con crudeltà da sopra il reggiseno, e le sibilò qualcosa nella sua lingua prima allontanarsi da lei, tirandosi su in fretta i pantaloni e tenendoli chiusi con la mano libera, senza preoccuparsi di legarli.

Mentre stava uscendo dalla stanza, si voltò e disse in inglese perfettamente comprensibile: «Tornerò. *Diventerò* un uomo, oggi» e corse fuori dalla porta.

Rayne rabbrividì e tirò convulsa le catene che la tenevano bloccata sul letto. I suoi movimenti non fecero altro che farle sanguinare di più i polsi e le caviglie.

Ci fu un'altra esplosione, più vicina di quella precedente, e l'ultima cosa che ricordò Rayne prima di svenire dallo spavento, furono i blocchi nel muro che si scuotevano e minacciavano di sgretolarsi.

———

Le sei squadre da due delle Forze Speciali, setacciarono il complesso ormai cadente. Fu un totale pandemonio, proprio come i team avevano pianificato e previsto. Conoscendo i settori in cui erano stati tenuti gli ostaggi, ogni squadra si diresse verso la loro area preassegnata. Il piano era di trovare il maggior numero di prigionieri possibile e portarli in salvo... e uccidere tutti i militanti che si mettevano sulla loro strada.

Ghost e Wolf erano al comando, appostati in piazza, e avrebbero diretto verso la salvezza tutti gli ostaggi che fossero usciti dall'edificio ormai distrutto e in fiamme. Blade era l'unico uomo non accoppiato, e stava aspettando al punto di ritrovo per riunire tutti.

Guardando con sollievo mentre piccoli gruppi di uomini e donne uscivano dall'edificio, ciascuno guidato da un membro della squadra, Ghost e Wolf rimasero vigili e pronti, per qualsiasi terrorista che avesse deciso che gli ostaggi in fuga dovevano morire piuttosto che essere salvati. Dopo quaranta minuti, il flusso di ostaggi diminuì in maniera notevole, e la maggior parte delle squadre aveva fatto rapporto. Fletch e Mozart, e Truck e Benny si erano uniti a Blade, e avevano portato gli ostaggi storditi e confusi in un territorio più sicuro.

Le squadre si erano imbattute in militanti accovacciati in cavità nell'enorme edificio, che avevano cercato di nascondersi fino a quando l'irruzione non fosse stata completata, ma non avevano potuto competere con i team dei SEAL e Delta.

La voce di Beatle crepitò attraverso la radio. «Abbiamo appena mandato un gruppo di circa quindici uomini verso di te, G. Dicono che c'era un gruppo di donne, tra cui alcune delle loro mogli e fidanzate, da cui erano stati separati due giorni prima. Sono state viste per l'ultima volta mentre venivano portate nella zona dell'esplosione.»

Ghost sapeva cosa intendeva. Sperava che nella stanza in cui i militanti avevano piazzato la bomba non ci fossero state le donne. «Ricevuto. Li intercettiamo e vediamo se riusciamo a ottenere più informazioni.»

«Rimaniamo in attesa» fu la risposta di Beatle.

Ghost vide il gruppo di uomini barcollare verso di loro. Avevano un'espressione tormentata, probabilmente per ciò che era accaduto all'interno dell'edificio. Ghost con un cenno li invitò ad avvicinarsi, e loro corsero di buon grado verso i soldati americani.

«Chi aveva una compagna da cui è stato separato?» li interrogò subito Ghost.

Sei mani si alzarono. Wolf consegnò gli altri uomini ad Abe, che stava aspettando di portare gli ultimi gruppi in salvo.

«Ditemi esattamente cos'è successo.»

Un signore alto e anziano disse con voce spezzata: «Siamo stati tutti trattenuti insieme per i primi due giorni, poi ci è stato chiesto di metterci in due file, gli uomini in una e le donne nell'altra. Un uomo ha protestato e lui e sua moglie sono stati uccisi. Poi quei bastardi hanno sparato a un'altra coppia, così, per divertimento, e li hanno buttati tutti fuori dalla finestra. Poi siamo stati condotti in un'altra stanza, senza le donne, e da allora siamo sempre rimasti lì. Abbiamo sentito alcune esplosioni, ma non sappiamo nulla di quello che sta succedendo. Avete fatto uscire tutte le donne? Sono al sicuro?»

«Ci stiamo lavorando, signore» cercò di rassicurare l'uomo. «Faremo del nostro meglio per trovare le vostre donne, se non sono già state liberate.»

«Grazie a Dio» sospirò l'uomo alto.

Ghost sentì che Beatle stava di nuovo parlando attraverso la radio. «C'è un problema, Ghost. Abbiamo trovato un altro gruppo di ostaggi. Donne. Sono ridotte piuttosto male, alcune più di altre, e isteriche. Hanno detto che erano chiuse in una stanza con una bomba.»

«Sono tutte vive?» chiese Ghost incredulo. Se così fosse, era un miracolo, soprattutto dopo aver visto il danno che aveva fatto la bomba.

«Sì. A quanto pare dopo essere state rinchiuse nella stanza, e prima che la bomba esplodesse, si sono nascoste dietro un pezzo di arredamento di grandi dimensioni. I dettagli sono ancora un po' approssimativi, perché ovviamente sono traumatizzate, ma hanno avuto una fortuna sfacciata.»

«Puoi dirlo forte. Gesù.» Era la miglior notizia che Ghost e Wolf avessero sentito in tutto il giorno. Avevano pensato che tutti in quella stanza fossero rimasti uccisi.

«Il fatto è» Beatle continuò subito, «che una donna ha detto che la sua amica è stata trascinata fuori dalla stanza prima dell'esplosione.»

«Cazzo» disse Ghost con foga. «Ok, porta fuori quelle donne. Se hai tempo, vedi se riesci a rintracciare quella scomparsa, altrimenti portate il culo fuori.»

«La donna si rifiuta di uscire finché non troviamo la sua amica scomparsa.»

«Non me ne frega un cazzo che si rifiuti, portala fuori di lì, Beatle» Ghost minacciò a bassa voce. L'ultima cosa di cui avevano bisogno era che gli ostaggi dessero ordini.

«Ricevuto.» Ghost capì che Beatle stava passando al canale *all-network*, quello in cui tutti i SEAL e i Delta potevano sentire. «Cominceremo da questa parte dell'edificio e faremo un'ultima ricerca per la donna americana scomparsa. La sua amica dice che il suo nome è Rayne, e quando la troviamo, di assicurarsi di dirle che Sarah e le altre stanno bene. Dice che sarà preoccupata. Tutti alla ricerca di un'americana, altezza e peso medi, indossa un paio di jeans e una maglietta rosa. Dovrebbe facilmente distinguersi dai terroristi.»

Ghost sentì il suo cuore sobbalzare. Non poteva essere. Impossibile, cazzo. «Qual era il nome della donna scomparsa?» urlò sul microfono da gola. Non riuscì nemmeno a seguire il protocollo corretto, doveva sapere.

Quante donne avevano il nome Rayne? Non molte, e per come si sentì rizzare i peli sulla nuca, Ghost sapeva che era la *sua* Rayne.

«Rayne Jackson.»

«Ricevuto» rispose Wolf quando Ghost non disse un'altra parola.

«Parla, Ghost. Perchè hai quell'espressione negli occhi?» domandò Wolf, mettendo il dito sul grilletto del suo fucile M-4 e guardandosi intorno, come se il nemico avesse gli occhi puntati su di loro.

«Lei è mia. La donna scomparsa... è mia.»

Wolf non battè ciglio e non fece domande. «Be', cazzo, amico, entriamo, la troviamo, e la facciamo uscire da questo fottuto casino.»

Ghost annuì e si avviò verso l'edificio, non aveva idea di cosa stesse facendo Rayne nel bel mezzo di un colpo di stato in Egitto, ma a questo punto non aveva importanza. Se la donna scomparsa era la sua Rayne, avrebbe fatto qualsiasi cosa per farla uscire e portarla al sicuro. Non stava pensando alle bugie che le aveva detto o a come avrebbe reagito nel vederlo in quel modo, tutto ciò a cui riusciva a pensare era di tenerla tra le braccia... sana e salva. Se qualcuno si fosse messo tra lui e la sua donna, era praticamente morto.

CAPITOLO VENTI

RAYNE STRATTONÒ LE CATENE, cercando inutilmente di far scivolare le mani fuori dalle bande di metallo. Il sangue sui polsi e sulle caviglie provocato dalla lotta l'aiutò quasi a liberarsi, ma le mani e piedi non erano abbastanza piccoli da scivolare fuori, anche con quell'ulteriore lubrificante. Per quanto tirasse e si contorcesse, era bloccata.

Si era svegliata, e si era resa conto di essere sola, così aveva subito iniziato a cercare di scappare. Aveva ottenuto una tregua, ma non sapeva quanto a lungo potesse durare. Moshe, e i suoi parenti malati, sarebbero potuti tornare in qualsiasi momento.

La polvere era densa nell'aria, il che rendeva difficile fare respiri profondi, e le macerie del soffitto e delle pareti che si erano sbriciolate durante le esplosioni, ricoprivano il pavimento e il letto. La porta era uscita dai cardini, e bloccava parzialmente l'ingresso nella stanza.

Rayne avrebbe urlato per chiedere aiuto, solo che temeva di attirare l'attenzione delle persone sbagliate. L'ultima cosa che voleva era che Moshe tornasse per completare il suo rituale barbarico, e stare distesa lì in reggiseno e mutandine, significava che non era proprio vestita per essere vista anche da altri.

Si sdraiò e cercò di riprendere fiato. Cosa poteva fare? Come diavolo poteva uscire da questa situazione? Aveva le gambe spalancate, e le manette di ferro intorno ai polsi e alle caviglie non le davano molto, se non nessun, margine di manovra.

Sperava che le esplosioni fossero state provocate dai buoni, tuttavia, non aveva modo di saperlo. Il morale della favola era che, non poteva fare altro che restare lì ad aspettare che qualcuno la liberasse dalle catene. Era bloccata.

Di tanto in tanto, Rayne sentiva una debole eco attraverso i muri della sua prigione. Erano i buoni? Erano i cattivi? Non ne aveva idea. Alla fine i rumori svanirono e tornò a sentirsi completamente sola.

Stava reggendo abbastanza bene, fino a quando non sentì i colpi di pistola.

Rayne cominciò a farsi prendere dal panico, e ancora una volta tirò in modo convulso le catene. Doveva uscire di lì – ora. Non poteva aspettare un altro secondo. I polsi e le caviglie non le facevano nemmeno più male, sentiva a malapena la pelle lacerarsi, o il sangue fresco che gocciolava lentamente dalle ferite slabbrate, provocate dal metallo che veniva strattonato. Non aveva importanza, sarebbe morta in un modo o nell'altro, e lei preferiva molto di più che fosse alle sue condizioni, non a quelle dei terroristi.»

Ghost sollevò la mano, facendo capire a Wolf di fermarsi. Avevano informato il resto dei team che stavano entrando per aiutare nella ricerca della donna scomparsa. Avevano iniziato dal terzo piano, dato che era lì che l'altra donna, Sarah, aveva detto di aver visto per l'ultima volta Rayne. Beatle era al secondo, a controllare che l'edificio fosse vuoto al suo passaggio.

Perlustrarono in modo metodico una stanza dopo l'altra nell'ala est. Incontrarono solo tre persone, due uomini e un ragazzo, erano accovacciati dentro a una stanza all'estremità del corridoio. Ghost non era disposto a dare una possibilità a nessuno, non ora, non quando la vita di Rayne poteva essere nelle sue mani.

Dopo essersene occupato, Ghost notò distrattamente, mentre Wolf cercava nelle loro tasche, che tutti e tre avevano dei fucili e che i pantaloni del ragazzo erano slacciati. Non aveva idea di cosa *ciò* significasse, ma stare lì a chiederselo era solo una perdita di tempo. Rayne era da qualche parte in quell'edificio e doveva trovarla. Sapeva che sarebbe stato sulle spine e di pessimo umore fino a quando non avesse visto con i suoi occhi che era viva e incolume.

Wolf finì di cercare sui cadaveri, e lui e Ghost proseguirono lungo il corridoio, perlustrando le stanze, alcune ridotte a nient'altro che macerie. All'altra estremità del corridoio, vicino a dove era stato piazzato uno degli ultimi esplosivi, gli uomini videro una porta appesa al telaio dal cardine superiore. Era posizionata in diagonale, e ciò impediva di fare un'entrata furtiva o facile.

Ghost guardò Wolf e alzò tre dita. Wolf annuì e si fermò su un lato della porta distrutta mentre lui prendeva posizione dall'altra parte. Gli uomini annuirono a vicenda mentre Ghost contava con le dita. Tre. Due. Uno.

Irruppero nella stanza nello stesso momento, con i fucili spianati, e pronti ad abbattere chiunque potesse nascondersi all'interno, proprio come avevano fatto nelle innumerevoli stanze che avevano già perlustrato nel lungo corridoio.

Furono accolti da un urlo femminile quando entrarono. Ghost e Wolf si girarono all'unisono verso il letto, con i fucili puntati e pronti a sparare. Wolf fu il primo a sollevare e allontanare la canna del suo fucile dalla vista davanti a loro.

Ghost lo fece pochi secondi dopo, si mise il fucile a tracolla e si inginocchiò accanto al letto prima che Wolf si muovesse.

«Cristo santo, cazzo.» Le parole furono sommesse e angosciate, e qualcosa dentro Ghost morì quando Rayne si ritrasse da lui mentre si avvicinava.

«Non farlo. Non toccarmi. Dio, ti prego, non farlo.»

Ghost non si girò verso Wolf, ma lo sentì mormorare un'imprecazione.

Era la sua Rayne. Era stata incatenata con le braccia sopra la testa e le gambe divaricate. Il materasso sotto di lei era macchiato di sangue. Un sottile strato di polvere si era posato su tutto il resto della stanza, lei compresa. Era sdraiata sul materasso sudicio con indosso solo reggiseno e mutandine. Per quanto odiasse vederla a malapena vestita, era grato che indossasse ancora qualcosa. Era una magra consolazione, tuttavia fu sollevato.

Rayne respirava a fatica, come se avesse corso per chilometri, e i suoi occhi erano completamente dilatati per lo shock e il terrore. Le catene che la tenevano prigioniera tintinnarono mentre cercava di allontanarsi, quando allungò la mano verso di lei.

Ghost sapeva che non avrebbe dimenticato di averla vista così – incatenata, sanguinante e indifesa – per tutta la vita. Aveva sognato di rivederla, di come sarebbe stata la loro riunione, ma questo era qualcosa uscito da un incubo.

«Va tutto bene, starai bene. Siamo soldati americani e ti porteremo fuori di qui.» Per ora, era tutto ciò che aveva bisogno di sapere. Ghost era vestito di nero dalla testa ai piedi e aveva anche la faccia dipinta di nero. Se avesse guardato con attenzione, probabilmente lo avrebbe riconosciuto, ma era troppo in preda al panico e all'adrenalina, per riconoscere chi fosse.

Ghost riuscì a vedere quando pian piano recepì le sue parole, e vide anche il momento in cui si sforzò di impedirsi di cedere a un attacco di panico in piena regola. Che fosse stato per merito delle parole in inglese che uscirono dalla sua bocca, o solo la disperazione, ma Rayne si calmò, e si girò verso di lui con uno sguardo inespressivo negli occhi; lo guardava, ma non lo *vedeva* veramente.

«Per favore, toglimi questi cosi, per favore. Sta tornando. Ha detto che sarebbe tornato. Portami fuori di qui. Sta tornando per diventare uomo. Per favore, toglili.»

Ghost abbassò lo sguardo e vide Wolf che studiava le catene e le manette che le circondavano le caviglie delicate. Non capiva le parole di Rayne, ma non importava. L'avrebbe portata fuori di lì. «Nessuno ti metterà le mani addosso. Ti porteremo fuori di qui, Principessa, pazienta ancora un po', fallo per me. Ci sono io ora. Va tutto bene.»

Ghost notò che il suo corpo si era immobilizzato, ma non ebbe il tempo di fare nulla perché Wolf disse, davanti ai piedi di Rayne: «Ghost, non ho con me gli strumenti per questo lavoro.»

«Cazzo, ok, fammi vedere cos'ho io.»

Ghost mise una mano in una delle tasche dei pantaloni dell'uniforme. Erano profonde e le riempiva sempre più che poteva, per ogni evenienza. Aveva imparato nel corso degli anni, che anche la cosa più piccola poteva fare la differenza tra la vita e la morte. Una forcina una volta aveva salvato lui e tutta la sua squadra da un massacro, nel profondo di un buco infernale afgano.

Ghost stava rivedendo mentalmente ciò che avrebbe potuto funzionare per forzare le serrature sulle manette intorno alle braccia e alle gambe di Rayne, quando udì la sua voce incredula.

«Ghost? Il *mio* Ghost?»

Gesù, le sue parole gli fecero fisicamente male al petto, e vi portò una mano sopra per massaggiarlo, prima ancora di rendersi conto di ciò che stava facendo.

Suo. Sì. Era suo.

Blade si intromise nella sua coscienza, proprio quando stava per aprire la bocca per ammetterlo e rassicurarla. La voce arrivò nelle loro radio, bassa e urgente. «Ostili in avvicinamento. Sembra che ci siano due grossi gruppi di nemici in arrivo. Avete dieci minuti al massimo per uscire da lì. Ricevuto?»

«Ricevuto. Trovato il pacco mancante. Ci vorranno più di dieci minuti per il recupero. Passo.» Rispose Wolf, mentre Ghost continuava la ricerca di uno strumento per sbloccare le serrature attorno alle estremità di Rayne

«Negativo» insistette Blade. «Sono armati di RPG e sembrano incazzati.»

«Ricevuto.» Wolf non disse altro, ma si chinò per vedere se poteva rompere il telaio del letto. Si sarebbero preoccupati delle catene più tardi, se avessero dovuto.

«Oh, Dio, stanno arrivando?» Non poteva aver sentito la conversazione tra Blade e il resto dei team nell'edificio, ma era evidente che avesse dedotto abbastanza dai pezzi di conversazione di Wolf. «Per favore, portami fuori di qui, tagliami le mani e i piedi se necessario, ma non lasciarmi qui.» Rayne strattonò in modo convulso le catene, cercando ancora una volta di liberarsi.

Ghost poteva sentire fisicamente il suo panico. Tagliarle le mani e i piedi? Neanche morto. Le posò le mani sulla testa che stava agitando e la tenne ferma. Si chinò su di lei e portò il viso vicino al suo e le disse: «Stai calma, Principessa. Non ti lasceremo qui. Capito? Non. Ti. Lasciamo. *Io* non ti lascio.»

«Ghost? Sei davvero tu? Non capisco. Pensavo di averti sognato. Volevo che fossi qui, a proteggermi, e ora ci sei. Sto ancora sognando? Sto morendo? Cazzo, sei un'allucinazione, vero?»

«Non sono un'allucinazione. Sono davvero qui. Ora stai calma mentre vediamo come fare, va bene?»

Annuì e deglutì a fatica. Il rispetto di Ghost per lei aumentò. Era di certo spaventata a morte, ma stava cercando di controllarsi, per ora.

La sua voce era un po' meno terrorizzata, ma non meno seria quando parlò di nuovo. «Sul serio però... tagliali via se devi, tanto non riesco più a sentire le mani o i piedi. Lo preferirei piuttosto che essere lasciata qui. L'avrei già fatto io se avessi avuto un coltello e una mano libera. Ora so come si sente un animale catturato in una trappola. Ricordi quella storia del ragazzo che stava scalando una parete ed era rimasto intrappolato quando una roccia era caduta sul suo braccio? Non ricordo tutti i dettagli ora, credo che ne abbiano fatto un film, ma si è tagliato il braccio per potersi liberare e chiedere aiuto. Non l'avevo capito... fino a ora. Quindi, per favore, ti assicuro che non me ne accorgerò nemmeno. Tagliali via. Fammi uscire da qui. Per favore, Ghost, ti prego.»

Ghost la ignorò, tranne che per dire «Shhhhh, ti tireremo fuori da qui.»

Uno, lui non l'avrebbe abbandonata, e due, di certo non le avrebbe tagliato mani e piedi per farla uscire da questo inferno. Non riusciva nemmeno a credere a quanto coraggio – e terrore – ci voleva, persino per suggerirlo. Odiava che si trovasse in quella situazione. Lo *odiava*.

Infilò una mano nella tasca sinistra e tirò fuori un coltellino svizzero. Si voltò verso Wolf. «Questo è il meglio che ho trovato. Accidenti, vorrei che Truck fosse qui, è il fabbro del team.»

«Il nostro è Benny. Ucciderei per un grimaldello in questo momento» disse Wolf distrattamente, e si chinò sui piedi di

Rayne, affrettandosi a lavorare sulla serratura con il coltellino che il compagno gli aveva consegnato.

Ghost guardò per la prima volta da vicino i polsi di Rayne. «Oh, Principessa, i tuoi polsi. Hai lottato con tutte le tue forze, vero?»

La manetta e la catena che i bastardi avevano usato per imprigionarla, e per mantenerla immobile, erano arrugginite e sporche dalle macerie cadute dalle pareti e dal soffitto, e ora ricoperte dal sangue di Rayne. I suoi sforzi non avevano solo fatto penetrare la ruggine e la sporcizia nelle ferite, ma aveva anche fatto sì che il metallo si conficcasse profondamente nei polsi. Era evidente che, in preda al panico, aveva lottato con forza per un bel po', perché da quello che poteva vedere Ghost, aveva fatto un discreto danno sulla pelle.

«Se non riuscite a toglierli, mi lascerete un coltello prima di andarvene?»

«Che cosa?»

«Un coltello – no, aspetta, non sarei in grado di usarlo. Puoi per favore solo spararmi in testa prima di andare via? Preferirei morire qui e ora, piuttosto che passare attraverso quello che avevano pianificato per me.»

Ghost sapeva che avrebbe dovuto fare qualcosa per cercare di liberarla, ma non riusciva. Ogni parola che usciva dalla sua bocca gli lacerava l'anima. Non aveva idea di cosa le fosse successo in quella camera di tortura, ma qualsiasi cosa fosse, l'aveva totalmente terrorizzata. Il suo unico pensiero era di fuggire. Rayne non sembrava essere stata violata, le mutandine erano ancora al loro posto e non vedeva sangue, ma Ghost sapeva che c'era comunque una possibilità.

Prima di perdere del tutto la calma, le mise una mano guantata sulla fronte e aprì la bocca per parlare, per rassicurarla, quando lei continuò, singhiozzando: «Per favore, ragazzi, voi dovete andarvene, non dovete farvi trovare qui. Quei tizi sono pazzi, non esiteranno a uccidervi. Non avete tempo per liberarmi. Va bene così, andate... ti ho perso una volta, Ghost, non potrei sopportare di vederli ucciderti. Devo sapere che starai bene.»

«Shhh, Principessa. Non ti lascio qui, cazzo» ripeté Ghost, per quella che sembrava la decima volta. «Ce ne andremo tutti.» I pensieri di Rayne erano del tutto confusi, prima li aveva pregati di non lasciarla, e poi di andarsene. Ghost sapeva che era per lo shock e la paura, ma odiava vederla in quel modo.

«Non funziona, Ghost» disse Wolf con voce frustrata.

Ghost girò la testa e guardò il suo compagno di squadra in quella missione.

Wolf sollevò il coltello. «Non è abbastanza sottile, non riesco a far girare i perni. Ho bisogno di qualcosa di più piccolo.»

Ghost si alzò e andò alla testiera del letto. «E se prendessimo a calci le assi, e ci portassimo le catene con noi?»

«Ci avevo pensato prima, vale la pena provare, se non riusciamo a sbloccare le serrature è l'unica soluzione, oltre a portare tutto il letto con noi.»

«Ci porteremo via tutta la fottuta cosa se non funzionerà» mormorò Ghost, sapendo che sarebbe stato alquanto imbarazzante, e incredibilmente pericoloso e stupido, nel peggiore dei casi, cercare di fuggire nel mezzo di un colpo di stato terroristico, portandosi dietro un letto con una donna ferita e terrorizzata. Sarebbero stati facili bersagli.

«Ho qualcosa che potrebbe funzionare.»

Si voltarono a guardare Rayne, increduli.

«Che cosa?» chiese Wolf con tono impaziente, trovando la voce prima di Ghost. Il tempo stava per scadere. Nessuno di loro voleva vedere la canna di un lanciagranate con propulsione a razzo. Non avrebbero alcuna possibilità in uno scontro simile.

«Il mio fermacapelli, me l'ha dato Chase. È pieno di ogni

sorta di cose: una piccola lama, un cacciavite e un grimaldello. Ha provato a mostrarmi come usarlo una volta, ma ero negata. Non so se funzionerà, merda, probabilmente è un nuovo gadget che si spezzerà nella serratura, ma forse...» Le sue parole si interruppero davanti alle espressioni incredule degli uomini.

Ghost osservò Rayne girare in modo goffo la testa e vide tra i capelli un fermaglio d'oro e di fattezza antica. Andò a toglierglielo e si aprì con facilità, lo sfilò e lo esaminò. Aveva ragione, una stecca al centro si apriva rivelando una punta affilata.

Senza dire una parola lo porse a Wolf, che si piegò sulle caviglie di Rayne con un sorriso. «Solo *tu* potevi trovare una donna che, guarda caso, porta con sé lo strumento necessario per salvarsi, Ghost. Solo tu. Dannazione.»

Ghost si chinò e le posò un rapido bacio sulla fronte, ignorando la sporcizia. «Sei incredibile. Resisti, Principessa, ti faremo uscire di qui in un attimo.»

Non fu proprio un attimo, ma incredibilmente, il fermacapelli funzionò. Dopo averle liberato i piedi, Wolf lo passò a Ghost, che si affrettò a lavorare sulle serrature ai polsi. Una volta liberata, Ghost le sistemò di nuovo molletta sui capelli, assicurandosi di fermarglieli indietro, in modo che non le cadessero sul viso mentre fuggivano.

Non appena fu libera dalle catene, Rayne si mise subito a sedere sul letto, e si sarebbe alzata e corsa fuori dalla stanza, se non fosse stato per la mano di Ghost sul suo braccio che la tenne ferma. «Aspetta, Principessa, ti do una maglietta, ok?»

Rayne annuì, e cercò di non essere consapevole della sua quasi nudità. Non che Ghost non l'avesse mai vista prima, e Wolf non la stava nemmeno guardando, perchè era alla porta a osservare attentamente fuori.

«Non riesco a credere che sia davvero tu» sospirò Rayne, mentre guardava Ghost togliersi di fretta il giubbotto antiproiettile così da potersi sfilare di dosso la maglia nera che aveva sotto.

«Sono io. Non potevo crederci quando la tua amica ha detto che c'era una donna di nome Rayne, ancora da qualche parte nell'edificio.»

«Sarah? Hai trovato lei e gli altri? Non li hanno fatti saltare in aria? Gli stronzi avevano detto di aver fatto esplodere la stanza.»

Ghost annuì. «Lo hanno fatto. Ma le donne sono riuscite a trovare qualcosa dietro cui ripararsi. Alcune sono ferite, ma per ora sono tutte al sicuro.»

«Grazie a Dio. E gli uomini che erano con loro?»

«Anche loro.»

«Bene.»

«Forza, alza le braccia. Dobbiamo uscire di qui.»

Rayne fece come Ghost le ordinò, e obbediente le alzò. Non fece nemmeno una smorfia quando la maglia le strofinò i polsi e il sangue colò lungo le braccia in rivoli.

«Scusa se ti faccio male, Principessa.»

«Sul serio, non riesco a sentirle, Ghost.» Alla sua espressione accigliata, cercò di rassicurarlo di nuovo. «Anche le caviglie. Non fanno male. Va bene così.»

Quando continuò a tenere la fronte corrugata, Rayne si limitò a scrollare le spalle. «Andiamocene da qui. Sono pronta. Per favore.» Rayne si alzò e fece per avviarsi verso la porta, e sarebbe caduta se Ghost non fosse stato lì per afferrarla. La sollevò tra le braccia e si diresse a grandi passi verso la porta.

«Io-io non so cosa c'è che non va. Posso camminare... almeno credo di poterlo fare.»

«Ci sono io, Rayne, aggrappati a me e non lasciarmi andare.» Ghost seguì Wolf fuori dalla stanza e nel corridoio deserto.

«Quello posso farlo» biascicò Rayne.

La voce di Blade arrivò nelle loro cuffie. «Tempo stimato? I nemici stanno entrando nel complesso sul lato ovest. Ricevuto? Entrano a ovest estremamente incazzati. Tutti gli altri sono fuori. Passo.»

«Siamo a est, stiamo uscendo con il pacco. Ghost ha le mani legate. Ci servono rinforzi. Passo.»

«Ricevuto. Uscite dì lì, Fletch e Truck stanno arrivando per assistere.»

Sia Ghost, sia Wolf tirarono un sospiro di sollievo. Non erano per niente fuori pericolo, ma con gli uomini di Ghost in arrivo, se avessero dovuto ingaggiare un combattimento, sarebbe stato più a loro favore. Soprattutto con Truck. L'uomo era enorme, e nessuno sano di mente si sarebbe messo contro di lui. Non era bello da vedere, nemmeno un po', il suo naso era stato rotto più volte e aveva una cicatrice provocata da un terrorista incazzato, che gli tirava su un angolo della bocca, facendogli avere un ghigno perenne.

No, di certo non era un rubacuori, il più delle volte le donne scappavano nella direzione opposta quando lo vedevano, ma era esattamente ciò di cui Ghost aveva bisogno in quel momento. Aveva bisogno di un brutto figlio di puttana che li aiutasse a uscire da lì sani e salvi.

«Come stai, Principessa?» mormorò Ghost, mentre si facevano strada attraverso i corridoi stranamente silenziosi.

«Sono stanca. Sono tanto stanca.»

Ghost scrollò il prezioso carico tra le sue braccia. «Non addormentarti. Stai perdendo troppo sangue, non puoi metterti a dormire. Hai capito, Rayne?»

La sentì cercare di raddrizzarsi, ma non ebbe la forza di farlo. Aveva un braccio intorno al suo collo e poteva sentire il sangue che le colava giù dal polso, scendere all'interno della sua giacca sulla schiena ora nuda. Era caldo contro la pelle, e sapendo che era il sangue di Rayne, e non il sudore, gli diede un po' la nausea.

«Quindi avevo ragione sul fatto che sei una super-spia dopotutto, eh?»

Ghost la strinse in risposta, ma non disse nulla.

«Tutto vestito di nero, nessun distintivo... sei una spia, o della CIA. Non puoi essere assolutamente un soldato normale.»

Ghost sentì Wolf ridacchiare in modo sommesso attraverso la radio. Aveva il microfono aperto in caso avesse bisogno di parlare con il suo team, mentre aveva le braccia occupate con Rayne.

Rayne continuò: «Qualsiasi cosa succeda, grazie. Immagino che tu non fossi lì per me, hai detto che non sapevi che c'ero finché Sarah non te l'ha detto, ma grazie per essere venuto a cercarmi. Grazie per aver fatto saltare in aria tutto, così Moshe non ha potuto violentarmi.»

«Cosa?» Ghost disse in tono sommesso e a denti stretti. Wolf alzò una mano per farli fermare, e fece cenno di entrare in una piccola stanza, per aspettare che il piccolo gruppo di militanti passasse vicino alla loro uscita. Erano a pochi passi dalla libertà, ma non potevano affrettare la loro fuga. L'ultima cosa che uno dei due voleva, era dover correre una volta fuori.

«Avevano inventato una stronzata di cerimonia per i ragazzi che diventano uomini. Consisteva nello stuprarmi sette volte, tra cui sodomizzarmi, scoparmi da dietro e costringermi a prenderglielo in bocca.»

Le sue parole erano sempre più strascicate mentre continuava. Nessuno dei due la interruppe, perché volevano sentire tutta la storia, per sapere come poterla aiutare a superarla, ma anche con il desiderio di tornare indietro e uccidere ogni uomo che avessero incontrato.

«E senti questa... se non fosse riuscito a farmi venire la settima volta, non sarebbe diventato un uomo e avrei dovuto ricominciare tutto da capo. Come se una donna potesse avere un orgasmo dopo essere stata violentata ripetutamente...»

«Ti ha toccato, Principessa?» Le parole di Ghost erano sommesse e angosciate, ma Rayne sembrò non accorgersene.

«No, non in quel senso, non ha avuto tempo. Come ho detto, avete fatto saltare in aria tutto, proprio quando stava per iniziare. Quindi, grazie. Ma devi sapere che... il mio ultimo pensiero è stato per te. Ho cercato di ricordare il tuo odore, le tue mani, e quanto bene mi hai fatto sentire. Volevo che quello fosse il mio ultimo pensiero, non di lui e di ciò che mi avrebbe fatto. Mi sei mancato, Ghost.» La sua voce si abbassò in un sussurro, quasi come se stesse parlando a se stessa. «Mi sei mancato.»

Rayne fece un respiro profondo e lento che si spezzò, prima di continuare con voce tremante: «Ha detto che sarebbe tornato. Sembrava un bravo ragazzo, ma lo sguardo nei suoi occhi mi diceva che era tutt'altro. Ghost?»

«Sì, Principessa?»

Parlò di nuovo bisbigliando, come se dirlo ad alta voce lo facesse materializzare dal nulla: «Sta tornando per finire di diventare un uomo.»

«Non tornerà.»

«Sì, lo ha detto. Si è voltato verso di me, quando tutti stavano correndo fuori dalla stanza come piccoli bastardi impauriti. Gli ho creduto. Vuole essere un uomo.»

«È morto, Principessa. L'ho ucciso.»

Aprì gli occhi e provò a sollevare la testa dalla sua spalla, ma non ci riuscì. «Davvero?»

«Sì.»

«Sei sicuro? Non me lo stai dicendo solo per provare a proteggermi, come fai sempre?»

Ignorando l'istantaneo pensiero di voler passare il resto della sua vita a proteggerla, Ghost le chiese con voce piatta: «Indossava pantaloni marrone chiaro che si chiudevano con un laccio? Camicia blu?»

«Mm-mm.»

«Allora posso dirti con certezza, al cento per cento, che non sarà mai un uomo. *Mai*.»

«Grazie a Dio. Ghost?»

Wolf fece il segno di via libera e si diressero fuori dall'edificio in cui, una settimana prima, era iniziato l'incubo di Rayne. Ghost era incazzato, capendo ora perché i pantaloni del ragazzo erano slacciati. Il piccolo stronzo era andato troppo vicino a violentare Rayne. *Troppo* vicino.

«Sì, Principessa?» ripeté.

«Non riesco a restare sveglia. Ci ho provato, davvero. Ma se mi sveglio, ci sarai? Non voglio più svegliarmi in un letto vuoto.»

Ghost non voleva che lei svenisse, ma aveva perso molto sangue, e sarebbe meglio che non ricordasse nulla di ciò che potrebbe accadere mentre fuggivano dall'edificio. Se si fossero imbattuti in qualche problema, non voleva che ne avesse consapevolezza. Però non gli piaceva il "se", che aveva usato. «*Ti sveglierai*, Rayne. Abbiamo troppe questioni in sospeso perché finisca diversamente. E faresti meglio a credere che ci sarò» disse, e le sue parole le permisero di lasciarsi andare.

«Wolf» ringhiò Ghost, attirando l'attenzione del suo compagno di squadra. Quando si voltò, fece un cenno con la testa verso le caviglie sanguinanti di Rayne.

Wolf annuì e toccò il microfono: «Truck, il pacco ha bisogno di bende, stiamo lasciando la scia. Siamo in rapido avvicinamento. Preparatevi a portarci via da lì.»

«Ricevuto.»

Mentre Wolf e Ghost si dirigevano verso il punto di raccolta, in modo da poter uscire dall'Egitto e dare a Rayne qualche cura medica, Wolf rifletté con un tono serio: «Non so cosa sia successo prima di oggi tra voi due, ma hai una donna meravigliosa tra le braccia, risolvi i tuoi casini, e non lasciarla andare.»

«Non è così semplice» protestò Ghost.

«Col cazzo che non lo è. Un giorno ti racconterò la storia della mia donna, Caroline. E se abbiamo tempo, puoi ascoltare il resto della mia squadra raccontare le loro storie. Eravamo come te e il tuo gruppo. Navy SEAL cazzuti che non avevano bisogno di donne nella loro vita. Pensavamo che non avrebbe mai funzionato, ma ci sbagliavamo, e anche tu. Dalle un po' di credito.»

«Siamo Delta.»

«E allora? Se qualcuno può capirlo, siamo noi. Non possiamo dire nulla alle nostre donne, non sanno dove siamo, o per quanto tempo staremo via, non c'è alcuna garanzia che torneremo a casa, ma ci amano comunque.»

Ghost borbottò, ma non disse nulla.

«Non lasciarla andare, Ghost. Da quello che posso vedere, è una donna straordinaria. Ha bisogno di te, soprattutto dopo quello che è successo lì dentro. Tra tutti quelli che conosce, sei l'unico che puo' capire e aiutarla. Ma soprattutto, anche tu hai bisogno di *lei*. Posso vederlo.»

Ghost non era mai stato così felice di vedere Fletch e Truck in tutta la sua vita. Non si sentiva a suo agio con il discorso di Wolf. Voleva la donna tra le sue braccia più di quanto avesse mai desiderato qualcosa, ma non aveva proprio idea di come realizzarlo. Wolf aveva detto che avrebbe potuto funzionare, ma Ghost non sapeva come.

Ma, prima di tutto, Rayne aveva bisogno di un dottore e dovevano andarsene dall'Egitto.

Dopo? Chissà?

CAPITOLO VENTUNO

RAYNE dormiva sul letto improvvisato che Ghost le aveva preparato. Per fortuna, la loro fuga dalla piazza era stata senza incidenti. Non si erano imbattuti in altri militanti, e l'esercito egiziano aveva finalmente preso in mano la situazione in modo serio, assicurandosi che il colpo di stato finisse una volta per tutte; erano entrati nell'edificio del governo dopo aver saputo che tutti gli ostaggi erano stati liberati, e non avevano perso tempo a cercare di negoziare o a prenderne qualcuno vivo.

I simpatizzanti che erano entrati con gli RPG, erano stati eliminati prima che fossero in grado di lanciare uno dei razzi. Per ora, l'edificio era sicuro, ma tutti sapevano che tagliare le braccia e le gambe della bestia non l'avrebbe tenuta a freno a lungo, doveva essere tagliata anche la testa, perché il colpo di stato potesse ritenersi completamente soppresso. E le probabilità erano minime. Ghost non si sarebbe sorpreso se molto presto si fossero ritrovati di nuovo in Egitto. Ma gli andava bene. Avrebbe volentieri fatto fuori i bastardi che avevano ferito Rayne. Potevano non essere stati fisicamente in quella stanza con lei, ma avevano dato ai militanti la potenza di fuoco per farlo accadere.

Al momento a Ghost non interessava dell'esercito egiziano, tutto quello che gli importava era Rayne, e assicurarsi che fosse sana e salva.

Truck e Fletch li avevano raggiunti in un vicolo dietro la piazza, e avevano rapidamente avvolto le caviglie e i polsi di Rayne con bendaggi compressivi. Truck aveva preso Rayne dalle braccia di Ghost come se non pesasse più di un bambino, e si erano precipitati a incontrare il resto delle squadre.

Ghost avrebbe voluto protestare, ma sapeva che Truck poteva trasportarla per chilometri e non stancarsi... sì, era proprio così grosso e forte. Inoltre, sperava che si sarebbero imbattuti in altri militanti, in modo da poterli uccidere per vendicarsi di ciò che Rayne aveva subito.

Non avevano incontrato resistenza e avevano raggiunto le squadre in dieci minuti. Mozart, uno dei SEAL, aveva chiesto se dovevano portare Rayne all'ospedale della Croce Rossa che era stato allestito per occuparsi degli ostaggi, e prima che Ghost potesse rispondere, Wolf era intervenuto: «No, è la donna di Ghost. Resta con noi fino a casa.»

Nessun uomo aveva discusso, né contestato la dichiarazione di Wolf. Se lei era una di loro, allora non c'era dubbio che non l'avrebbero persa di vista neanche un attimo.

Ghost aveva guardato negli occhi i SEAL che stavano intorno a lui. Nei volti di ognuno degli uomini, che sapeva essere letali quanto la sua squadra di Delta, c'era un'espressione di compassione e preoccupazione. Se non l'avesse visto di persona, non avrebbe mai creduto che, nel bel mezzo di una missione, nel bel mezzo di un Paese sull'orlo di una guerra civile, un gruppo di duri uomini Alpha, avrebbe potuto essere toccato dalle condizioni di una donna, che di sicuro non era al suo meglio in quel momento.

Oltre a indossare solo la sua maglietta, i capelli di Rayne erano coperti di terra ed erano dritti e flosci intorno al viso. Aveva le occhiaie, e dei lividi su entrambe le guance. Non aveva detto che i bastardi l'avevano picchiata, ma era ovvio. Non era una donna minuta, ma tra le braccia del suo compagno di squadra, ferita e sporca, era sembrata piccola e indifesa.

Rayne si era mossa nella stretta di Truck e aveva socchiuso gli occhi, e poi sollevato lo sguardo verso l'uomo grande e grosso che la teneva, e invece di spaventarsi, come alcune donne avevano fatto in passato quando si erano trovate davanti la faccia di Truck, si era limitata a fare un mezzo sorriso e a borbottare: «Spero che tu abbia ucciso il figlio di puttana che ti ha ferito» ed era tornata a dormire.

L'espressione sul volto di Truck sarebbe stata comica se la situazione non fosse stata così urgente.

Dopo aver sdraiato Rayne, Truck e Mozart si erano messi a lavorare sulle sue ferite. Erano profonde e i due uomini non avevano voluto cucirle senza prima pulirle. In quel momento, avevano fatto il meglio possibile, con quel poco di liquido sterile che avevano negli zaini, e le avevano riavvolto le bende strette. Per fortuna, Rayne non si era mossa durante tutto quello che doveva essere stato un processo molto doloroso.

Ghost era rimasto accanto a lei, con una mano appoggiata sulla sua fronte per tutto il tempo. Quando avevano finito, Truck l'aveva presa di nuovo in braccio, e tutti i tredici uomini si erano diretti verso il punto di raccolta.

Ora erano sull'aereo militare, diretti verso gli Stati Uniti. Sarebbero atterrati prima a Fort Hood, poi i SEAL sarebbero tornati in California, nella loro base e dalle loro famiglie.

Rayne era nel retro dell'aereo, sul giaciglio che era stato preparato per lei e sarebbe andata direttamente all'ospedale una volta atterrati in Texas, per ricevere cure mediche migliori. Ghost non aveva idea di cosa sarebbe successo dopo il loro sbarco.

«Wolf, tutto questo mi ricorda Caroline» disse Cookie con un sorriso, mentre si sistemavano, ricordando come una volta avevano salvato la donna di Wolf da una "brutta situazione". Era stata sdraiata su un giaciglio sul retro di un aereo militare, proprio come Rayne.

Wolf sorrise al ricordo, ma non disse nulla.

«Allora, qual è la storia, Ghost?» chiese Dude.

Ghost rimase zitto.

Ignorando il messaggio, Dude proseguì imperterrito: «Non sa che tu sei un Delta?»

Ghost scosse la testa.

«Che cosa hai intenzione di fare a riguardo?»

Ghost scrollò le spalle. «Niente.»

«Idiota» mormorò Abe sottovoce.

«Attento, Rana» lo avvertì Fletch, difendendo il suo compagno di squadra.

«Gli ho già fatto il discorsetto» Wolf informò il suo team, per niente turbato dall'ostilità che emanava il compagno di Ghost. «Gli ho detto che sarebbe stato un idiota a lasciarla andare. Ragazzi, sapete quanto mi ci è voluto per riprendermi Caroline. Non volevo che lui passasse la mia stessa merda.»

Ghost si intromise prima che i suoi ragazzi perdessero la testa. L'ultima cosa di cui avevano bisogno era un litigio SEAL-contro-Delta, a diecimila metri di altezza. Non aveva dubbi che i suoi ragazzi avrebbero vinto, ma sarebbe stata una lotta dura. «Guardate, ci siamo conosciuti circa sei mesi fa. Abbiamo avuto una… storia, una cosa da una notte. Ed è tutto ciò che è stato.»

«Non sei più stato con nessuno da allora, vero, Ghost?» chiese Blade, capendo più di quanto Ghost avrebbe voluto.

Hollywood fece un fischio basso e lungo, unendosi alla conversazione. «Ti ha fatto perdere la testa.»

«Piantatela, ragazzi» li avvertì Ghost. «Siamo stati occupati. Solo perché non ho avuto il tempo di scopare, non vuol dire che mi stia struggendo per lei.»

«Ha tutto senso, ora» intervenne Coach, ignorando l'avvertimento del suo leader. «Hai avuto tempo, Ghost. Non mentire, cazzo. Quella sera, circa un mese fa, quando siamo usciti tutti insieme e una c'era una tipa che ti stava addosso... non riuscivamo a capire perché non te l'eri portata a casa per fartela, ma ora lo sappiamo.»

Ghost non voleva discuterne, ma a quanto pare non glielo avrebbero permesso. «Non era quello il motivo, stronzo. Ero stanco, e mi dava l'impressione di una che volesse restarmi attaccata per più di una notte.»

«Cazzate» disse Fletch in tono leggero. «Voleva quello che vogliono tutte quelle come lei... una notte con un militare. Era quello che ti avrebbe dato, al cento per cento.»

Ghost rimase in silenzio. Avevano ragione. La tipa in questione gli *era stata* addosso, e aveva avuto praticamente la mano nei suoi pantaloni, proprio lì al bar. Avrebbe potuto portarla nel vicolo, farselo succhiare e tornare dentro in dieci minuti. Ma nell'istante in cui aveva sentito il suo alito sul collo, gli erano tornati alla mente quei dolcissimi piccoli morsi e succhiatine, che gli aveva dato Rayne mentre era sdraiata tra le sue braccia, sfinita. Non aveva più avuto una donna dopo di lei, e non ne aveva sentito la mancanza.

«È stato dopo quella missione in Turchia, non è vero?» chiese Truck. «Hai fatto quella sosta a Londra, e sei tornato un giorno dopo di noi perché il tuo volo era stato cancellato. È successo circa sei mesi fa.»

«È destino, Ghost. Il mio consiglio? Non combatterlo» disse Wolf con certezza.

Ghost non era il tipo che si confidava, ma era stanco e preoccupato per Rayne, e si sentiva ancora un po' destabilizzato per averla trovata durante un'operazione. E sapendo che era quasi stata violentata e violata più volte, tutto in nome di una finta merdata ideologica, si sentiva angosciato e persino vulnerabile.

«Le ho mentito. Non sa nemmeno il mio nome.»

«Ti ha chiamato Ghost lì dentro» gli fece notare pronto Wolf. «Ha capito subito chi eri.»

«Non è il mio nome però.»

«È chi sei» insistette Beatle, ripetendo ciò che Fletch gli aveva detto prima. «Tu sei Ghost. Io sono Beatle. Loro sono Blade, Truck e Fletch. La metà delle volte non ricordo nemmeno i nostri nomi di battesimo. Lo sai che Coach non vuole nemmeno *dirci* il suo vero nome. Si fa chiamare con il secondo nome, ma non ha detto ad anima viva quale sia il primo. Come ti ha chiamato durante l'orgasmo?»

Ghost lanciò un'occhiataccia a Beatle. «Non te lo dico, cazzo.»

Beatle continuò come se Ghost gli avesse risposto in modo affermativo. «Già, è come pensavo. Non hai mentito riguardo a chi sei, Ghost. Questo è ciò che conta.»

«L'ho lasciata la mattina dopo, non l'ho nemmeno svegliata per salutarla.» Non sapeva perchè stava dicendo ai ragazzi tutto quello che aveva fatto, sapeva solo che si sentiva davvero in colpa, anche se aveva fatto la stessa cosa ripetutamente con altre donne, donne di cui non riusciva a ricordare i nomi.

«Le hai promesso che saresti rimasto in contatto?»

Dannazione. Ne aveva già discusso con Fletch, e ora doveva riparlarne per gli altri ragazzi.

«No» disse Ghost, contrariato.

Fletch continuò: «Quindi sapeva che era una cosa di una notte. Suppongo che lei fosse stata d'accordo.»

Ghost annuì riluttante.

«Mi pare che sapesse a cosa andava incontro.»

Ghost si passò una mano tra i capelli, frustrato. «Lo

sapeva, ma non lo sapeva. Non aveva mai avuto una storia di una notte. È un tipo romantico. Lei... si aspettava di più. So che è così.»

Gli uomini rimasero in silenzio per un istante, poi Wolf si intromise. Ghost non lo conosceva bene, ma capì che era sincero al cento per cento quando raccontò: «Ho provato ad allontanare la mia Caroline, pensavo di fare la cosa giusta. Sappiamo bene che il nostro lavoro è pericoloso, e non volevo assolutamente che lei subisse delle ripercussioni per questo. Era già stata rapita, era stata pestata a sangue, tra le altre cose, e dopo averla salvata, mi guardava come se fossi il sole che illuminava le sue giornate... e l'ho allontanata. Pensavo di averlo fatto per il suo bene. Pensavo di non essere abbastanza per lei.»

Quando si fermò, Ghost disse: «E?»

Wolf fece un piccolo sorriso. «Erano tutte cazzate. La volevo più di quanto avessi mai voluto qualcosa in tutta la mia vita. Mi rendeva felice, mi faceva sentire umano. Volevo portarla via, fare in modo che nessun altro osasse guardare ciò che era mio.»

«Quindi, sei andato da lei e ora va tutto bene.»

Gli altri SEAL risero. Wolf disse in tono scherzoso: «Non proprio. Cookie qui, le ha dato la sua spilla col tridente.»

Truck buttò fuori un respiro brusco e incredulo. Tutti sapevano che cosa significavano le spille che i SEAL si guadagnavano una volta entrati ufficialmente a far parte dei team. Il fatto che Cookie avesse dato alla donna di Wolf la sua spilla da SEAL, doveva essere stato un colpo basso per Wolf.

«Sì. Mi ha fatto arrabbiare. Mi ci è voluto un bel po' di tempo per scambiare la sua con la mia. Bastardo. Non sono riuscito a fargliela restituire fino al nostro matrimonio.» Wolf finse di lanciare un'occhiataccia a Cookie, che si limitò a ridacchiare verso il suo leader. Era chiaro che i due uomini erano molto amici.

«Non è stato un percorso facile. Lei era arrabbiata. Io ero arrabbiato. Ma alla fine era mia. Era tutto ciò che contava. Lei. Era. Mia. Il pensiero che un qualsiasi altro uomo la toccasse, la guardasse, le desse le cose di cui aveva bisogno nella vita, mi faceva impazzire. Il punto è che, Ghost, se il pensiero che lei si faccia stringere dalle braccia di un altro uomo, non ti fa venir voglia di uccidere qualcuno, allora lasciala andare a vivere quella vita. Troverà un altro che la fa stare bene, che la sposa, che le darà dei bambini.» Wolf stava volutamente rigirando il coltello nella piaga, cercando di irritare Ghost e farlo *riflettere*. «Ma se la vuoi... scopri come farlo funzionare, perché lei ti completerà in un modo che nessun altro ha mai fatto o farà.»

Gli uomini rimasero in silenzio dopo il discorso di Wolf, e pian piano si addormentarono. Ghost sapeva che non sarebbe riuscito a dormire, perché era preoccupato per lei e per le parole di Wolf che gli ronzavano in testa. Andò sul retro dell'aereo e si sedette accanto al letto di Rayne. Si era voltata, era sdraiata malamente su un fianco, rivolta con il viso verso la coda dell'aereo.

Indossava ancora la sua maglietta, e il lenzuolo che le era stato posato sopra era sceso sotto il sedere quando si era spostata. Il tatuaggio sulla schiena, che Ghost aveva ammirato mesi fa, era visibile in modo chiaro. Lo fissò per un momento. Non credeva a ciò che aveva davanti agli occhi. Il suo primo pensiero fu di coprirla, in modo che nessuno degli altri ragazzi sull'aereo la vedesse, ma era paralizzato sul posto, nel vedere di nuovo quel tatuaggio che lo aveva emozionato.

Quando le aveva dato la sua maglietta nell'edificio governativo, si era preoccupato solo di salvaguardare il suo pudore, e di uscire dalla stanza e dalla quella brutta situazione, e per quanto amasse vederla nuda, quella era stata l'ultima cosa nella sua mente. Quando Truck e Mozart l'avevano fasciata, era coperta dalla maglietta dal collo alle cosce, ed era più preoccupato per le ferite alle caviglie e ai polsi, di qualsiasi altra cosa.

Ma ora, vedendo il tatuaggio che aveva significato così tanto per lui, e le recenti modifiche, gli si bloccò il respiro.

Lo aveva aggiunto sulla sua pelle.

Oh, si era già visto in quel tatuaggio, com'era prima, ma se pensava di poter negare che la loro unica notte insieme non significasse niente per lei, ora non poteva più farlo. La prova era di fronte a lui, in vividi colori, e gli faceva letteralmente venir voglia di piangere.

Fletch si schiarì la gola alle sue spalle, impedendo per fortuna a Ghost di frignare come un bambino. Prese rapidamente il lenzuolo e lo sollevò sopra il corpo di Rayne, proteggendola dagli occhi del suo compagno di squadra; Ghost non voleva che nessuno vedesse ciò che era suo.

«Sembra che quella storia di una notte sia stata un po' più intensa di quanto volessi ammettere, per entrambi.»

Cazzo. Era stato troppo lento a coprirla, e Fletch, a quanto pare, era riuscito a dare una bella occhiata al tatuaggio di Rayne. Ghost rimase in silenzio e non guardò il suo amico, non sapendo cosa dire.

«Il suo tatuaggio sembra familiare... proprio come quello che ti sei fatto sulla gamba qualche mese fa.»

Ghost, di nuovo, non disse nulla. Non c'era niente da dire.

Fletch sospirò, poi sorprese Ghost ammettendo di punto in bianco: «Ho incontrato qualcuno. È divertente e fantastica, ed è più testarda di chiunque abbia mai conosciuto. Ha dei segreti, e non vuole farmi avvicinare troppo. Ma la cosa peggiore è che pare che abbia già un uomo.»

Ghost a quell'affermazione sollevò lo sguardo. Il suo amico era appoggiato con una spalla contro la parete, apparentemente rilassato, ma Ghost poteva dire che non lo era per niente, perché ogni muscolo del suo corpo era teso.

«Ogni volta che li vedo insieme voglio tirare pugni a qualcosa. Ha una bambina fantastica che ha paura di questo nuovo uomo.»

«Fletch...»

Non lo lasciò continuare. «Ho sentito ciò che ha detto Wolf, e ha ragione. Non ho nemmeno toccato questa donna, ma se il semplice *pensiero* che il suo nuovo stronzo di fidanzato possa far qualcosa di male a lei o a sua figlia mi fa impazzire, non riesco a immaginare cosa stai passando tu. Se è tua» Fletch indicò Rayne con la testa, «devi lottare per lei, Ghost. Ed è ovvio che sia tua. L'hai praticamente tatuata su di te, e se quel piccolo dannato fantasma sulla sua pelle è un segno, ti ha tatuato su di sé anche lei.»

«Ma i team...»

«Pensi che non ti supporteremo? Pensi che non la proteggeremo come facciamo con te? Cosa ci siamo tatuati tutti sul fianco, Ghost? Eh? *Difenderò i miei fratelli e le loro donne.* Tutti vogliamo qualcuno. Perché dovremmo metterlo per iscritto sui nostri corpi se non lo volessimo? Per l'amor di Dio, Ghost, non lasciarla andare di nuovo.»

Ghost guardò Rayne, era rannicchiata sotto il lenzuolo e la schiena si muoveva su e giù con i suoi respiri profondi e calmi.

Dopo averla osservata dormire, Ghost prese la sua decisione; avrebbe lottato per lei, ma non era sicuro se anche Rayne lo avrebbe fatto. Sapeva di avere una lunga strada davanti a sé. Sì, l'aveva salvata, ma ci sarebbe voluto molto tempo per convincerla a fidarsi di nuovo di lui. Lo sapeva con certezza, come se lei si fosse girata e avesse pronunciato quelle parole.

«Te lo giuro, Rayne. Non ti mentirò mai più. Mai.» Fece quella promessa in tono sommesso e sincero, e Ghost intendeva ogni parola, anche se lei non poteva sentirlo.

Incapace di resistere, tirò indietro il lenzuolo per dare un'altra occhiata al tatuaggio. Il Big Ben era nuovo, e si ergeva alto e orgoglioso dietro una delle ali dell'enorme aquila. Le parole "professionismo silenzioso" erano scritte in corsivo, come nuvole intorno alla torre. Il piccolo fantasma sembrava quasi vivo, svolazzava intorno alla torre dell'orologio, a dimostrazione che lui non era una parte fugace della sua vita. Lo toccò con riverenza con un dito.

Rayne si mosse al contatto, spingendosi indietro, come se inconsciamente lo cercasse.

Senza pensarci, Ghost si sistemò sul piccolo materasso e la attirò contro di sé, attento a non urtare le sue ferite in alcun modo. Era un giaciglio un po' stretto, e lui era completamente vestito, persino con gli stivali, ma aveva bisogno di tenerla tra le braccia, di starle vicino, di tenerla al sicuro.

Ghost tirò il lenzuolo sopra di loro, voleva assicurarsi che Rayne stesse calda a sufficienza. Con cautela le mise un braccio intorno alla vita, e infilò l'altro sotto la sua testa.

Quando Rayne si rannicchiò nel suo abbraccio, si sentì contento per la prima volta in sei mesi, chiuse gli occhi e pregò. Pregò che gli perdonasse le sue bugie, pregò che trovassero un modo per far funzionare la relazione. Avevano molto da risolvere, ma mentre era steso lì, con Rayne al sicuro tra le sue braccia, Ghost non riuscì a pensare a nient'altro che a quanto fosse sollevato che il destino lo avesse condotto da lei, quando aveva avuto più bisogno di lui.

CAPITOLO VENTIDUE

Rayne, un po' intontita, aprì gli occhi e sussultò alla luce intensa, richiudendoli subito. Si sentì sballottare e udì voci sommesse intorno a lei. Le ci volle un momento per ricordare cosa fosse successo, ma non appena lo fece, socchiuse gli occhi, stavolta con più cautela.

Era sdraiata su qualcosa di morbido, e la stavano trasportando dentro un edificio. Voltò la testa e ansimò.

Ghost. *Era* davvero lui.

Pian piano le tornarono in mente parti della sua cattura e del salvataggio. Proprio quando pensava che sarebbe morta in quell'edificio al Cairo, Ghost era comparso, come per miracolo.

Era stato paziente e calmo, e lui e il suo... partner... qualunque cosa fosse l'altro uomo, l'avevano liberata da quelle dannate catene, e Ghost l'aveva portata in salvo. Rayne si ricordava solo dei frammenti di ciò che era successo dopo; di aver ingoiato un paio di pillole, del dolore mentre le sue ferite venivano ripulite, e di essere stata tra le braccia di Ghost mentre dormiva. Di quest'ultima parte non era sicura, dato che aveva sognato di stare tra le sue braccia quasi ogni notte, da quando l'aveva lasciata a Londra.

«Ghost?» la sua voce era tremante e roca, e sembrò più un gracidio che una vera parola, ma la sentì.

Le mise una mano sulla spalla, e la guardò mentre continuavano a spostarsi nell'edificio. «Ehi, Principessa. Sei sveglia»

«Più o meno.»

Lui ridacchiò. «Sì, quei sedativi che ti abbiamo dato insieme agli antidolorifici sono piuttosto potenti. Starai bene.» Poi andò dritto al sodo. «Sei al Darnell Army Medical Center di Fort Hood. Sei al sicuro e di nuovo sul suolo americano.»

«In Texas?»

«Sì. Sei tornata in Texas.»

«La mia roba?»

«Roba?»

«Sì, quella in albergo.»

Ghost ridacchiò. «Solo una donna potrebbe pensare alla sua roba, dopo quello che hai passato. Se ne è occupata la tua amica, Sarah.»

«Mio fratello?»

«Mi assicurerò che sappia che sei qui.»

«Va bene. Ghost?»

«Sì?»

La barella si fermò in un piccolo ambulatorio, e Rayne si sentì quasi girare la testa per il brusco arresto. I suoi occhi erano di nuovo pesanti, e li richiuse. «Sarai qui quando mi risveglierò?»

Quando non le rispose subito, Rayne si costrinse ad aprirli. Se questa fosse stata l'ultima volta che vedeva Ghost, non voleva perdersela.

«Sì, sarò proprio qui quando ti sveglierai.»

Non voleva dirlo, ma la parola le sfuggì comunque. «Promesso?»

«Te lo prometto, Principessa.»

«Ok. Ghost?»

Questa volta nella sua voce, c'era un sorriso. «Sì?»

«Alla fine li hai tagliati? Non li sento.»

Rayne non vide l'espressione preoccupata sul volto di Ghost, dato che aveva richiuso gli occhi.

«No, Rayne. Non abbiamo tagliato né le mani, né i piedi, sono sempre lì, ma sono messi male. Giuro che non ti mentirò mai più. Avrai delle brutte cicatrici.»

«Non importa. Mai più? Mi hai mentito, prima?»

Ghost le posò una mano sulla fronte, e la sua voce si addolcì. «Sì, ma quella è stata l'ultima volta. Se vuoi sapere qualcosa, chiedi.» Pensò che Rayne avrebbe potuto essere preoccupata di avere delle cicatrici, ma avrebbe dovuto immaginare che a lei non fregava niente di quelle cose.

Ghost aveva preso a cuore le parole di Wolf. Voleva Rayne. Non sarebbe stato facile, ma valeva la pena lottare per lei. Si sentiva normale quando erano insieme, e solo questo gli faceva desiderare di essere una persona migliore... per lei. Non l'avrebbe lasciata andare senza combattere.

«Va bene.»

Fu tutto quello che disse, poi si riaddormentò. Il dottore entrò e si mise subito al lavoro togliendo le bende improvvisate, per vedere con cosa aveva a che fare. Dopo essersi assicurato che il medico sapeva quel che faceva, Ghost tornò nella sala d'attesa, e trovò tutti e sei i suoi compagni di squadra.

«Truck, andresti a tenere d'occhio Rayne? Devo fare una cosa.»

«Certo.»

«Tienimi aggiornato.»

Truck annuì, e si avviò nella direzione da cui era arrivato Ghost. Non era una cosa normale che qualcuno di loro rimanesse nella stanza con un paziente, ma il colonnello aveva fatto una telefonata a un ufficiale di alto rango dell'ospedale e, di conseguenza, avevano concesso loro libertà di azione.

«Possiamo fare qualcosa?» chiese Fletch.

Ghost scosse la testa. «No, ma grazie. Torno tra un attimo.»

I suoi compagni di squadra annuirono e Ghost uscì dall'ospedale e si diresse verso la caserma degli ufficiali. Sei mesi prima, quando era tornato a Fort Hood, dopo la notte che gli aveva cambiato la vita, aveva deciso di cercare il fratello di Rayne. Aveva il grado di primo luogotenente e Ghost ne era rimasto colpito. Si era laureato con quasi il massimo dei voti, all'accademia militare di West Point, aveva scelto l'antiterrorismo come specialità, e non aveva nient'altro che ottimi OER, rapporti di valutazione sull'ufficiale. Si stava preparando per diventare un buon leader, del tipo a cui importava degli uomini sotto il suo comando. Aveva posto domande ai sergenti nei suoi plotoni e aveva seguito i loro consigli. Il tenente Jackson era pronto per la promozione, e Ghost sapeva che l'avrebbe ottenuta a pieni voti.

Dato che erano le otto di sera, Ghost sperava che l'uomo fosse nella sua stanza. Salì le scale fino al terzo piano e bussò alla porta.

Chase Jackson la aprì quasi all'istante. «Sì?»

Ghost indossava ancora gli stessi vestiti che aveva da quarantotto ore. Non era al suo meglio, e non c'era alcuna indicazione del suo rango, o nome, da nessuna parte sul corpetto. Durante le missioni, e persino a Fort Hood, nessuno dei Delta indossava qualche tipo di informazione identificativa, per la loro sicurezza.

«Sono il Capitano Keane Bryson. Posso entrare un momento?»

Chase sembrò confuso, ma si fece comunque da parte, e fece cenno a Ghost di entrare.

Nessuno dei due parlò, mentre Chase conduceva Ghost nel piccolo soggiorno del mini appartamento.

Ghost andò subito al punto: «Sono appena tornato dall'Egitto. Dal Cairo, per la precisione.» Ghost osservò Chase irrigidirsi di fronte a lui. Sì, l'uomo sapeva il significato di dove era stato.

«Sua sorella era uno degli ostaggi nel colpo di stato.»

Il tenente impallidì e barcollò. Per un attimo Ghost pensò che sarebbe caduto di faccia sul pavimento, ma allungò una mano e si appoggiò allo stipite della porta. Deglutì a fatica, poi imprecò: «Porca puttana. Rayne è... Siete un ufficiale di sostegno?»

Ghost sapeva cosa stava chiedendo. Gli ufficiali di sostegno vengono inviati nelle case dei parenti, quando qualcuno viene ucciso sul campo, per informarli di ciò che è accaduto. Nessuno voleva trovarseli alla porta. Rassicurò subito l'uomo. «No. Faccio parte dell'unità che è stata inviata per salvare gli ostaggi. L'abbiamo tirata fuori, è ferita, ma sta bene, ed è qui al Darnell Army Medical Center.»

Chase socchiuse gli occhi e inclinò la testa. Non era stupido. «E *lei* mi sta dicendo questo perché...»

Il suo rispetto per l'uomo aumentò. Ghost superava in grado Chase, ma anche senza sapere che era un soldato della Delta Force, era abbastanza intelligente da rendersi conto che c'era qualcos'altro. Forse il fratello di Rayne sapeva che era un Delta. Faceva parte dell'antiterrorismo, non è che non sapesse che lì in giro c'erano i soldati delle Forze Speciali – e dato che Ghost era stato in Egitto, probabilmente sapeva che era più di un semplice capitano. Per uno come Chase, il fatto che Ghost fosse lì, nel suo salotto, vestito tutto di nero e senza il rango visibile, era un'ammissione di chi fosse, come se avesse portato un distintivo che diceva "Soldato della Delta Force".

«Perché è mia.» Le parole di Ghost furono brusche e chiare. Sollevò una mano quando Chase aprì la bocca per ribattere, e gli raccontò subito la sua relazione con Rayne. «Ho incontrato sua sorella circa sei mesi fa. Non abbiamo passato molto tempo insieme, ma non succederà più. Farò tutto il possibile per far funzionare le cose tra di noi. Sono qui perché volevo parlarne con lei, Rayne è stata ferita laggiù, e starà bene, ma probabilmente avrà bisogno di parlare con qualcuno riguardo a quello che è successo.»

«*Cos'è* successo?»

Ghost sapeva che Chase sarebbe tornato all'affermazione "è mia", ma era contento di vedere che, al momento, era più preoccupato per il benessere di sua sorella, di quanto non fosse per la dichiarazione arrogante di Ghost. «È disidratata e ha perso un po' di peso, ed è stata quasi violentata prima che arrivassi da lei.»

«Quasi?»

«Quasi.»

«Grazie a Dio. Ma è ferita?»

«L'hanno incatenata a un letto, e... ha lottato.»

Un sorriso ironico spuntò sul volto di Chase prima di tornare di nuovo serio. «Sì, è qualcosa che farebbe.»

«Quel fermacapelli che le ha regalato, le ha salvato la vita.»

Chase fece un vero sorriso questa volta e annuì. «Farò in modo che ne abbia una scorta a vita.»

«I polsi e le caviglie sono lacerate, la stanno ricucendo ora. So che vorrebbe vederla quando si sveglia.»

«Ci andrò non appena avremo finito qui. Ora... cosa le fa pensare che voglia stare con lei?»

«Ha visto l'aggiunta al suo tatuaggio?»

Chase rimase sorpreso. «Ha aggiunto qualcosa a quella mostruosità sulla schiena?»

Ghost annuì. «Sì. Ha aggiunto me.»

Chase guardò l'uomo dall'aspetto duro di fronte a lui. «Non è stata la solita sorella negli ultimi mesi.»

Ghost annuì. Non era stato lo stesso nemmeno lui da

quando l'aveva lasciata in quella stanza d'hotel a Londra. Quindi sapeva bene cosa intendeva.

«Non le faccia del male. So che mi supera in grado, e probabilmente ha più potere di quanto io possa mai sperare di avere, ma giuro su Dio, se la fa soffrire...»

«Non posso garantire che non lo farò, siamo entrambi piuttosto testardi, ma lei è mia. Ucciderò per tenerla al sicuro. Combatterò per lei. Non rinuncerò mai a lei.»

Chase non rispose subito, rimuginando sulle parole di Ghost. Alla fine, tese la mano. «Piacere di conoscerti, Keane Bryson.»

Gliela strinse. «Ghost. Sono Ghost.»

«Ghost, allora.»

«Torno in ospedale adesso.»

«Vengo con te.»

Ghost sapeva che lo avrebbe detto, quindi annuì.

«Dammi cinque minuti per cambiarmi.»

«Sarò qui fuori» gli disse mentre si voltava verso la porta.

«Ghost?»

Si voltò di nuovo verso Chase.

«Grazie per aver salvato Rayne. E grazie per avermelo fatto sapere.»

Ghost annuì di nuovo e chiuse la porta dietro di sé. Voleva andare all'ospedale per essere lì per Rayne, ma aveva dovuto fare questa cosa. Doveva essere lui a informare Chase di sua sorella, e aveva bisogno che fosse a conoscenza delle sue intenzioni. Ghost sapeva che non sarebbe stata una passeggiata, ma aveva fatto il primo passo.

CAPITOLO VENTITRÉ

«CHASE, per l'amor di Dio, sto bene» brontolò Rayne, mentre suo fratello le sprimacciava i cuscini dietro la schiena per la terza volta quel giorno.

Si era svegliata in una stanza d'ospedale e c'era Ghost che dormiva su una sedia accanto al letto. Lo aveva osservato per un po', stupita che fosse davvero lì. Era rimasto, proprio come aveva detto. Rayne lo aveva divorato con gli occhi mentre dormiva, e aveva pensato che sembrava stanco. Era sporco, gli stivali e i pantaloni neri erano coperti da un sottile strato di polvere. Teneva le grosse braccia incrociate sul petto. L'unica cosa pulita, era la maglietta. Di certo era nuova, i segni nei punti in cui era stata piegata all'interno di un pacchetto erano ancora evidenti.

Si era spostata sul letto, cercando di mettersi più comoda, ed era rimasta sorpresa di come Ghost un attimo prima fosse addormentato, e l'attimo dopo completamente sveglio, con gli occhi fissi sul suo viso, pochi secondi dopo essersi mossa.

«Buongiorno, Principessa.»

Quelle parole erano state inaspettate, soprattutto perché

avrebbe tanto desiderato sentirle quella mattina di tanto tempo fa. Si era schiarita la voce. «'giorno.»

Ghost si era alzato in piedi e, mettendo entrambe le mani nella parte bassa della schiena, si era inarcato, come per allungare i muscoli. Poi si era chinato e le aveva messo una delle sue grandi mani callose sulla fronte. Ricordava che l'aveva fatto anche il giorno prima. «Come ti senti?»

«Sto bene» aveva risposto in modo automatico.

Ghost aveva inclinato la testa e chiesto di nuovo: «Come ti senti *veramente*?»

Rayne aveva sospirato. «Un po' stordita da troppe medicine e cibo insufficiente, ma sono viva, non incatenata a un letto sudicio, e non devo affrontare lo stupro ripetuto. Sto bene.»

Ghost aveva contratto la bocca, ma non aveva risposto alla sua osservazione sarcastica. «Sei pronta per ricevere un visitatore?»

«*Tu* non sei un visitatore?»

Aveva sorriso, e ignorando il suo commento, aveva detto disinvolto: «Vado a prenderlo.»

Prima che Rayne potesse chiedergli a chi si riferisse, o qualcuna delle altre quatrocentocinquantasette domande che le ronzavano in testa, era sparito

Si era spostata a disagio nel letto, aveva sollevato il braccio destro solo per vedere che le bende la coprivano dalle dita al gomito. Aveva mosso le gambe sotto la coperta e si era resa conto che erano fasciate in modo simile. Avrebbe voluto vedere il danno, ora che era abbastanza lucida da capire quali potevano essere le conseguenze, ma avrebbe dovuto aspettare. Le sue membra erano ancora attaccate, quindi, sperava che ciò significasse che avrebbe potuto tenerle.

La porta della sua stanza si era aperta e Rayne aveva lanciato un'occhiata e poi si era morsa il labbro. Per qualche ragione, suo fratello era l'ultima persona che si aspettava varcasse quella porta, ma era l'unica persona che aveva bisogno di vedere dopo tutto quello che aveva passato nell'ultima settimana circa.

Si erano abbracciati e Rayne aveva pianto sulla sua spalla per almeno dieci minuti, non notando quando Ghost aveva lasciato la stanza. Poi Chase si era allontanato da lei per avvicinare di più al letto la sedia su cui Ghost era stato seduto, e aveva tenuto la mano sul suo avambraccio fasciato mentre parlavano.

L'aveva informata che Samantha sarebbe arrivata in mattinata, entro poche ore. Rayne aveva cercato di insistere che stava bene, ma Chase si era limitato a scrollare le spalle, e dire che Sam sarebbe andata lì a prescindere.

La mattina era passata rapidamente. Il dottore era andato a esaminare le ferite prima che sua sorella arrivasse, e Rayne aveva osservato con attenzione mentre toglieva le bende, ma aveva dovuto distogliere lo sguardo dopo una rapida occhiata. Di solito non era schizzinosa, ma le ferite infette, che trasudavano pus, erano più di quanto il suo stomaco potesse sopportare, in quel momento.

Il medico l'aveva informata che sarebbe rimasta almeno un altro paio di notti, fino a quando l'infezione non fosse stata sotto controllo. Le stavano somministrando antibiotici pesanti attraverso la flebo e avrebbero valutato la possibilità di dimetterla, dopo avergliene date alcune dosi.

Quando Rayne aveva protestato, il dottore le aveva ricordato che se non si fosse presa cura delle sue ferite in modo adeguato, in realtà poteva perdere tutte e quattro le estremità. Questo era stato sufficiente a spaventarla, e ad accettare di rimanere fino a quando il dottore lo avrebbe ritenuto opportuno. Certo, aveva detto a Ghost e al suo compagno di tagliarglieli nel bel mezzo del salvataggio, ma quella era l'ultima cosa che voleva davvero che succedesse.

Samantha era arrivata quella mattina sul tardi, e i tre

fratelli avevano chiacchierato a lungo su quello che era accaduto a Rayne in Egitto, e su come si sentiva. Chase le aveva
persino chiesto di parlare con uno degli psicologi dell'esercito. Lei pensava di star andando bene, ma sapeva che più
avanti avrebbe avuto più tempo per pensare a quello che era
realmente successo... e quasi successo.

Era ormai tardo pomeriggio e Chase la stava facendo
impazzire. Era riuscita a convincere Samantha che stava bene,
e dato che sua sorella avrebbe avuto un'audizione il giorno
dopo, aveva accettato di partire con il volo successivo da
Austin, a condizione che Rayne la tenesse aggiornata su tutto
quello che succedeva.

«Sul serio, Chase, sto bene, smettila di starmi addosso» si
lamentò Rayne.

Chase si sedette sulla sedia e appoggiò i gomiti sul materasso accanto al suo fianco, e notando che lei lanciò un'occhiata alla porta per la ventesima volta quel giorno, disse:
«Sono sicuro che tornerà.»

Rayne guardò suo fratello sorpresa. «Chi?»

«Non fare la finta tonta, sorellina. Lo sai chi, Keane.»

«Keane?»

Chase fece un sospiro frustrato. «Sì, Keane. Ghost?
L'uomo che mi ha dichiarato sfacciatamente che eri la sua
donna?»

«Il suo nome è John, non Keane.»

Chase studiò Rayne e si rese conto che era seria. «Mi ha
detto che si chiamava Keane Bryson.»

«E a *me* ha detto che era John Benbrook.»

Si guardarono per un momento, senza dire nulla. Chase
strinse i denti e il muscolo della mascella si irrigidì, come
succedeva quando era incazzato.

Rayne ripensò alle parole di Ghost quando l'avevano
portata qui dentro. Le aveva detto che non le avrebbe *mai più*
mentito.

Dannazione, era patetica, ma cercò di far finta di niente. «Comunque, non importa. Non tenevo d'occhio la porta per lui.»

«Non mi interessa se è un Delta, ho intenzione di dargli una lezione.»

«Delta? Che cos'è?» chiese Rayne, del tutto confusa ora.

«*Figlio di puttana*» esclamò Chase, spingendo indietro la sedia. «Tornerò a trovarti domani, ok?»

«Chase! Di cosa stai parlando? Perché sei così incazzato?»

Il fratello si chinò e baciò Rayne sulla guancia. «Tornerò domani mattina.»

Rayne osservò confusa suo fratello uscire dalla stanza borbottando sottovoce.

Chase si diresse verso la sala d'aspetto, sperando di trovare Ghost per fare un discorsetto faccia a faccia con lui. Non era a conoscenza di tutti i fatti quando l'uomo, la sera prima, si era presentato alla sua porta per fargli sapere di sua sorella, ma ora aveva un quadro più chiaro di quello che era successo tra lui e Rayne, e voleva prenderlo a calci in culo.

Non sapeva per certo se l'uomo fosse della Delta Force, ma aveva senso. Da tutto quello che gli avevano raccontato riguardo al modo in cui Rayne era stata salvata, e quello che aveva passato, era sempre più sicuro che la missione fosse stata compiuta da un gruppo di soldati delle forze speciali; non era che un'unità qualsiasi venisse spedita dall'altra parte del mondo, per salvare in modo furtivo degli ostaggi americani, e il fatto che Ghost si fosse presentato alla sua porta ammettendo di essere stato uno dei soldati che aveva salvato sua sorella, non aveva fatto altro che convincerlo ancora di più.

La sala d'attesa era vuota, ma Chase sapeva che Ghost era lì da qualche parte. Gli aveva detto che avrebbe lasciato a lui e a Samantha la giornata da passare con Rayne, ma che sarebbe tornato alle cinque per stare con lei la sera. Erano le quattro e quarantacinque.

Chase si precipitò fuori e vide Ghost vicino all'edificio, che guardava distrattamente il parcheggio.

Senza esitare, andò dritto dall'altro uomo e gli diede un pugno in faccia.

Ghost lo incassò senza dire una parola, indietreggiando di un passo, ma quando Chase fece per tirargliene un altro, Ghost sollevò una mano.

«Ti lascio passare il primo, ma questo è tutto.»

«Figlio di puttana. Hai approfittato di lei.»

Ghost scosse la testa. «No, non l'ho fatto. Sapeva come sarebbe andata tra noi.»

«Stronzo arrogante. Non è una di quelle che ti scopi in ogni base, che ha come unico scopo farsi i soldati.»

Ghost perse le staffe. «Credi che non lo sappia, cazzo? Gesù, amico, non sono stato in grado di pensare a *nient'altro* che a lei dal giorno che abbiamo trascorso insieme. Non ho voluto nessun'altra donna tranne *lei*. Nemmeno. Una.»

Chase guardò incredulo l'uomo che aveva di fronte. Keane Bryson era una persona che poteva avere qualsiasi donna, anche solo con un cenno, e lo sapevano entrambi, ma che ammettesse di non essere stato con nessuna da quando... be', Chase non sapeva da quanto tempo, ma da quando era stato con sua sorella, aveva un significato enorme.

Ghost si accovacciò nell'erba e cominciò a slacciarsi lo stivale stile militare mentre parlava. Chase non capiva cosa stesse facendo, ma non lo fermò.

«Non avevo intenzione di cercare tua sorella. Ormai lo avevo classificato come il mio più grande rimpianto.» Al basso ringhio proveniente da Chase, Ghost continuò subito: «Non mi sono pentito di *lei*, o del tempo passato insieme, il rimpianto è di averla *lasciata*. Di averle mentito sul mio nome.

Di essermi lasciato sfuggire la cosa migliore che mi sia mai capitata.»

Ghost si strappò via lo stivale, tirò giù il calzino fino alla caviglia e sollevò la stoffa dei pantaloni il più alto possibile. Si alzò, e si girò su se stesso, mostrando a Chase il polpaccio. «L'ho tatuato un mese dopo che l'ho lasciata. Ero determinato ad avere il suo marchio su di me, di averla in *questo* modo, anche se non l'avessi più vista.»

Chase guardò in basso e strinse le labbra, non credendo davvero a ciò che stava vedendo.

Sulla gamba di Ghost c'era una replica del tatuaggio di sua sorella. Era ovvio che non fosse stato fatto oggi dato che era completamente guarito. Le ali dell'aquila si avvolgevano attorno al polpaccio proprio come quelle che avvolgevano i fianchi di Rayne. Anche il dannato logo dell'Esercito era incluso, così come il fucile e il fulmine. L'unica differenza era che invece di un garofano, in uno degli artigli dell'aquila, c'era una bacchetta magica... un bastoncino con una stella in cima e dei nastrini, completo di stelle più piccole che fluttuavano intorno alla punta. Chase non sapeva cosa dire.

Ghost lasciò cadere la gamba dei pantaloni e si chinò per rimettersi lo stivale. «Te lo giuro, non avevo intenzione di infastidire tua sorella, mi ero rassegnato, non ne ero contento, ma *rassegnato* a farla vivere nei miei ricordi. Ma poi ho scoperto che non solo era in quel fottuto Paese, ma era nel bel mezzo di un maledetto colpo di stato. Non mi sono trovato lì per caso, Chase. Non lo crederò mai nel modo più assoluto. Magari non sarò un uomo intelligente, o molto religioso, ma quando Dio mette sul mio cammino la cosa migliore che mi sia mai capitata – due volte – non ho intenzione di ignorarlo. Non un'altra volta.» Ghost si mise le mani sui fianchi, sfidando Chase a non essere d'accordo.

«Sa che hai mentito sul tuo nome.»

Ghost lasciò cadere le mani dai fianchi e le mise in tasca.

Chase continuò: «Non sapevo che le avessi dato un altro nome.»

Ghost sospirò, ma non disse niente.

«Mi sono anche lasciato sfuggire la parola "Delta", anche se non ha idea di cosa significhi. Non ne sono sicuro al cento per cento, ma, ti troverai davanti una montagna da scalare, a prescindere, Ghost. Le hai mentito. Non è stata una bella idea.»

«Lo so.» Non cercò di difendersi.

«Ma per quanto mi addolori dirlo, lo capisco.»

Davanti allo sguardo incredulo di Ghost, Chase annuì. «Sì amico, lo capisco. Non sono stupido. Ho imparato molte cose su quello che fanno gli uomini come te durante il mio addestramento per l'antiterrorismo. Se non altro, ti rispetto di più perché non hai coinvolto mia sorella in qualcosa che lei non capiva.»

«Grazie, io...»

«Non avevo finito.»

Ghost annuì affinché Chase continuasse a esprimere ciò che aveva bisogno di dire.

«Ma da uomo a uomo, non mi interessa chi conosci e cosa sei, se i tuoi piani sono di avere un po' di fica e poi lasciarla...»

Ghost non riuscì più a tacere. «Non mi hai sentito? Non hai visto tua sorella tatuata su di me? Se avessi voluto un po' di fica, avrei potuto averla una cinquantina di volte ormai. È Rayne che voglio. *Rayne*.»

Ghost trattenne il respiro, aspettando l'approvazione di Chase.

Alla fine, l'uomo annuì. «Ti sta aspettando. Non è riuscita a tenere gli occhi lontani dalla porta per tutto il giorno. Anche se devi sapere che avrà un milione di domande da farti. Ma fammi un favore, ok?

«Qualsiasi cosa.»

«Proteggila. Io e Sam non possiamo perderla. Siamo

rimasti solo noi tre nella nostra famiglia, i nostri genitori sono morti qualche anno fa in un incidente assurdo mentre si trovavano in crociera. Il loro aereo per il volo panoramico si è schiantato. Ti assicuro che ora è Rayne il collante che ci tiene uniti.»

Ghost annuì e gli porse la mano, confermando all'altro uomo ciò che aveva già indovinato. «Adesso è una Delta. Ha sei nuovi fratelli che daranno la vita per lei.»

Chase strinse la mano di Ghost, sapendo, nel profondo del suo cuore, che ogni parola uscita dalla bocca di quell'uomo letale era vera. «Bene. Grazie, Ghost.»

«Prego. Resterò in contatto.»

Chase annuì, guardò Ghost dirigersi verso l'ospedale e sparire attraverso le porte automatiche, e fece un lungo respiro.

Rayne era testarda, lo sapeva Dio che lui conosceva quel tratto di sua sorella, ma non aveva idea di cosa avrebbe dovuto affrontare con uno come Keane Bryson.

CAPITOLO VENTIQUATTRO

Ghost non si preoccupò di bussare, aprì tranquillamente la porta della stanza di Rayne ed entrò a grandi passi come se fosse la sua. Lei voltò la testa verso di lui, l'espressione nei suoi occhi era una commovente miscela di eccitazione, piacere e diffidenza.

Si avvicinò al letto, tirò avanti la sedia e vi si sistemò. Chinandosi verso di lei, chiese: «Come stai, Principessa?»

Sbuffò. «Vuoi smetterla di chiamarmi con quel nome ridicolo?»

«No. Ora, come stai? Senti tanto dolore?»

Rayne socchiuse gli occhi. «Ti chiami John Benbrook?»

«No. Keane Bryson.»

Sembrò sorpresa che avesse confessato senza esitazione. «E non sei di Fort Worth, vero?»

«No. Vivo qui a Killeen, e sono di stanza a Fort Hood.»

«Su cos'altro hai mentito?»

Ghost capì che si aspettava che non le dicesse praticamente nulla, ma lui spiegò: «Non ho mai conosciuto una ragazza di nome Whitney Pumperfield, quando ero al liceo, e non mi hanno mai puntato una pistola contro.»

«E?»

Ghost si alzò e si sistemò accanto a Rayne sul letto. Sostenne il proprio peso con una mano vicino al suo fianco opposto e si sporse verso di lei.

«È tutto, Principessa. Tutto il resto era la verità.»

Lei lo guardò con occhi infelici e diffidenti. «Non ti credo» disse alla fine, con un po' di tristezza.

«Lo so, ma te l'ho già detto, e lo ripeterò tutte le volte che ce ne sarà bisogno, non ti mentirò mai più.»

«Perché eri a Londra?»

«Stavo tornando da una missione.»

«Che missione?»

Ghost sospirò; sapeva che sarebbe successo, ma sperava non così presto. «Non posso dirtelo.»

«Pensavo avessi detto che non mi avresti più mentito» disse Rayne in tono bellicoso.

Ghost portò la mano libera sul suo viso e le sistemò i capelli dietro l'orecchio. «Non ti ho mentito. Ti dirò ciò che posso, ma ci sono alcune cose che semplicemente *non posso* condividere. So che lo capisci, Principessa. Tuo fratello ti dice tutto quello che fa per il suo Paese?»

Riluttante, scosse la testa.

Ghost abbassò la voce e si chinò più vicino a lei, approfondendo l'intimità tra loro. «Faccio parte della Delta Force. Non so se sai cosa significa, ma siamo il ramo più segreto dell'esercito. Ancor più dei Navy SEAL. Tu sei l'unica persona, al di fuori di quelli nell'esercito che sa il minimo indispensabile, e tuo fratello, a cui in realtà non l'ho mai detto.»

Si fermò un attimo per lasciarle assimilare l'informazione. Quando spalancò gli occhi, capì che aveva compreso l'enormità della cosa, e continuò: «Andiamo dove il governo ci manda, quando ci manda. Siamo stati inviati a recuperare gli ostaggi, a tirare fuori *te*, nel mezzo di quel colpo di stato.

Pensi che il Presidente voglia che tutti sappiano che le forze americane erano lì?»

Vide la consapevolezza nei suoi occhi e insistette: «Potrei *volerti* dire dove sto andando, ma non lo farò. Non ti metterò *mai* in pericolo facendoti sapere più di quanto dovresti, Principessa. *Stavo* tornando a casa da una missione quel giorno, e sono stato piuttosto fortunato da incontrarti.»

«È stata una storia di una notte» disse Rayne con voce confusa, ovviamente combattendo ancora la sua attrazione per lui. «Che cosa ci fai ancora qui?»

«Pensavo che lo fosse. Continuavo a ripetermelo, ma penso che entrambi sapessimo che non era così.»

Rayne scosse la testa, rifiutando di credergli.

Ghost si raddrizzò, e tirò fuori un cellulare dalla tasca dei pantaloni. Inserì la password e toccò alcune volte lo schermo, girò il telefono verso Rayne e osservò il suo viso mentre spiegava: «Non ho mai scattato una foto a una donna con cui ho avuto un rapporto occasionale. Non ho mai voluto portare a casa un ricordo di una donna, da guardare come prima cosa quando mi sveglio, e perché sia l'ultimo viso che vedo quando mi addormento.»

Rayne fissò incredula la foto sul telefono di Ghost. Era di loro due, davanti a Buckingham Palace. Era stretta nel suo abbraccio, gli aveva avvolto le braccia intorno alla vita e lo stava guardando, ridendo. Ricordava quel momento, lo stava prendendo in giro sul fatto di fare un selfie. Non sapeva che avesse scattato la foto quando lei non aveva guardato l'obiettivo.

Distolse lo sguardo dall'immagine e fissò Ghost. «Ma te ne sei andato.»

Ghost rimise il telefono in tasca, si chinò di nuovo verso di lei e ammise: «Sì.»

Rayne non sapeva cos'altro dire. Non aveva idea di cosa lui volesse, e tutto ciò che le aveva detto finora le faceva pensare che stesse cercando di farla allontanare con gentilezza; non poteva parlare di quello che faceva, era della Delta Force, era parte di un grande segreto, e lei era dannatamente confusa.

«Come vanno le tue ferite?»

Rayne scrollò le spalle.

«Posso vedere?»

«Ehm, non penso che si possano rimuovere le bende. Il dottore ha detto che avrebbe controllato domani.»

«Sarò gentile. Per favore, Rayne. Lasciami vedere cosa ti hanno fatto.»

Gli porse una mano, permettendogli di scioglierle. «Sono abbastanza sicura di essermele fatte da sola, Ghost.»

«No» rispose subito. «Sono stati *loro*.»

Rayne tenne gli occhi fissi sul volto di Ghost mentre le toglieva l'ultima benda e le fissava il polso. Poi la guardò. «L'hai visto?»

«Sì, prima.»

«Ha un aspetto migliore ora?»

«Preferirei non guardare.»

«Perchè no?»

«Mi ha fatto stare male stamattina.» Rayne sentì la presa di Ghost stringersi su di lei per un momento, prima di rilassarsi di nuovo.

«Mi dispiace, Principessa. Dio, sono così dispiaciuto.» Si chinò e molto delicatamente le baciò il palmo della mano, al di sopra della ferita. Sentì a malapena le labbra sfiorarle la pelle.

Osò guardare; Ghost le teneva il polso nel suo grande palmo, la pelle lacerata e infetta appariva oscena in confronto alla sua mano abbronzata e callosa, ma si costrinse a guardare più da vicino.

«Penso che stia meglio, in realtà» gli disse. «Non essuda più tanto come prima.»

Ghost si sporse verso il tavolo accanto al suo letto e prese un pezzo di garza, tamponò con cura le ferite sul polso, asciugando un po' di pus in modo da poterle vedere più chiaramente. Si chinò persino per annusarle.

Rayne cercò di togliere la mano. «Che schifo, Ghost, smettila.»

La tenne bloccata e lei non riuscì a tirarla via. «Non si sente odore di putrido. L'infezione sta guarendo. Gli antibiotici stanno facendo il loro lavoro, Rayne. Molto bene.»

«Ok, come dici tu. Ma fa comunque schifo.»

Le sorrise, e poi le bendò il polso con cura. Indicò una delle caviglie. «Posso?»

Rayne scrollò le spalle e osservò Ghost ripetere sulla caviglia la stessa procedura del polso. Decidendo che stava guarendo bene, avvolse le bende, tirò su la coperta e tornò alla posizione di prima, con una mano vicino al suo fianco e chinato su di lei.

«Ti fanno male?»

Rayne scrollò le spalle. «Un po'.»

«Hai bisogno di un altro antidolorifico?»

Lei scosse la testa. «Mi fanno sentire strana.»

«Ma stai soffrendo?»

Rayne scrollò di nuovo le spalle, e alzò gli occhi al cielo quando Ghost si sporse e schiacciò il pulsante di chiamata sul lato del letto. Quando l'infermiera entrò, le disse che Rayne sentiva dolore e aveva bisogno di una pillola. L'infermiera se ne andò e tornò dopo un minuto con una pastiglia bianca e un piccolo bicchiere d'acqua. Ghost la aiutò a tenere il bicchiere mentre Rayne deglutiva la pillola.

Quella mattina aveva parlato con il dottore prima di andarsene e gli aveva spiegato un po' la situazione. Ghost potrebbe aver insinuato che Rayne potesse essere in pericolo, e che era nel suo interesse che lui, o uno dei suoi compagni di squadra, rimanesse lì tutto il tempo, anche dopo la fine delle ore di visita alle dieci... ma non era dispiaciuto di aver mentito. Le sue parole, insieme alla conversazione che il colonnello aveva avuto con qualcuno dell'ospedale, gli avevano assicurato di poter passare lì la notte. Al momento non c'era altro posto dove preferiva essere, se non con lei. L'aveva già persa una volta, che fosse dannato se sarebbe successo di nuovo.

«Spero che non ti dispiaccia avere compagnia stanotte» disse Ghost a Rayne.

«Certo che no, anche se non mi sorprenderebbe se mi addormentassi prima che finiscano le ore di visita.»

«Già... riguardo a quello...» la sua voce si affievolì.

«Che cosa hai fatto, Ghost?» chiese con sospetto Rayne.

Lui scrollò le spalle. «Potrei aver convinto il dottore che sarebbe stato meglio se fossi rimasto qui con te.»

Rayne lo studiò, prima di dire sottovoce: «Ok.»

Ghost portò una mano sulla sua nuca. «Mi vuoi qui.»

Non era una domanda, ma lei annuì lo stesso. «Penso che dopo quello che è successo, mi farebbe sentire meglio se rimanessi una notte con me... almeno finché non mi riprenderò un po'. Sono sicura che domani starò bene.»

Ghost inspirò profondamente. Non aveva idea di cosa significassero per lui le sue parole. Poteva comportarsi come se non si fidasse, come se fosse arrabbiata perché le aveva mentito, e molto probabilmente era così... ma nel momento critico, si fidava di lui, per essere protetta.

«Sei al sicuro qui con me, Principessa.»

Lei annuì, e le sue palpebre cominciarono ad abbassarsi.

«Sei stanca. Chiudi gli occhi.»

«Te l'avevo detto, è quella stupida pillola» si lamentò. «È per questo che non mi piace prenderle.»

«Mmmm.» Ghost emise un suono gutturale, né in accordo, né in disaccordo con lei.

«Dormirai con me?»

«Che cosa?» La sua domanda sorprese Ghost.

«Dormi qui con me. Sei molto caldo.»

Sorrise, comprendendo cosa intendeva. Per un secondo aveva pensato che gli stesse facendo delle avance, e il suo corpo aveva reagito di conseguenza. Non avrebbe mai fatto nulla mentre era semi cosciente, e in ospedale, ma il suo corpo a volte aveva una mente propria.

Ghost spostò la mano dal collo alla guancia e le accarezzò il viso, strofinando il pollice sullo zigomo. «Non credo che ci stiamo, Principessa.»

«Ci siamo stati sull'aereo.»

«Lo ricordi?»

«Sì, più o meno.»

Ghost ci pensò. Il letto d'ospedale non era più piccolo del giaciglio su cui era stata mentre tornavano a casa sull'aereo. Se ne infischiò. Al diavolo. Avrebbe potuto mettersi nei guai con lo staff, ma non c'era altro posto in cui preferisse stare, che abbracciato a Rayne.

Si alzò e si chinò per slacciarsi gli stivali. Li rimosse in fretta e li sistemò accanto al letto. Tirò su il lenzuolo per coprire completamente Rayne, poi si stese dietro di lei, sopra le coperte. Ghost la sistemò con cura, con la schiena contro il suo petto, le posizionò la testa nell'incavo del suo braccio e le avvolse l'altro intorno alla vita.

«Dio, adoro stare così» disse Rayne assonnata. «Mi è mancato. Abbiamo dormito proprio in questo modo a Londra.»

«Be', non esattamente. Indossavamo entrambi un po' meno vestiti.»

Lei ridacchiò e si spinse di nuovo verso di lui, cercando di avvicinarsi il più possibile. «Vero.»

Non disse altro per un po', e nemmeno Ghost. Sapeva che le cose erano state fin troppo facili finora, Rayne non era il tipo di donna che lasciava tranquillamente perdere quello che era successo senza nemmeno una protesta. Ma avrebbe accettato qualsiasi cosa fosse arrivata.

«Ghost?» La parola era debole e farfugliata.

«Sì, Principessa?»

«Ero spaventata.»

Il suo cuore quasi si spezzò. «Lo so.»

«Sono stata davvero felice di vederti.»

«Mm-mm.»

«Ma sono comunque arrabbiata con te.»

«Ok.»

«Non mi fido di te.»

«Forse non ti fiderai di me, ma sai che ti proteggerò.»

«Sì.»

«Dormi, Rayne. Ne parleremo meglio domani.»

«Domani arriva Mary.»

«Mary?»

«La mia migliore amica.»

«Ah, quella a cui hai mandato la mia foto quando eravamo a Londra.»

«Già. Ha cercato di trovarti per me.»

«Davvero?»

«Mm-mm. È incazzata.»

Ghost baciò Rayne dietro la testa. «Come è giusto che sia una buona amica.»

«*Molto* incazzata.»

La voce di Ghost si fece seria. «Sono felice che tu abbia un'amica come Mary che si preoccupa per te, ma giuro su Dio, Principessa, questa volta è diverso. Sono qui per restare a tempo indeterminato. Ce la faremo, ti prego dammi una possibilità. Non lasciare che la tua amica crei contrasti tra di noi. Può essere incazzata quanto vuole, ma per favore, non permetterle di convincerti a non darmi la possibilità di dimostrarti quanto significhi per me.»

Rayne rimase in silenzio così a lungo che Ghost pensò che

si fosse finalmente addormentata. Ma poi, la sua voce assonnata ruppe il silenzio della sera: «Voglio crederti.»

«Se non credi a nient'altro, credi almeno che non ti lascerò andare. Non ti sveglierai mai più chiedendoti dove sono andato. Va bene?»

Non gli rispose con le parole, ma si girò tra le sue braccia e gli si accoccolò addosso, il petto contro il suo, tenendo entrambe le braccia piegate davanti a lei, con le dita posate su di lui. Ghost sentì il suo alito caldo sulla pelle. La sentì annuire una volta, prima che, alla fine, venisse trascinata nel sonno causato dallo sfinimento e dalle medicine.

CAPITOLO VENTICINQUE

«MEGLIO CHE TU non sia quel fottuto bugiardo di John-stron-zate-Benbrook.»

Quelle parole dure, svegliarono Ghost presto la mattina seguente. Spostò con cautela Rayne dalle sue braccia – nessuno dei due si era mosso dalla loro posizione della sera prima – e si alzò dal letto senza svegliarla. Non disse una parola, ma si chinò, afferrò gli stivali e indicò con la testa il corridoio.

A quanto pareva, la sua amica Mary era arrivata, ed era incazzata, proprio come l'aveva avvertito Rayne. Era chiaro che, tra il momento in cui suo fratello si era lasciato sfuggire i segreti, per così dire, e quello in cui lui era arrivato all'ospedale la sera precedente, Rayne aveva parlato con lei, e le aveva detto cosa aveva scoperto.

Non appena la porta si chiuse dietro di loro, Mary si scagliò su lui. «Hai un bel coraggio a mostrare la tua faccia. È stata depressa per sei mesi. *Sei mesi*. Ovviamente non ti è mai importato abbastanza di provare a cercarla prima, ma ora eccoti qui, tutto affettuoso e desideroso di starle vicino.

Dov'eri quattro mesi fa quando è inciampata scendendo da un marciapiede e si è storta la caviglia? O due mesi fa, quando stava cercando di interrompere un litigio su un volo e le è arrivata un gomitata in faccia? So che era d'accordo di dormire con te, mi ha raccontato tutto, ma non avresti dovuto farlo. Mi ha parlato della vostra conversazione riguardo a quanto lei sia romantica, ma non ha importanza ciò che ha detto, avresti dovuto capirlo dopo aver passato la giornata a Londra con lei che ci avrebbe visto qualcosa di più di quanto avresti fatto tu, nel fatto di andare a letto insieme. Non ha mai storie di una notte, buffone. Non avresti dovuto approfittarti di lei in quel modo, lei...»

Le parole di Mary furono interrotte da una grossa mano che le coprì la bocca da dietro. Ghost guardò divertito il suo compagno di squadra Truck.

«Se credi di poterle impedire di dire ciò che vuole, penso che ti stia sbagliando di grosso.»

«È presto e parla a voce troppo alta. La gente sta cercando di dormire.» Truck scrollò le spalle, tenendo sotto controllo, senza sforzo, la donna che lottava tra le sue braccia. «Forse dovreste andare a parlare fuori.»

Ghost si alzò dopo aver allacciato gli stivali. «Buona idea.» Guardò Mary, che lo stava fulminando con gli occhi. «Andiamo a parlare di questo in modo ragionevole? O il mio amico Truck, qui, deve portarti fuori?»

Mormorò qualcosa dietro il palmo di Truck e annuì. Lui abbassò la mano, girò intorno a Mary e gliela tese per presentarsi: «Truck. Piacere di conoscerti.»

Lo fulminò con lo sguardo, apparentemente ignorando il suo aspetto spaventoso, rifiutandosi di stringergli la mano. Gli colpì il petto con il dito dicendo: «Va bene. Se scopro che hai qualcosa a che fare con lui» indicò Ghost con il pollice, «sul fatto di aver ignorato la mia amica, sei altrettanto nei guai.»

Con quello, si avviò a passo pesante lungo il corridoio, aspettandosi ovviamente che Ghost la seguisse per poter finire di parlare.

«A quanto pare hai una fan, Truck» gli disse Ghost divertito.

Lui scrollò le spalle. «Almeno sembrava che non le importasse della mia brutta faccia.»

«Vuoi venire con me a darmi appoggio?» gli chiese.

«Assolutamente no, Ghost. Dovrai cavartela da solo.»

Entrambi ridacchiarono quando Mary sibilò dall'altra parte del corridoio: «Vieni?»

Ghost si diresse verso la donna snella, che ora era ferma con le mani sui fianchi, sapendo che doveva riuscire a calmare la sua migliore amica, prima di poter iniziare a fare altri progressi con Rayne stessa.

Uscirono e andarono verso una fila di tavoli da picnic. Ghost si sedette sul piano del tavolo e appoggiò gli avambracci sulle ginocchia piegate.

Prima che Mary potesse aggredirlo di nuovo, disse prontamente: «Per prima cosa, non ho dormito con nessuna donna dopo di lei.»

Questo sembrò spiazzarla, ma si mise a sedere accanto a lui e chiese un po' meno agguerrita: «Perché dovrei crederti? Hai mentito sul tuo nome, sarebbe facile mentire su qualcosa del tipo con chi sei andato a letto.»

Dato che sapeva che niente di ciò che avrebbe potuto dire, avrebbe convinto l'amica di Rayne, se non una dimostrazione, Ghost si chinò per slacciarsi lo stivale, per quella che sembrava la milionesima volta in dodici ore. Aveva scoperto che mostrare il suo tatuaggio agli amici e alla famiglia di Rayne, era il modo più veloce per convincerli della sua sincerità.

«Non mi sarei mai aspettato di trovare una donna adatta a

me, una che mi "colpisse" come ha fatto Rayne. Ma quando ho capito cosa avevo trovato, le avevo già mentito. Se ti fa sentire meglio, negli ultimi sei mesi, ero tormentato da ciò che sapevo che *dovevo* fare, e ciò che *avrei voluto* fare.»

Mary non sembrò per niente impressionata, si limitò a sollevare un sopracciglio come per dire "Allora?".

Ghost tirò su la gamba dei pantaloni e inclinò il polpaccio verso l'amica di Rayne. «L'ho fatto tre settimane dopo il mio ritorno da Londra.» Sentì il sussulto di Mary alla vista del tatuaggio. Immaginando che avesse capito il significato, abbassò i pantaloni e si mise al lavoro per allacciarsi lo stivale... di nuovo.

«Ha cercato di dirmi che non era un gran problema, ma io lo sapevo bene.» La voce di Mary era meno caustica ora, ma ancora accusatoria. «Ti sei comportato di merda.»

Ghost si stava stancando di essere accusato di essere il cattivo. Sapeva di aver combinato un casino, ma aveva sofferto proprio come Rayne. «Senti, dammi tregua, ok? Lo sapeva dall'inizio che io ero un tipo da una notte e via. Cazzo, gliel'ho detto un sacco di volte... e lei era d'accordo. Non l'avrei mai fatto se non lo fosse stata.»

«Ma hai pressato.»

«L'ho fatto, ma tu sai bene quanto me che non ho dovuto pressare molto. Rayne è come una boccata d'aria fresca, e sapevo che era speciale. Mary, la sua parte preferita del nostro giro intorno a Londra è stato guardare un cazzo di balcone.»

Mary ridacchiò, rilassandosi per la prima volta. «Sì, mi ha fatto guardare le foto di quella dannata cosa un milione di volte.»

Si scambiarono un sorriso prima che Mary tornasse di nuovo seria. «È la mia più cara amica al mondo, farei qualsiasi cosa per lei. È stata con me a ogni passo, quando ho avuto il cancro. Quando ero depressa, mi ha pressato, mi è stata sotto fino a quando non ho reagito. Penso che sia stata più felice di me quando il dottore ha detto che era in remissione.»

«Sono molto contento che tu abbia sconfitto il cancro, Mary. Sei il tipo di amica che voglio che Rayne abbia. Fedele e protettiva all'inverosimile» le disse Ghost con sincerità.

«Grazie. Quando la compagnia aerea ha chiamato il suo numero di emergenza, e ho risposto io, e ho scoperto che era dentro fino al collo in qualunque cosa stesse succedendo laggiù in Egitto, sono stata colta dal panico. Non so cosa farei senza di lei. Mi manca la mia vecchia amica, Ghost, mi mancano le sue risate e i suoi modi spensierati.»

«Sarò onesto con te, Mary...»

«Sarebbe la prima volta.»

Ghost ignorò la sua interruzione sarcastica e continuò: «Non avevo intenzione di cercarla, merita più di quanto possa darle. Non sarò in grado di dirle dove sto andando o cosa sto facendo, potrei stare via per settimane, dipende dalle missioni.» Prima che Mary potesse interromperlo di nuovo, continuò rapidamente, parafrasando ciò che aveva detto al fratello di Rayne. «Ma... scoprire che era uno degli ostaggi che ero stato mandato laggiù a salvare, mi ha cambiato la vita. Voglio dire, quali sono le probabilità? Dev'essere stato una sorta di intervento divino, e non sono uno stupido. La proteggerò con la mia vita, la terrò al sicuro da altre persone che potrebbero desiderare di approfittarsi di lei. Sarò il suo amico e il suo amante. Farò tutto il possibile per far funzionare le cose tra di noi.»

«Si trasferirà qui a Killeen?»

Ghost si strinse nelle spalle. «Non ne ho idea. Non ho ancora parlato con lei di questo. Ma è ovvio che tu abbia bisogno di essere rassicurata, e non farò nulla per mettermi tra voi due. Avrà bisogno di te quando sarò in missione. Non sarà facile stare con me, ma spero che sia disposta almeno a provarci.»

«Hai visto il suo tatuaggio? Intendo le aggiunte?»

Ghost annuì solennemente.

«Penso che sia disposta a provarci.»

Ghost guardò Mary negli occhi. «Dico sul serio. Qualunque cosa sia necessaria, la farò.»

«La ami?»

«Non lo so» rispose pronto Ghost. «Penso che sia ancora troppo presto per saperlo.»

«Ottima risposta, astuta.»

«Non stavo cercando di essere astuto, ma sono stato con lei solo per circa ventiquattr'ore. Però posso dirti questo, mi ha toccato più profondamente di quanto abbia fatto qualsiasi altra donna prima. Il pensiero che possa essere malata, o ferita, o quello che le è quasi successo laggiù, mi fa venir voglia di uccidere qualcuno. Cazzo, *ho* ucciso per lei.»

Ghost rimpianse quelle parole non appena lasciarono la sua bocca. Merda, sapeva bene di non poter parlare della missione, ma a quanto pare era stata la cosa giusta da dire.

«Bene. Bastardi. Volevo chiederle qualcosa a riguardo, ma temevo che avrebbe risvegliato brutti ricordi. Le ho parlato solo un po' ieri, quando ha chiamato, e sono sicura che mi darà più dettagli in seguito, ma se hai ucciso il figlio di puttana che sarebbe diventato un "uomo" dopo averla violentata, tanto meglio.»

Ghost annuì.

«Per quanto mi addolori dirlo, perché ero pronta a odiarti per aver mentito alla mia migliore amica, penso che mi piaci... qualunque sia il tuo nome.»

«Keane Bryson.»

«Non c'è da stupirsi che ti faccia chiamare Ghost.» Senza volerlo, Mary si lasciò sfuggire le parole ad alta voce.

Ghost ridacchiò ma non rispose.

«Comunque, come stavo dicendo, *penso* che mi piaci... ma

devo dire che i miei sentimenti potrebbero ancora cambiare, quindi stai attento, Keane Bryson.»

Ghost annuì. «Ora che abbiamo finito con questo piccolo faccia a faccia, posso tornare da Rayne prima che si svegli e non vedendomi lì vada in panico perchè pensa che l'abbia lasciata di nuovo?»

Mary balzò subito giù dal tavolo. «Cazzo, è proprio ciò che penserà. Perché non l'hai detto prima?»

Ghost scosse la testa, e seguì Mary mentre tornavano dentro l'ospedale. Era una tipa permalosa, ma accidenti se non gli piaceva anche lei.

———

Più tardi, quel pomeriggio, Rayne era seduta sul letto a ridere della tensione tra Mary e Truck. Ghost era accanto a lei quando si era svegliata quella mattina, insieme alla sua migliore amica. Sorprendentemente i due erano sembrati quasi amici, quando Rayne era sicura che Mary gli avrebbe fatto il culo. Era incazzata il giorno prima, quando avevano parlato al telefono e Rayne le aveva raccontato di Ghost.

Lui quella mattina se n'era andato non molto dopo che si era svegliata, dicendo che aveva "cose da fare", e che sarebbe tornato più tardi, quella sera. Ma non l'aveva lasciata da sola. A quanto pareva il suo compagno di squadra, Truck, aveva il compito di farle da baby sitter, e all'inizio questa cosa l'aveva irritata, ma ora adorava l'intrattenimento che lui e Mary le avevano fornito tutto il pomeriggio.

Avevano discusso su cosa portarle per pranzo, su cosa guardare in televisione, avevano persino litigato quando Mary gli aveva detto di sparire, perché voleva parlare di cose da donne con Rayne. Truck aveva rifiutato di muoversi, dicendo che se Ghost lo voleva qui, a sorvegliare la sua donna, allora era lì che sarebbe rimasto.

Truck intimidiva come nessun altro avesse mai visto prima. Le infermiere non avevano perso tempo quando erano venute a vedere come stava, o se aveva bisogno di antidolorifici. Con Truck seduto nell'angolo, con le braccia incrociate al petto e il cipiglio naturale sul viso, se ne erano andate in fretta.

Ma a Rayne non importava che lui fosse lì, in realtà le era di conforto, non importa quanto spaventoso potesse essere il suo aspetto. E Mary non si faceva intimidire da nessuno; lei lo aveva affrontato, in senso figurato, faccia a faccia.

«Quando possiamo farti uscire da qui per tornare a casa?» chiese Mary.

Rayne scrollò le spalle. «Non so quando sarò dimessa. Il dottore ha detto che stamattina le mie ferite stavano migliorando, ma vuole ancora trattenermi almeno un'altra notte, forse due.»

«Puoi restare qui, con Ghost» disse Truck.

«Assolutamente no, Trucker» obiettò subito Mary, sogghignando quando lui socchiuse gli occhi al soprannome che gli aveva dato. «Può venire a casa con me.»

«Non è ancora pronta per viaggiare» ribatté.

«Perchè no? Non sei il suo dottore; aspetteremo e vedremo cosa dice.»

«Ragazzi» protestò Rayne, sollevando le braccia fasciate. «Basta, per favore. Avete litigato tutto il giorno, e anche se è divertente da morire, comincia a diventare piuttosto fastidioso.»

Mary fece un respiro profondo e cedette. «Ok, ma non sono ancora sicura del motivo per cui lui sia ancora qui.»

Entrambe le donne guardarono Truck, in attesa.

«Come vi ho già detto, Ghost mi ha chiesto di restare a tenere d'occhio Rayne, per assicurarmi che non avesse bisogno di nulla finché non fosse tornato.»

Rayne cercò di non pensare che fosse davvero dolce da

parte di Ghost, ma fallì. Era davvero bello essere il destinatario di tale attenzione, soprattutto dopo che non aveva avuto rapporti con lui per così tanto tempo.

Non sapeva cosa avrebbe fatto una volta dimessa, molto probabilmente sarebbe tornata a casa sua, a Fort Worth. Aveva chiamato il suo capo, e le erano state concesse circa tre settimane di ferie, e aveva intenzione di usarne ogni secondo. Il pensiero di salire su un aereo e riprendere il lavoro non la attirava per niente. E se doveva essere del tutto onesta con se stessa, il pensiero di volare in un altro Paese straniero, la attirava ancora meno.

Il motivo per cui Ghost avrebbe voluto che rimanesse con lui era incomprensibile. Non si conoscevano. Non c'era alcuna possibilità che succedesse... giusto?

Come se la loro conversazione riguardo a Ghost lo avesse evocato, l'uomo entrò tranquillo nella sua stanza d'ospedale. «Grazie per essere rimasto, Truck. Qualche problema?»

«Che problemi potevano esserci?» brontolò Mary, alzandosi e mettendosi le mani sui fianchi. «Siamo in un ospedale pubblico, in una base militare, per la miseria.»

Rayne ridacchiò. Mary era sempre stata un po' insolente, ma era divertente vederla tenere testa a Ghost e a Truck, come se avesse la possibilità di far fare loro qualcosa.

«Calmati, Mary, volevo solo assicurarmi che Rayne fosse a posto.» Ghost si avvicinò al letto, si chinò e la baciò sulla fronte. Guardandola negli occhi, le chiese: «Stai bene? Non soffri troppo?»

Rayne scosse la testa perplessa. «Sto bene.»

La studiò per un momento, come se stesse cercando di decidere se stava dicendo la verità, e infine mormorò: «Va bene.»

Truck si alzò per andarsene e strinse la mano a Ghost. «Stessa ora domani?»

«No, ho fatto tutto quello che dovevo fare oggi. Domani sono libero, rimarrò qui.»

«D'accordo.»

«Però domani il colonnello vuole parlare con te» Ghost avvertì il suo compagno di squadra. Dato che si era preso la giornata per rivedere cos'era successo in Egitto, il giorno seguente sarebbe stato il turno di Truck di dire come erano andate le cose. Era una procedura del colonnello quella di parlare con loro separatamente, per assicurarsi di ottenere tutte le angolazioni della missione per il suo rapporto finale.

«Capito. Nessun problema.» Si rivolse a Rayne: «È bello vederti sveglia e vigile. Non posso dire che portarti fuori da quella fottuta situazione fosse la mia idea di divertimento.»

«Anche per me, ma grazie, Truck. Sul serio. Non ricordo tutto in modo chiaro, ma ricordo di essermi sentita al sicuro tra le tue braccia.»

Ovviamente compiaciuto, ma non volendo dare grande importanza alle sue parole, Truck si rivolse a Mary. «Vuoi cenare?»

Sembrò sconvolta per un momento, ma poi si riprese. «Certo, perché no? Sarà divertente se non altro.»

Truck sorrise e tese la mano verso la porta. «Dopo di te.»

Mary andò al capezzale di Rayne e le diede un rapido abbraccio. «Starai bene? Ci vediamo domani mattina?»

«Certo che starò bene. Vai, sei stata qui tutto il giorno, esci e prendi un po' di aria fresca. Domani tornerai a casa, giusto?»

Mary fece una smorfia. «Sì, devo lavorare, non sono riuscita a cambiare turno. Ma sono libera i due giorni successivi, così posso tornare e prenderti se il dottore ti dimette. Fammi sapere quando, così ci accordiamo.»

«Sono sicura che può riportarmi a casa Chase.»

Mary agitò la mano. «Quello che va meglio a te, Rayne.» La abbracciò di nuovo, un po' più a lungo e più forte questa volta. «Sono proprio contenta che tu stia bene. Stai tranquilla e non lasciare che questo ragazzo ne approfitti.» Indicò Ghost mentre si raddrizzava.

Rayne rise. «Va bene. Ci vediamo domani prima della tua partenza?»

«Decisamente.»

«Buona cena.»

Mary sorrise con uno sguardo diabolico negli occhi. «Oh, sono sicura che sarà divertente.»

Rayne alzò gli occhi al cielo, e poi guardò la sua migliore amica uscire dalla stanza con Truck.

Si voltò verso Ghost. «Il tuo amico è nei guai. Spero che sappia cosa sta facendo.»

«Penso che sia in grado di prendersi cura di se stesso.»

«Non dire che non ti avevo avvertito.»

Ghost si sedette sulla sedia che Mary aveva occupato per la maggior parte del pomeriggio, e appoggiò i gomiti sul letto.

«Stai davvero bene? Come va il dolore? E sii onesta.»

«Va molto meglio di ieri. Non ho più fitte lancinanti alle braccia e alle gambe.»

«Hai preso qualche altra pillola?»

Rayne scosse la testa. «No, sono passata pian piano a prendere solo il Tylenol, grazie a Dio.»

«Fammi sapere se peggiora.»

Rayne osservò attentamente Ghost prima di chiedere in tono serio: «Cosa stai facendo qui, Ghost?»

Lui piegò la testa ma non disse nulla.

Così Rayne continuò: «Voglio dire, abbiamo avuto una cosa da una notte, hai detto che non ti impegnavi in relazioni, ma eccoti qui, a mettermi anche una guardia per chissà quale motivo, a passare la notte qui, a dormire accanto a me... non capisco. Pensavo che ti saresti assicurato che stessi bene, e poi che te ne saresti andato di nuovo per la tua strada. Mi hai salvato, ti ringrazio per quello, ma siamo nello stesso punto in cui eravamo sei mesi fa. Ci siamo incontrati da estranei e lo siamo ancora.»

«Non ti sento come un'estranea.»

Rayne cercò di opporsi alle sue parole, ma aveva ragione, non lo sentiva nemmeno lei come un estraneo. Almeno per certi aspetti. «Tra un paio di giorni, forse domani, sarò fuori da questo ospedale e tornerò a casa, a Fort Worth. Tu rimarrai qui. Io sarò lì. Cosa ti aspetti da questa situazione? Un'altra notte di scopate?» Si assicurò che le sue parole fossero shoccanti; si sentiva amareggiata e confusa e non era sicura di cosa stesse succedendo.

Non appena le parole uscirono dalla sua bocca, Ghost si chinò su di lei. «Quello che abbiamo fatto *non* era scopare, e lo sai. Abbiamo fatto l'amore in quella stanza d'albergo. Ci siamo amati a vicenda.»

Rayne cercò di tenere sotto controllo il suo cuore che batteva in modo selvaggio. «Sono sicura che hai amato molte donne da allora. Non sono speciale.»

Ghost la guardò negli occhi cercando di convincerla a credergli, e le disse quello che aveva confessato a Chase e a Mary. «Non sono stato con nessuna dopo di te, Principessa. Ogni orgasmo che ho avuto è stato provocato dalla mia mano, e dai ricordi di te.»

Rayne fece per aprire la bocca, ma lui continuò, non lasciandola parlare: «Tutto ciò che devo fare è ricordare il tuo sapore, e la sensazione del tuo corpo caldo che si stringe al mio mentre ti faccio venire sul mio cazzo, e perdo il controllo come se fossi un adolescente. Ogni volta, senza eccezioni. E riguardo a quello che voglio da questa situazione? Te. Voglio *te*. Mi sono pentito di averti lasciato non appena la porta si è chiusa dietro di me, accidenti, anche prima, ma sinceramente non vedevo alcun modo per farla funzionare. Ma ora? Dopo averti rivisto? Dopo averti visto sdraiata su quel cazzo di materasso, spaventata a morte, e aver sentito come ti aggrappavi a me, e come ti sei fidata perchè risolvessi le cose per te, sono disposto a fare tutto il possibile perchè funzioni tra di noi.»

«E se non fosse quello che voglio?» riuscì a chiedere Rayne, davvero senza parole davanti a quell'uomo virile, forte e determinato, che le stava parlando con onestà.

«Allora spero di riuscire a farti cambiare idea.»

Rayne non sapeva cosa dire, ma Ghost continuò, non aspettando che lei rispondesse: «Hai dei giorni di permesso per malattia, giusto? Perché non li passi qui a Killeen con me? Il mio colonnello mi dà la possibilità di prendermi del tempo libero, e voglio trascorrerlo con te. Rimani con me almeno per un po', ho una camera per gli ospiti. È tutta tua, per tutto il tempo che vorrai. Impariamo a conoscerci e non intendo in senso biblico. Se poi decidiamo che non riusciamo a sopportarci fuori dalla camera da letto, almeno lo sapremo. Ma, Principessa... se decidi di restare, mi aspetto che *ci* darai una reale possibilità, non prendo questa cosa alla leggera.»

Rayne era sbalordita. Non se lo aspettava. «Ma vivo a Fort Worth.»

«Lo so. Non ho detto che non ci sarebbero stati dei problemi da risolvere. Ma non mettiamo il carro davanti ai buoi.»

«Non lo so... mi hai ferita, Ghost. Per me... ora sarebbe peggio se tu...»

«Adesso è diverso, Rayne. Te lo giuro, farò tutto il necessario per prendermi cura del tuo cuore.»

«Posso pensarci?»

«Certo» rispose subito Ghost. Poi rovinò la sua apparente generosità dicendo: «Hai tempo fino a quando non verrai dimessa.»

«Ghost!» lo rimproverò Rayne. «Non è proprio tanto tempo per pensarci.»

«Se ti lascio tornare a Fort Worth, temo di perderti.

Inizierai a dubitare di cosa voglio io, e cosa vuoi tu, e ti lascerai dissuadere dagli altri. Poi tornerai al lavoro e diventerà sempre più difficile, non avrai giorni liberi e io avrò missioni. Dacci questa possibilità, Rayne. Dacci un po' di tempo per vedere se c'è qualcosa di diverso tra noi, oltre alla fantastica intesa sessuale che abbiamo.»

«Hai una stanza per gli ospiti?»

Sapere che stava per dire di sì, fu un tale sollievo, che Ghost fece un enorme respiro. «Sì.»

«E quando vorrò andare a casa, me lo lascerai fare?»

Ghost deglutì, non volendo accettare, ma lo fece comunque. «Sì.»

«Allora ok, starò con te... per un paio di giorni e vedremo come va.»

Ghost le prese la mano, facendo attenzione a non ferirla, e le baciò la punta delle dita che spuntavano dalle bende. «Fantastico. Adesso spostati un po' che vediamo cosa c'è in TV.»

«Che cosa?»

«Non vuoi già dormire, vero? È presto e ho ordinato la cena, dovrebbe arrivare tra mezz'ora.»

«Ghost! Non puoi ordinare la cena in un ospedale.»

Lui scrollò le spalle. «Ok, mi hai beccato, non l'ho ordinata, ma Fletch ce la porterà tra trenta minuti.»

«Cosa mangiamo?» chiese Rayne, con interesse questa volta. Era lì solo da poco più di un giorno, ma era davvero pronta per mangiare cibo vero.

«I burrito di *Moe* e le loro tortilla chips con le salse.»

«Oh, mio Dio, stai scherzando?»

«No.»

«*Adoro* Moe! Le loro tortilla chips sono le migliori! Hanno quei grossi granelli di sale buonissimi. Aspetta, che tipo di burrito mi hai preso? Perché non mi piacciono i fagioli, e non...»

«Burrito vegetariano, doppio riso, niente carne, niente

fagioli, doppi pomodori e salsa pico. Panna acida, lattuga, formaggio e una porzione di salsa piccante.»

Rayne guardò Ghost incredula. «Come diavolo...»

«Ho corrotto Mary perchè mi dicesse cosa ti piaceva.»

«Grazie a Dio. Dopotutto, penso che io e te potremmo andare d'accordo.»

Ghost attirò Rayne al suo fianco. Non esultò, ma disse solo: «Sì, lo penso anch'io.»

CAPITOLO VENTISEI

Rayne alzò gli occhi al cielo praticamente per la milionesima volta. Alla fine le diedero il permesso di lasciare l'ospedale, e ora aveva a che fare non solo con suo fratello e Ghost, ma anche con tutti e sei i suoi compagni di team. Le stavano addosso e la facevano impazzire. Dovrebbe essere illegale consentire tutto quel testosterone in una stanza nello stesso momento.

«Sai che puoi venire e stare con me» le disse Chase per la terza volta.

«Ne abbiamo parlato, Chase. Probabilmente ci uccideremo entro fine giornata. Casa tua è troppo piccola, e inoltre devi lavorare. Ghost ha la prossima settimana libera. Andrà tutto bene.»

Guardò Chase lanciare un'occhiataccia a Ghost, che fece un ghigno. Per la milionesima volta più una, Rayne alzò gli occhi al cielo.

«Fletch» chiamò Ghost, e lanciò le chiavi al suo amico, «porta qui la mia auto.»

Fletch afferrò con facilità le chiavi e annuì, prima di uscire dalla stanza.

«Beatle, puoi andare a vedere dov'è il dottore? Doveva essere già qui» disse Ghost.

Rayne era seduta sulla sedia all'angolo della stanza, dove Ghost l'aveva messa dieci minuti prima. Aveva cercato di dirgli che avrebbe potuto camminare, ma le aveva detto che gli piaceva averla tra le braccia, e aveva continuato a prenderla e metterla dove voleva lui.

Il dottore era rimasto impressionato da come stavano guarendo le sue ferite, e anche se al momento camminare non era la cosa più divertente del mondo, riusciva a farlo. Pian piano il dolore si stava attenuando. Sarebbe stata rigida per un po', ok, forse più di un po', ma si muoveva.

Finalmente, un'infermiera entrò nella stanza, spingendo una sedia a rotelle. «Va bene, Ms. Jackson, sembra...» La sua voce si interruppe bruscamente nel vedere il gruppo di uomini enormi nella stanza. Si schiarì la gola e provò di nuovo: «Sembra che sia pronta per uscire. Il dottore ha firmato i documenti di dimissione e si rammarica di non poter essere qui per dirglielo lui stesso. Sapeva che era ansiosa di andarsene, e quando è arrivata un'emergenza, ha firmato i documenti per dimetterla.»

Porse a Rayne una serie di carte unite da graffette. «Ecco le istruzioni per le ferite. Torni tra un paio di giorni per far controllare i punti; se saranno a posto, dovrebbero toglierli presto. Cerchi di non bagnarli, faccia solo docce veloci, niente bagni e tenga le bende. Le ha fatto una ricetta per gli antidolorifici, nel caso ne avesse bisogno, e si assicuri di andare a ritirare con la prescrizione gli antibiotici, in modo da poter iniziare questa sera. Ha qualche domanda?»

«Che tipo di attività fisica le è permessa?» chiese Ghost con la faccia seria.

«Oh, mio Dio, dimmi che *non* l'hai appena chiesto» sibilò Rayne, e gli diede una leggera pacca sul braccio. Avrebbe voluto colpirlo più forte, ma si sarebbe fatta male al polso.

Era seduto sul bracciolo della poltrona accanto a lei e voltò solo la testa per guardarla, sorridendole. Rayne diventò di un rosso intenso. Era imbarazzata, non solo i suoi compagni di squadra, ma anche il fratello, aveva sentito la domanda.

L'infermiera sorrise con indulgenza. «Non sto suggerendo che dovrebbe uscire e correre una maratona, ma praticamente qualsiasi cosa riesca a fare, può farla.» L'infermiera rivolse le successive parole a Rayne. «Basta che non esageri, e se qualcosa cambia a livello di dolore o nel modo in cui appaiono le ferite, torni immediatamente qui.»

Ghost annuì come se si fosse aspettato quella risposta. «Mi assicurerò di monitorarla con attenzione.»

«Sul serio, uccidetemi subito» mormorò Rayne, mettendo la testa tra le mani.

Ghost rise di nuovo e la sollevò dalla sedia. Rayne strillò e si aggrappò alla sua maglietta sul petto, con mani convulse.

«Piano, Principessa. Non ti lascerò mai cadere, sei al sicuro.»

«Cerca di avvertire la prossima volta, ok?»

Ghost le fece l'occhiolino. «Va bene.» La mise con cura sulla sedia a rotelle e le posò una sacca sulle ginocchia. Conteneva i pochi abiti che Mary le aveva portato, e alcune delle "cose da donna", come le aveva definite Chase. Ghost le posò una mano sulla spalla mentre l'infermiera la spingeva fuori dalla stanza lungo il corridoio, verso le porte scorrevoli di vetro nella parte anteriore dell'edificio.

Gli altri uomini la seguirono, come se fossero in una specie di strana parata militare. Rayne sorrise, notando le seconde e terze occhiate che ricevettero tutti gli amici di Ghost, mentre si dirigevano verso l'uscita.

Infine, l'infermiera si fermò poco prima delle porte. Ghost fece per prenderla in braccio, ma Rayne lo bloccò. «Voglio camminare. Per favore.»

Ghost annuì, ma fece segno a Hollywood di stare dall'altra parte, nel caso avesse bisogno di entrambi.

Tutti trattennero il fiato mentre avanzava zoppicando verso la macchina di Ghost, ferma con il motore acceso, davanti all'ospedale, grazie a Fletch. Chase l'abbracciò forte prima che salisse in auto. «Abbi cura di te, sorellina, e chiamami se cambi idea e vuoi venire a stare da me, o per *qualunque* cosa di cui tu abbia bisogno.»

«Lo farò. Grazie, Chase. Ti voglio bene.»

«Ti voglio bene anche io, Rayne. Ci sentiamo presto.»

Rayne annuì e sorrise, Ghost la aiutò con cautela a salire sul sedile davanti del passeggero, poi chiuse la portiera, e lei lo guardò mentre batteva il pugno o faceva un cenno con la testa ai suoi amici. Poco dopo si misero in viaggio.

«Finalmente» disse sospirando.

«Giornata lunga?» chiese Ghost.

«Non proprio, ma trattare con voi ragazzi, e le vostre stronzate esagerate da macho, è estenuante.»

Ghost sembrò sorpreso per un momento, poi rise. «Sì, credo che possiamo essere un po' troppo, tutti insieme, ma è perché ci teniamo a te.»

Rayne lo guardò con una domanda negli occhi. «I tuoi amici non mi conoscono.»

«Sì, ma sanno che sei importante per me. E dato che sei importante per me, sei importante per loro. E visto che sei importante per loro, si preoccupano per te.»

«Non capisco.»

«Lo farai.»

«Dio, odio quando parli per enigmi» si lamentò Rayne, incrociando le braccia al petto, facendo attenzione a non urtare i polsi. Il pensiero di piacere a tutti gli uomini di Ghost, semplicemente perché piaceva a lui era sorprendente, ma era una bella sensazione. Dopo l'ultimo giorno e mezzo, in cui tutti erano andati a trovarla all'ospedale, aveva cominciato a pensare a loro come fratelli.

Fletch sembrava essere l'amico più stretto di Ghost. Scherzavano insieme, ma aveva visto il sincero rispetto tra loro due. Fletch era alto, forse circa un metro e novanta, e aveva tatuaggi colorati su entrambe le braccia, ma erano i suoi occhi azzurro chiaro che davano davvero nell'occhio.

Coach era un tipo tranquillo e riservato, ma Rayne pensava che in realtà fosse il più pericoloso del gruppo. C'era qualcosa in lui che le faceva pensare che fosse costantemente in attesa di una minaccia, e che sarebbe stato in grado di neutralizzarla con facilità, se si fosse presentata.

Hollywood era socievole ed estroverso e amava prenderla in giro senza pietà. Se non avesse saputo che faceva parte della squadra segreta di Ghost, non avrebbe mai immaginato che fosse in grado di uccidere un uomo a mani nude.

Beatle era l'uomo più basso del gruppo, probabilmente intorno al metro e ottanta, ed era il loro esperto di nautica, e sapeva tutto quello che c'era da sapere sulla navigazione e sull'oceano.

Blade era alto e magro, come indicava il suo nome. Quando lei aveva osservato che capiva perché avesse quel soprannome, tutti avevano riso. Le avevano detto che non si chiamava Blade a causa della sua corporatura, ma piuttosto per le sue abilità con un coltello. Rayne non aveva chiesto altro.

E poi c'era Truck. Era enorme, e, a essere onesti, non era molto attraente, non come gli altri uomini della squadra, ma era bastato stare insieme a lui per un po' per capire che era imbarazzato dal suo aspetto, anche se cercava di far finta di niente. E inoltre, guardare lui e Mary comportarsi come due ragazzini che si piacevano, ma non volevano ammetterlo, e che quindi invece si davano addosso a vicenda, era stato abbastanza divertente da farle dimenticare che quell'uomo poteva schiacciare qualcuno come se fosse un insetto, se lo avesse voluto.

«Mi piacciono i tuoi amici» disse Rayne mentre si dirigevano verso casa sua.

«Mi fa piacere.»

«Dove hai detto che vivi?»

«A Belton. È appena fuori dalla I-35. Abbastanza vicino alla base, ma non così tanto da aver a che fare con tutto il casino che deriva dal vivere vicino a una base militare.»

«Che tipo di casino?»

«Banchi dei pegni, negozi di tatuaggi, strip club, agenzie di prestito... quel genere di cose.»

«E hai un appartamento?»

«No, è una piccola casa costruita negli anni settanta. Non è un posto molto alla moda, ma è pulito e in un bel quartiere, abitato da famiglie. Questa volta non ho voluto vivere in un appartamento. Mi piace la tranquillità.»

Rayne annuì, all'improvviso incerta riguardo agli argomenti di cui parlare con lui. Era stato facile ridere e scherzare insieme quando erano in ospedale, ma ora che erano da soli, sembrava strano.

«Sei d'accordo di fermarci per prendere le medicine che ti hanno prescritto, o preferisci andare a casa a dormire e posso uscire io più tardi?»

«Mi va bene fermarmi ora. È bello potersi muovere. Sono sicura che dopo sarò stanca, ma per ora mi godo la libertà.»

Ghost ridacchiò. «Ci scommetto.»

Rimasero in silenzio fino a quando Ghost non entrò nel parcheggio della farmacia e si diresse verso lo sportello del drive.

«Mi piacerebbe andare dentro» gli disse Rayne.

Ghost si accigliò. «Non sono sicuro che dovresti stare in piedi per ora, Principessa.»

«Ho bisogno di prendere delle cose.»

«Posso prendere io ciò che ti serve, più tardi.»

«Tamponi? Puoi prendermi dei tamponi? E deodorante?»

Senza scomporsi, Ghost rispose: «Sì, Principessa. Posso prenderti dei tamponi senza rischiare l'autocombustione.»

«Li hai mai comprati per qualcuno?»

Ghost sospirò, si fermò in un posto libero e si voltò verso Rayne, che lo stava fissando. «No. Non sono mai uscito di sera per andare in un negozio a comprare tamponi, o assorbenti, o uno qualsiasi degli altri misteriosi prodotti femminili che ti possono venire in mente, ma anche se non l'ho mai fatto, non ne ho paura. Soprattutto non per te. Se ne hai bisogno, li comprerò volentieri. Ma Rayne, non penso che sia una buona idea che tu faccia sforzi così presto, sei appena uscita dall'ospedale. Non è passata nemmeno una settimana da quando ti ho trovato legata...»

Ghost si interruppe, prendendosi mentalmente a schiaffi, l'ultima cosa che voleva era ricordarle ciò che era successo.

Rayne sospirò e si guardò le mani in grembo. Avrebbe voluto stringerle insieme, ma sapeva che avrebbe fatto male. «Non ho nessuna delle mie cose, Mary me ne ha portate un po', ma non è la stessa cosa. Mi sento... mi sento come un pesce fuor d'acqua. Volevo solo girare per un negozio come se fossi di nuovo normale, voglio provare a tornare a fare le cose di ogni giorno, e non pensare a... mi dispiace per la cosa del tampone. Non volevo insinuare niente.»

Ghost mise un dito sotto il mento di Rayne e lo sollevò con delicatezza, implorandola di guardarlo. «Mi dispiace di avertelo ricordato. È troppo presto, lo so. Dai, se ti appoggi a me, ti accompagno per il negozio e potrai prendere quello che vuoi. Accidenti, compra pure dodici scatole di tamponi e tre confezioni di vitamine prenatali, manderà sicuramente in confusione la commessa.»

Rayne sorrise. Ghost era divertente, e il fatto che fosse

dolce e comprensivo glielo faceva piacere ancora di più. «Grazie.»

«Ma devo dire» Ghost sorrise malizioso, «che non farò caso se compri dei tamponi, se non ti vergognerai se compro dei preservativi. Questo confonderà *davvero* la povera persona che ci farà il conto.»

Guardò Rayne arrossire, e Ghost si sporse in avanti per darle un lieve bacio sulle labbra. Avrebbe voluto prolungarlo, voleva disperatamente sentire di nuovo il suo sapore sulla lingua, ma si costrinse a tirarsi indietro. «Andiamo, Principessa. Vediamo cosa possiamo trovare per farti sentire di nuovo normale.»

CAPITOLO VENTISETTE

LA CASA di Ghost era proprio come l'aveva descritta, e nel mezzo di un piccolo quartiere. Aveva tre camere da letto, ed era grande abbastanza da non sentirsi soffocare. I primi due giorni, Rayne aveva dormito molto.

La prima sera Ghost le aveva dato un'aspirina, e lei aveva dormito per quattordici ore di fila. Si era svegliata sentendosi molto meglio. Ghost aveva preparato un pranzo enorme, ed erano rimasti seduti al tavolo a parlare per almeno due ore. Non aveva dormito così a lungo la volta successiva, ma era comunque riuscita a farlo per tutta la notte, senza mai svegliarsi.

Litigarono per la prima volta, quando Rayne volle farsi una doccia. Ghost le ricordò che il dottore le aveva detto di non bagnare i punti, e Rayne rispose che aveva detto di non bagnarli *troppo*.

Sapeva che Ghost stava solo cercando di prendersi cura di lei, ma si sentiva disgustosa, e aveva bisogno di quella doccia come dell'aria per respirare. I bagni fatti solo con la spugna, che aveva ricevuto all'ospedale, nonostante fossero stati rinfrescanti, non erano la stessa cosa come essere in grado di lavarsi completamente da sola.

Alla fine, si allontanò da Ghost, pestando i piedi – per quanto *potesse* pestarli con le caviglie ancora doloranti – e andò in bagno. Pensò di chiudere la porta a chiave, ma si sentì più sicura a non farlo, affinché Ghost fosse in grado di raggiungerla facilmente *se fosse* successo qualcosa.

Andare sotto il getto di acqua calda fu una delle sensazioni più belle del mondo. Giurò di poter sentire la polvere dell'Egitto scivolare via, letteralmente.

Dopo la doccia, troppo corta, si sedette sul sedile del water con un asciugamano avvolto attorno al corpo, e per la prima volta si esaminò le caviglie e i polsi.

Rayne non era vanitosa, non era mai stata il tipo di donna con cui gli uomini ci provavano subito quando usciva, ma non era nemmeno orribile. Era formosa, troppo per alcuni uomini, ma le era stato chiesto un appuntamento abbastanza spesso da sapere che in genere la trovavano attraente.

Ma fissare la sua pelle lacerata e sfregiata, vedere i punti di sutura neri sulla pelle, e ricordare come si era procurata quelle ferite, fu a dir poco traumatico.

Ricordò ogni momento passato su quel materasso. Quanto si era sentita umiliata, disperata e indifesa... terrorizzata. Vedere il risultato delle sue inutili lotte, e ricordare che l'uomo, traducendo come sarebbe stata la sua tortura, aveva detto che più sangue avrebbe perso e più Moshe sarebbe stato uomo, fu semplicemente troppo. Per un momento, giurò di sentire ancora l'inglese con quel forte accento straniero nella sua testa, che descriveva in dettaglio come sarebbe stata violentata ripetutamente.

Rayne pianse. Pianse per se stessa. Pianse per le due donne che non conosceva, e che molto probabilmente avevano subito la stessa cosa ma in maniera peggiore, perché qualunque ragazzo avesse fatto quel rito, aveva avuto il tempo di completarlo con loro. Sperava con tutta se stessa che fossero state salvate come lei. Anche se erano state violate, avrebbero potuto ricevere aiuto e, si sperava, vivere la loro vita, lontano dai mostri che avevano fatto loro del male.

Dopo un po', Rayne non sapeva più perché stesse piangendo, solo che non riusciva a smettere.

Nel mezzo della sua crisi, all'improvviso apparve Ghost. Rayne avrebbe dovuto essere infastidita, ma era davvero felice di vederlo, di essere avvolta dalle sue braccia, dove si sentiva al sicuro. Si aggrappò a lui mentre la prendeva in braccio con cautela senza dire nulla, e lei affondò il viso nel suo collo.

Ghost provò una stretta allo stomaco nel sentire l'angoscia di Rayne. Aveva aspettato il suo crollo per due giorni, e seppur odiava che fosse successo, era anche un sollievo. Era forte, una delle donne più forti che avesse mai incontrato, ma sapeva che prima o poi avrebbe dovuto affrontare ciò che le era capitato.

Era stata distratta dalla permanenza in ospedale, e dall'aver avuto a che fare con i dolori e le ferite, dalle visite di suo fratello e di Mary, e poi il trasferimento temporaneo da lui... ma alla fine aveva avuto abbastanza tempo per pensarci, per ricordare tutto.

Attento a non urtare le ferite, Ghost la portò in soggiorno e si sedette sul divano, sistemandosi Rayne sulle ginocchia. L'asciugamano che l'avvolgeva si allentò, e glielo tolse. Era umido, e non era che non avesse mai visto, ed esaminato, ogni centimetro del suo corpo. Prese una coperta morbida dallo schienale del divano e la coprì, poi se la strinse al petto e la cullò, lasciandola piangere.

Ci vollero una ventina di minuti, ma alla fine le lacrime di Rayne iniziarono a placarsi, e rimase lì abbandonata tra le sue braccia, tirando su con il naso di tanto in tanto.

«Hai bisogno di un fazzoletto, Principessa?»

Ghost la sentì annuire con il capo contro di lui, e si allungò per prenderne un paio dalla scatola accanto al divano.

Lei sollevò un braccio da dove teneva ferma la soffice coperta contro i loro busti e in modo non proprio delicato si soffiò il naso. Senza alzare la testa o pronunciare una parola, gli porse il fazzolettino usato, come se fosse la principessa che lui chiamava, e Ghost lo prese con un sorriso, posandolo sul tavolino per gettarlo via più tardi.

Si appoggiò contro il suo petto e infine, mormorò: «Sono nuda?»

Ghost sorrise. «Sì.»

«Hai una banana in tasca o sei contento di vedermi?»

Lui rise apertamente a quella battuta. «Principessa, sei seduta sulle mie ginocchia senza uno straccio di vestito, certo che sono felice di vederti.» Ritornò serio e chiese: «Ti senti meglio?»

Gli piacque il fatto che si prendesse un minuto per pensare alla sua domanda prima di rispondere.

«Sì. Sto meglio. Ho solo... ho guardato i miei polsi e le caviglie per la prima volta... ho guardato per davvero e ricordato. Così, di punto in bianco.»

«Non ne sono sorpreso. Hai dovuto affrontare molte altre cose... oltre a quello che ti è successo.»

Rayne annuì tra le sue braccia. «Lo hai davvero ucciso?»

Ghost non si aspettava quella domanda, ma forse avrebbe dovuto. Era ferita e in preda al panico quando erano fuggiti e avevano avuto quella conversazione. «Sì, sono sicuro al novantacinque per cento di averlo fatto.»

«Puoi dirmelo?»

Apprezzò il fatto che lo avesse chiesto, e non preteso. Se non altro, prometteva bene per il futuro. Probabilmente non si rendeva conto del significato di ciò che aveva fatto, ma lui sì. «Quando Sarah e le altre donne con cui eri stata tenuta in ostaggio sono state salvate, Sarah ti ha menzionato, ed era fuori di sè, perchè voleva farci sapere che ti avevano portata via. Abbiamo iniziato una ricerca nell'area in cui erano state trovate le altre donne, eri nell'ultima stanza del corridoio, molto vicino a dove era stato piazzato uno dei nostri esplosivi.»

«È stato quello che li ha spaventati tutti, e li ha fatti scappare. I muri avevano cominciato a sgretolarsi e tutti sono corsi fuori come delle ragazzine.»

Ghost ridacchiò, e strinse con affetto Rayne. «Giuro su Dio, Rayne, non dimenticherò mai di essere entrato in quella stanza e averti trovato lì. Ero sollevato perché stavi bene, poi incazzato per il modo in cui eri legata.»

Rayne si rese conto che Ghost aveva bisogno di parlarne quanto lei, così non lo interruppe.

«A ogni modo, prima di arrivare nella tua stanza, stavamo cercando in tutte le altre lungo il corridoio. Siamo entrati in una e c'erano tre persone all'interno. Il più giovane ha sollevato il fucile, probabilmente pensando che non lo avremmo ucciso perché era un ragazzino.»

«Ma lo avete fatto.» La voce di Rayne era bassa e Ghost non riuscì a interpretarla.

«Si. Lo abbiamo fatto.»

«Che cosa indossava?»

Ghost capì che anche se avevano già avuto questa conversazione mentre la stavano portando fuori dall'edificio, non se ne ricordava. «Una camicia blu e dei pantaloni marrone chiaro.»

«Quando eravamo tutte insieme, è entrato e sembrava gentile. Si è avvicinato a noi e io gli ho sorriso, cercando di essere amichevole, cercando di fargli capire che eravamo *persone*. Esseri umani innocenti e disarmati. Sapevo che non era una cosa intelligente da fare, perché Chase mi aveva sempre detto di non fare mai nulla per attirare l'attenzione, e che anche la minima cosa avrebbe potuto farmi prendere di mira da un cattivo. Non aveva torto, ovviamente.»

Rayne fece un sospiro, forte e lungo. Ghost non la interruppe e non le mise fretta. Avrebbe raccontato la storia con i suoi tempi e i suoi ritmi. Qualunque cosa di cui avesse avuto bisogno, gliel'avrebbe lasciata avere.

Alla fine continuò: «Lui ricambiò il sorriso, pensavo che fosse timido, pensavo che forse gli avrei ricordato le sue sorelle, o sua madre, pensavo che sarebbe tornato dagli altri due uomini e avrebbe detto loro di non farci del male.» Rayne fece una pausa, poi continuò in tono triste: «Ma non è andata così. È stata una selezione. Dato che gli ho sorriso, ha scelto me.»

«Non è colpa tua, Principessa.»

Scosse la testa contro di lui, e alla fine la sollevò abbastanza da poterlo guardare negli occhi. «Pensavo che sarei morta. Era piegato su di me, con il pene in mano, si accarezzava, si stava preparando a strapparmi le mutandine e a violentarmi... mentre tutti gli altri uomini lo guardavano e incitavano. Ero terrorizzata, Ghost.»

Gesù Cristo, cazzo. Ghost non pensava di poter continuare ad ascoltare ancora, ma lo avrebbe fatto. Per lei. Si mosse sotto di Rayne per cambiare posizione finché non fu sdraiato sul divano, con la testa appoggiata sul bracciolo. Sistemò la coperta sopra il suo corpo e la tenne stretta al petto. «So che lo eri. Chiunque sarebbe stato terrorizzato.»

«Ma sai cosa?»

Le sue parole erano attutite contro di lui, ma Ghost poteva sentirla ancora bene. «Che cosa?»

«Anch'io ero incazzata. Incazzata perchè mi avrebbe rovinato i ricordi di noi. Rovinato il sesso per me, per sempre.» Scrollò le spalle in modo goffo tra le braccia di Ghost. «È stupido. Sapevo che stavo per morire, ma non volevo ricordarmi quello che mi avrebbe fatto *lui*. Volevo che il mio ultimo ricordo fosse di noi.»

«Ora sei al sicuro, Principessa. È morto e non può farlo a nessun'altra. Sei qui con me. E ti giuro, quando sarai pronta, potremo creare altri ricordi per cancellare quelli brutti.»

Lei annuì e rimase immobile. Ghost non disse un'altra parola, ma lasciò che Rayne riuscisse ad affrontare i ricordi con i suoi tempi.

«Mi piace.» Le sue parole furono forti e decise.

«Anche a me. Stai bene sopra di me.»

Rayne alzò la testa. «Sai, non l'abbiamo fatto in questo modo a Londra.»

Ghost sorrise, felice che il suo umore fosse cambiato... almeno per ora. Non aveva dubbi che i ricordi si sarebbero insinuati di nuovo, ma sarebbe stato lì per lei. L'avrebbe ascoltata rivivere quello che era successo in continuazione, se fosse stato quello di cui aveva bisogno.

«Sì, non siamo riusciti ad arrivarci, vero?»

Rayne abbassò la testa e Ghost sentì le sue dita flettersi contro il suo petto. «Cosa stiamo facendo davvero, Ghost?»

Si aspettava *questa* domanda prima o poi. «Ci stiamo conoscendo. Frequentando. Corteggiando. Facendo coppia fissa... qualunque modo tu voglia chiamarlo.»

«Sto facendo fatica a superare le bugie.»

A Ghost piaceva quanto Rayne fosse onesta con lui, anche se le sue parole lo avevano trafitto più a fondo di quanto potesse mai fare il coltello di qualsiasi nemico.

«Mi dispiace di averti causato dolore, ma Rayne, non avrei potuto fare diversamente. Avevo appena finito una missione, e viaggiavo in incognito per tornare negli Stati Uniti. Non avevo idea che avrei incontrato la donna fatta apposta per me quando quel volo è stato cancellato.»

La sentì inspirare, ma continuò: «Ti avevo offerto quell'unica notte prima di rendermi conto che eri quella *giusta*. Però, a un certo punto, in un momento tra il pranzo e quel dannato balcone, l'ho capito. Sapevo che se mai mi fossi sistemato, se mai avessi passato il resto della mia vita con una donna, saresti stata tu. Ma ho continuato a mentirti. Ho vomitato quella cazzo di storia su Whitney Pumperfield e ti avevo già detto che ero John Benbrook. Sono stato un egoista. Sapevo che se ti avessi detto che avevo mentito, saresti sparita e non avrei mai avuto la possibilità di tenerti tra le braccia. Di capire di cosa si trattava.»

«Capire di *cosa* si trattava? Non è che tu non avessi mai avuto una storia di una notte prima di allora, Ghost.»

«Capire se farlo con qualcuno a cui tenevo faceva la differenza a letto.»

Rayne rimase in silenzio per un momento, poi chiese esitante: «E l'ha fatta?»

«Penso che tu conosca la risposta.»

La conosceva.

«E poi ho visto il terzo tatuaggio.»

Rayne si sollevò sui gomiti, facendo attenzione a non affondarli nel suo petto. «Sì, ma che cosa ti era preso?»

Fece una piccola risata per l'interesse che mostrava sul suo viso. «Non hai idea di cosa mi abbia fatto quel tatuaggio.»

«Una piccola idea ce l'ho» lo prese in giro, ovviamente ricordando come l'aveva presa da dietro, per poi tirarsi fuori e venire sopra tutto il tatuaggio.

Ghost sorrise, e con la mano le sistemò i capelli dietro l'orecchio. «Era come se mi avessi disegnato su di te.»

«Che cosa? Non capisco. Nemmeno ti conoscevo prima di quella notte.»

«Lo so, ed è ciò che lo ha reso ancora più sorprendente. Ogni singola cosa su quel tatuaggio, a parte il fiore, ero io. Era come se ti fossi marchiata come mia, prima ancora di *conoscermi*. L'aquila... il simbolo degli Stati Uniti e tutto ciò che rappresenta. Il logo dell'esercito e il fucile... so che erano per tuo fratello, ma *mi* descrivono alla perfezione. Anche il dannato fulmine. Sapevi che lo stemma della Delta Force ha un fulmine?»

Lo sguardo di sorpresa nei suoi occhi, gli fece capire che non lo sapeva.

«Sì. Quindi è stato un po' uno shock vederlo sulla tua schiena. Avrei dovuto capirlo subito, era un segno piuttosto evidente, ma non ci credevo ancora.»

«Non lo sapevo.»

«Lo so. Guarda alla tua sinistra.»

Allo strano cambio di argomento, Rayne fece come le aveva chiesto Ghost, senza pensarci.

«Guarda il terzo scaffale in basso.»

Rayne rimase a bocca aperta davanti alla foto che Ghost teneva sulla libreria.

Erano loro. Era la foto che le aveva mostrato all'ospedale, quella di lei tra le sue braccia, a ridere di lui. Anche se era stata in casa sua per due giorni, aveva dormito per la maggior parte del tempo, e per il resto aveva mangiato o era stata in cucina con Ghost. Non aveva proprio controllato il posto.

«Ora continua a guardarti intorno. Vedi altre foto? Qualcos'altro in questa stanza che dimostri che ho un briciolo di originalità?»

Rayne sorrise al suo commento ironico, ma fece come aveva chiesto. Non c'era una sola foto da nessuna parte, nemmeno del suo team. Non c'erano quadri sulle pareti, solo un enorme televisore, e libri su libri sugli scaffali che lo fiancheggiavano.

Ghost prese la testa di Rayne tra le mani e la girò verso di lui. «Ti ho mentito allora e mi dispiace, ma a essere sincero, è probabile che mi comporterei di nuovo nello stesso modo. Sono un Delta, Rayne, fin nel midollo. Proteggerò il mio Paese e la mia squadra con tutto me stesso. Prima di te, ciò significava non lasciarmi coinvolgere da nessuno. I miei genitori sono morti molto tempo fa, e non ho fratelli. Non ho rapporti con le mie zie e zii, e non so nemmeno se ho cugini da qualche parte. Questo team è la mia famiglia. L'esercito è la mia famiglia. Morirei per proteggerli.»

Rayne comprese cosa voleva dire. Non era stato piacevole, ma aveva ragione. Non avrebbe potuto dirle subito che era un soldato top-secret, e darle il suo indirizzo se avesse voluto andare a trovarlo. Ma aveva una foto di loro due in casa, una cosa era averla ancora sul telefono, tutt'altra, decisamente, essersi impegnato a farla stampare e incorniciare. Lei significava qualcosa per lui. Quello, a sua volta, significava tutto per lei.

«Ho qualcos'altro da mostrarti.»

«Oh, Signore, c'è dell'altro?»

Ghost ridacchiò al suo tono. «Un'ultima rivelazione, poi possiamo andare avanti con qualsiasi cosa stiamo facendo. Va bene?»

Rayne annuì.

Ghost si raddrizzò con Rayne tra le braccia, e lei riuscì a malapena a trattenere lo strillo per il movimento improvviso. Si alzò in piedi e subito dopo si girò e la fece sedere. Il cuscino era ancora caldo dal calore del suo corpo, e Rayne strinse la coperta intorno a sé, assicurandosi che non si vedesse nessuna delle sue parti intime.

Era più che confusa quando Ghost si stese sulla pancia accanto a lei e le mise le gambe sopra le cosce. Voleva un massaggio? Cosa diavolo stava facendo?

«Tira su la gamba destra dei miei pantaloni, Principessa.»

Rayne non aveva idea del perché Ghost volesse che lei guardasse la sua gamba, ma fece come gli era stato chiesto, poi rimase a bocca aperta mentre il tatuaggio veniva rivelato.

Spinse velocemente il tessuto fino al ginocchio e tracciò con la punta delle dita quei bei colori. Tenendo la coperta sul petto con una mano, si chinò sulla gamba per vederlo più da vicino.

«Ho fatto una foto del tuo tatuaggio prima di partire,

quella mattina. Probabilmente è stata una cosa da testa di cazzo, ma con tutte le altre stronzate che avevo fatto quel giorno, cos'era una in più? Eri sdraiata a pancia in giù, e non sono riuscito a resistere, ho abbassato il lenzuolo abbastanza da poter fare una foto. Non riuscivo a togliermelo dalla testa. Mi avevi tatuato sulla tua pelle... e volevo lo stesso identico disegno sulla mia, come ricordo di te. Volevo poterlo vedere ogni giorno e ricordare quanto eri bella. Com'eri, e quanto era perfetto il tuo tatuaggio, mentre ti prendevo da dietro.»

Alcune persone avrebbero potuto pensare che le sue parole fossero volgari, ma a Rayne non importava. Per lei, erano bellissime.

«Sono tornato a casa, e nel giro di un mese ti avevo su di me, Principessa. Meno di un mese.»

«È perfetto. Ma il logo dell'esercito non fa saltare tutto il discorso "nessuno sa che sono un cazzuto soldato top secret"?

«Sì, è così.» Non sembrò nemmeno dispiaciuto.

Rayne ci rifletté per un momento. «Avresti potuto ometterlo.»

«Allora non sarebbe stato come il tuo.»

Le labbra di Rayne tremarono, e cercò con tutte le sue forze di trattenere le lacrime.

«Come puoi vedere, l'unica differenza è la bacchetta della principessa.»

Alle parole di Ghost, Rayne cedette. Non riuscì più a trattenere le lacrime. Poteva averla lasciata in quella stanza d'albergo a Londra, e forse non avrebbe mai provato a cercarla o a contattarla, ma non l'aveva usata. Il tatuaggio che aveva davanti dimostrava che ci teneva.

Fu di nuovo tra le braccia di Ghost prima di prendere un secondo respiro ansimante.

«Non te l'ho mostrato per farti piangere, Principessa» cercò di confortarla.

«Lo-lo-lo so» singhiozzò. «Hai visto le aggiunte sul mio?»

Ghost annuì contro la sua testa. «Sì, le ho viste sull'aereo di ritorno dall'Egitto. E devo dire che *ora* il tuo tatuaggio è dannatamente perfetto. Pensavo che lo fosse prima, ma hai aggiunto il nostro Big Ben, e io che volo intorno alla cima. Perfetto.»

«L'ho fatto tre mesi fa.»

Ghost la baciò sulla tempia e rimasero seduti sul divano, in silenzio, per un po'.

Rayne tirò su di nuovo con il naso e disse: «Posso avere un altro fazzoletto?»

Ghost sorrise e gliene porse uno, sorridendo di nuovo quando lo usò e semplicemente glielo riconsegnò.

«Ho bisogno di vestirmi.»

«Non farlo per colpa mia.»

Rayne gli diede una lieve pacca. «Pervertito.»

Lui ridacchiò. «Ok, Principessa. Tu vestiti e poi ti rifaccio le fasciature.»

Rayne tese una mano. «Non pensi che assomiglino a insetti che spuntano dai miei polsi?»

«Ehm... no?»

«Oh, andiamo, Ghost. Guarda! È come se le loro piccole antenne nere facessero capolino.»

«Che schifo!»

«Non hai mai avuto punti?»

«Oh, ne ho avuti, ma non ci avevo mai pensato prima... e ora, grazie a te, non riuscirò a pensare ad altro.»

Ridacchiò prima di guardarsi di nuovo i polsi. «Sembra che abbia cercato di uccidermi.»

Ghost, le mise un dito sotto il mento e le voltò la testa. «Le cicatrici svaniranno ma, Rayne, quei segni mostrano al mondo quanto sei forte. Non dovresti vergognarti di loro.» Si portò la mano alla bocca e baciò ogni segno sul suo polso. Poi fece lo stesso con l'altro.

Si spostò per mettersi in ginocchio, e fare lo stesso con le caviglie, ma Rayne disse: «Ok, ok. Sono distintivi d'onore. Alzati, dico sul serio.»

Quando Ghost la guardò negli occhi e sorrise, Rayne capì che non sarebbe mai più stata la stessa. Non sapeva cosa stessero facendo o cosa sarebbe successo tra di loro, ma in quel momento, sapeva di essere spacciata. Qualunque cosa volesse quest'uomo, si sarebbe fatta in quattro per darglielo.

CAPITOLO VENTOTTO

«C'è qualcuno che vorrei farti conoscere» disse Ghost a Rayne a colazione, la mattina dopo. Avevano visto un paio film la sera prima, e Rayne non sapeva come dire a Ghost che pensava di essere pronta a dormire nello stesso letto con lui. Nelle ultime notti le era mancato, ricordando quanto si era sentita al sicuro quando si era accoccolata a lui nel minuscolo letto d'ospedale.

«Si?»

«Il suo nome è Penelope. Non posso davvero dirti il motivo per cui io e i ragazzi la conosciamo, ma vive a San Antonio, e di tanto in tanto viene qui a Fort Hood.»

«Ooook.»

«Penso che farà bene a entrambe parlare insieme.»

«Dovrai darmi qualcosa di più, Ghost. Non sono brava a fare conversazione. Non puoi semplicemente prendere una donna a caso e dire "parlate". Non funziona così.»

Ghost si scostò dal tavolo, raccolse i piatti e li portò in cucina. Tornò indietro, si sedette e si appoggiò sui gomiti. «Ti fidi di me?»

Rayne annuì. Stranamente, anche dopo tutte le bugie che le aveva detto quando si erano incontrati la prima volta, era così. Dal momento in cui l'aveva visto nella sua prigione in Egitto, si era fidata di lui con la sua vita, e ciò non era cambiato.

«Allora vai a vestirti e poi andiamo.»

Rayne scosse la testa esasperata. «Va bene, dammi dieci minuti e sarò pronta.»

Un'ora dopo, Rayne era seduta in una piccola sala conferenze della base, in attesa di incontrare la misteriosa Penelope. Mentre andavano a Fort Hood, Ghost non le aveva raccontato niente di più di quello che le aveva già detto, avevano solo chiacchierato del più e del meno.

Dopo pochi minuti, la porta si aprì ed entrò una donna bionda e piccola, forse appena un paio di centimetri più alta di un metro e mezzo. Rayne non sapeva perché avesse un'aria familiare, dato che era sicura che non si fossero mai incontrate, ma era così.

«Ghost! È così bello vederti!» esclamò Penelope, e attraversò la stanza per abbracciarlo forte. «So che ogni tanto abbiamo parlato negli ultimi due mesi, ma è davvero bello *vederti*.»

«Anche per me, Tiger. Come stai?»

«Bene.»

«Le cose sono tornate normali a casa?»

«Normali per quanto possibile, immagino. Cade mi sta ancora facendo impazzire, sempre tutto iperprotettivo, e cose così.»

«E il resto dei ragazzi?»

«Stanno realizzando che sono ancora la stessa persona di prima.»

«E Moose?»

Rayne vide la giovane donna arrossire. «Sta facendo un po' più il cocciuto, ma alla fine lo capirà anche lui.»

Ghost si girò verso Rayne e tese la mano. «Voglio presentarti Rayne. Rayne, lei è Penelope Turner. È un pompiere a San Antonio, e un ex sergente riservista dell'esercito.»

Rayne tese la mano. «Piacere di conoscerti, Penelope.»

Se la strinsero e Penelope si rivolse a Ghost. «Non gliel'hai detto, vero?»

Ghost scosse la testa. «Ho pensato che spettasse a te raccontare ciò che volevi.»

«Bene, allora fila via» disse con un sorriso canzonatorio.

Ghost si voltò verso Rayne e l'abbracciò forte. «Non esagerare. Se sei stanca fammelo sapere e andremo a casa.»

Rayne alzò gli occhi al cielo. «Cosa pensi che faremo qui? Corsa a ostacoli? Flessioni? Cavolo. Suppongo che parleremo e basta. Sono sicura che starò bene.»

«Oooh, mi piace, Ghost. Non tollera le tue prepotenti stronzate protettive.»

«Taci, Tiger.»

Le due donne si sorrisero, e Rayne si sentì a suo agio per la prima volta da quando era arrivata. Forse non sarà così male provare a fare una chiacchierata con questa sconosciuta, dopotutto.

Ghost baciò Rayne sulle labbra; l'aveva fatto molto nelle ultime ventiquattr'ore, dopo la loro conversazione sul divano e la rivelazione del tatuaggio. «Torno tra un po'.»

Non appena la porta si chiuse dietro Ghost, Penelope si sedette e disse: «Ecco un riassunto veloce. Circa nove mesi fa, sono stata rapita dall'ISIS, in Turchia. Una squadra di SEAL riuscì a liberarmi, ma il nostro elicottero venne abbattuto, e Ghost e il suo team vennero a tirarci fuori tutti. Ecco perché lo conosco. Non siamo mai stati insieme.»

Mentre Penelope parlava, Rayne capì perché la donna le sembrava così familiare. «Oh, mio Dio, ti ho vista in TV. Sei la *Army Princess*! Ero così felice quando ho saputo che eri stata salvata!»

Penelope sorrise. «Siamo in due.»

Rayne fece due conti. «Sei stata salvata sei mesi fa, giusto?»

«Già.»

«È successo quando ho incontrato Ghost. Doveva essere tornato a casa da quella missione.»

«Probabilmente non te lo dirà mai con certezza, ma organizzare questo incontro è il suo modo per farti sapere le cose che non ti può dire. Sa che io posso, ma lui no... e non lo farà.»

Rayne comprese. «E tu stai davvero bene? Sei stata trattenuta per molto tempo?»

«Circa tre mesi.»

Rayne non sapeva cos'altro dire. Avrebbe voluto fare un sacco di domande, ma non voleva essere scortese.

«Non sono stata stuprata.»

Accidenti, Penelope non andava per il sottile, chiarì e basta.

«Oh, mi hanno pestato a sangue, e ho avuto paura per la maggior parte del tempo in cui mi hanno trattenuta, ma non mi hanno violentato, chissà perchè, grazie a Dio. Ghost mi ha detto che ti sei trovata in quella brutta situazione in Egitto, e che ci sei andata vicino.»

Rayne annuì.

«È orribile essere un ostaggio, vero?»

Rayne sorrise. Penelope lo aveva riassunto bene. Era piacevole stare vicino a qualcuno che non addolciva la pillola. «Sì, molto.»

«Il punto è questo, Ghost mi piace, mi piacciono *tutti* i ragazzi del team. Non siamo culo e camicia, non sono la loro confidente o altro, e non usciamo a bere un tè quando vengo qui, ma Ghost è decisamente preso da te, perché ha organizzato questo incontro. Gli uomini come lui... non sono il tipo da fiori e cioccolatini. È probabile che non ti porterà fuori per una cena romantica. Non lo vedo affittare un aereo, per farlo volare con uno striscione in cui dichiara il suo amore per te.»

Rayne ridacchiò e annuì d'accordo.

«Ma se presti attenzione, vedrai i segni che indicano che ci tiene. Una mano contro la schiena, o quando chiede se hai bisogno di qualcosa. Si assicurerà che tu mangi prima di lui. Camminerà all'esterno del marciapiede, assicurandosi che tu sia lontana dal traffico. I segni ci saranno, ma non saranno mai i grandi gesti romantici che la maggior parte delle donne desidera.»

«Mi fascia i polsi e le caviglie ogni mattina, ieri ha preso i miei orribili fazzoletti pieni di muco, come niente fosse. Stamattina mi ha lasciato mettere nei bagel tutta la crema di formaggio che volevo, anche se ha significato che io ne ho usato la maggior parte, e a lui ne è rimasta solo un pochina.»

Penelope annuì. «Esatto. Giureranno fino alla morte che non sono romantici, quando in realtà il "romanticismo" che vediamo nei film e in TV, è solo fumo negli occhi. Non so tu, ma preferisco il loro modo di essere romantici piuttosto che quello di Hollywood.»

«È intimidatorio.»

«Sì, lo sono tutti» concordò Penelope.

«È autoritario.»

Penelope fu di nuovo d'accordo. «Credo che, se ci pensi, è autoritario quando si tratta del tuo benessere. Vero?»

«In genere, sì.»

«E forse non sono affari miei, ma scommetto che lo è anche a letto. E quello potrebbe essere più difficile da accettare, ma ripeterò quello che ho detto prima... si comporta così quando si tratta di ciò di cui hai bisogno... del tuo benessere.»

Rayne ripensò alla loro notte a Londra. Penelope aveva

ragione. Era stato autoritario, l'aveva spostata di qua e di là, le aveva ordinato di mettersi in ginocchio, ma si era preso cura di lei ogni volta. Aveva trattenuto il proprio orgasmo finché non l'aveva soddisfatta.

«Quindi, sebbene tu possa avere qualche dubbio riguardo a lui, e anche se ti potrebbe sembrare troppo intimidatorio, ricorda cosa fanno per vivere. Lui è il suo team sono volati in Iraq e hanno tirato fuori dalle montagne me, e sei SEAL, come se fossero andati a fare la spesa. Suppongo che sia entrato in quel fottuto edificio in Egitto, e ti abbia tirato fuori da qualsiasi situazione in cui fossi, facendolo sembrare facile. Ho ragione?»

«Più o meno, sì.»

Penelope si sporse verso Rayne. «Vengo alla base ogni mese circa per la consulenza psicologica, forse posso sembrare una tipa tosta, che sia riuscita a superare quello che mi è successo, ma ho le mie brutte giornate. Ho visto delle cose laggiù che so che non dimenticherò mai per il resto della mia vita. Ho visto abbastanza pompieri e soldati che provano – e falliscono – a superare tutta la merda che hanno vissuto senza un aiuto, e non funziona.» Penelope si schiarì la gola, ovviamente presa da una profonda emozione. «Non ho incontrato molte persone che sono state tenute in ostaggio come me, soprattutto non da un gruppo terroristico straniero. Noi donne abbiamo cose diverse di cui dobbiamo preoccuparci rispetto agli uomini. Non mi dispiacerebbe se quando verrò qui, potessimo... parlare. Cioè, se ti andrà di farlo. Se ti sentirai a tuo agio.»

Per la prima volta, Rayne vide un lato diverso della donna di fronte a lei. Non c'era più il vigile del fuoco audace, sfacciato, che era ovvio riuscisse a farsi valere in un campo dominato dagli uomini. Guardandola negli occhi e vedendovi la vulnerabilità, Rayne si rese conto di quanto avesse bisogno di quella donna. Mary poteva essere la sua migliore amica, ma non avrebbe mai capito ciò che aveva passato. E per quanto amasse suo fratello, nemmeno lui poteva rapportarsi con lei.

Chissà come, Ghost sapeva che lei e Penelope avevano bisogno l'una dell'altra. Dannazione, si stava innamorando di nuovo di lui.

«Mi piacerebbe. Fino a ora non mi ero resa conto che i miei amici, e persino Ghost e il suo team, non avrebbero mai capito.»

Penelope annuì. «Sì, ci ho messo un po' anche io. Ero arrabbiata con tutti, e non è stato di aiuto che i media non smettessero di perseguitarmi per avere la mia storia. Ma quando alla fine ho preso coraggio e sono venuta qui per parlare con una psicologa, mi ha suggerito che mi avrebbe fatto bene trovare un gruppo di supporto con altre vittime. Mentre lo frequentavo, e mi ha aiutato, nessuno di loro aveva passato ciò che avevo passato io. Molte delle loro esperienze erano analoghe alle nostre... l'impotenza, il terrore, l'incertezza, ma non era la stessa cosa.»

«Ci sono dei gruppi?»

Penelope allungò una mano e Rayne posò la sua sopra, senza esitazione. Quel contatto sembrava giusto.

«Sì, ci sono. A San Antonio, ho incontrato la donna più straordinaria del mondo. Si chiama Beth, si è trasferita qui dalla California dopo un'esperienza orribile. Era stata rapita e torturata da un serial killer, ma riuscì a sopravvivere. Abbiamo legato in un modo in cui non eravamo riuscite a fare con altri, semplicemente perché entrambe eravamo state tenute prigioniere. Mi dispiace dire che non posso aiutarla ad affrontare il fatto che sia stata stuprata, dal momento che a me non è successo, ma mi piacerebbe presentarvi se verrai dalle mie parti.»

Rayne annuì. «Non penso di essere ancora pronta... ma se mi dai tempo...»

«Nessuna pressione. Sul serio. Mi ci è voluto un po' prima

di essere pronta a parlare con qualcuno di quello che era successo.» Penelope si appoggiò allo schienale e sogghignò. «Allora... Ghost è bravo a letto come sembra?»

Rayne arrossì e non disse nulla.

«Ah! Lo sapevo. Quei ragazzi sono così dannatamente belli che dovrebbero essere illegali. Oh, non preoccuparti, non provo desiderio per il tuo uomo o per nessuno dei ragazzi del suo team. Ne ho uno a casa su cui ho messo gli occhi, ma devi ammettere che sono un piacere da guardare.»

Rayne rise e fu d'accordo. «Sì, giuro che a volte mi sento come se dovessi prendere un bastone e scacciare le donne quando siamo in giro.»

«Ha occhi solo per te, donna, non dubitarlo mai. Quando gli uomini come lui si innamorano, lo fanno profondamente. Sono fedeli, e ucciderebbero chiunque anche solo per aver pensato di toccarti.»

«Sto iniziando a capirlo.»

Ci fu un colpetto alla porta, e si voltarono entrambe mentre si apriva e Ghost infilava la testa dentro. «Tutto bene?»

«Tutto a posto, porta qui il culo e prenditi cura della tua donna. Ho un appuntamento.» L'audace e sfacciata Penelope era tornata, qualsiasi segno della donna vulnerabile sotto la facciata dura era sparita.

Ghost entrò, si chinò per baciare Rayne e le mise una mano sulla spalla. «È stato un incontro piacevole?»

Penelope alzò gli occhi al cielo. «Oh, buon Dio, Ghost. Sì, è stato piacevole. Abbiamo chiacchierato, Rayne ha capito che sei un cavernicolo, ma che hai a cuore i suoi interessi. Sa chi sono, e abbiamo fatto piani per incontrarci di nuovo. Tutto questo risponde alle tue domande?»

«Sì. Sei la migliore, Tiger.»

«Se lo dici tu. Dai, dammi un abbraccio e lasciami uscire da qui. Ci vediamo la prossima volta che vengo.»

Ghost la abbracciò, sollevandola dal pavimento. Rayne li osservò, e le piacque vedere questo lato di Ghost... il lato protettivo, da fratello maggiore.

«Non sparire. La prossima volta riunirò il team e pranzeremo tutti insieme.»

«Buona idea. Ci vediamo, Rayne. Ricordati quello che ho detto.»

Rayne spinse indietro la sedia e si alzò. «Lo farò. È stato bello conoscerti.»

«Anche per me. Sono contenta che tu sia al sicuro.»

Rayne guardò Ghost dopo che Penelope lasciò la stanza. «Grazie.»

Non finse nemmeno di non sapere di cosa stesse parlando. «Prego.»

«Non so come facevi a sapere che ne avevo bisogno, quando non lo sapevo nemmeno io, ma grazie. È fantastica.»

«Anche tu lo sei, Principessa.»

«Io sono stata trattenuta solo una settimana, non riesco a immaginare cosa abbia passato Penelope.»

«Non fare confronti con lei o con nessun altro. Hai vissuto il tuo di incubo, e non è stato meno orribile del suo. Non sminuirti. Sei una gran donna. Capito?»

Rayne sorrise, ripensando a ciò che aveva detto Penelope a proposito degli uomini autoritari. «Capito.»

«Forza, andiamo dal dottore e vediamo cosa dice di quei punti. Poi torneremo a casa e ti preparerò il pranzo, e poi potremo vedere un film.»

«*Le pagine della nostra vita?*»

«Cazzo, no. Ti ho visto piangere abbastanza per una settimana.»

Rayne sorrise, sapendo che lo avrebbe vietato. «Ok, Ghost. Guarderemo qualsiasi cosa tu voglia vedere.»

«Andiamo, donna. Sento il bisogno di viziarti.»

«Lungi da me protestare.»

Rayne sorrise quando Ghost le circondò la vita con un braccio, e uscirono insieme nella calda mattina del Texas.

CAPITOLO VENTINOVE

RAYNE SI SVEGLIÒ GRIDANDO e spinse contro le braccia che la tenevano giù. Moshe era lì, e voleva essere un uomo, ma che fosse dannata se sarebbe successo con lei.

«Gesù, Rayne. Sono io, Ghost. Ci sono io, è tutto ok.»

Le parole penetrarono a malapena nella sua mente annebbiata dal sonno, il suo unico pensiero era la fuga. «No! Levati di dosso. No!»

«Rayne!» La voce di Ghost era dura, e proprio ciò che le servì per capire che non era in Egitto. Non era prigioniera, e non era Moshe che aveva le braccia intorno a lei, era Ghost.

Rayne lo guardò e deglutì a fatica. «Scusami. Sto bene, sto bene.»

«Cristo, Principessa. Volevo *aiutarti* presentandoti Penelope, non farti regredire. Mi dispiace tanto.»

Rayne affondò il viso nel petto di Ghost e lasciò che si raddrizzasse in modo da essere di nuovo seduti sul divano, come erano stati quella sera mentre guardavano *Trappola in alto mare*.

Il dottore aveva detto che le sue ferite avevano un bell'aspetto, e così le aveva tolto i punti, le aveva dato un leggero antidolorifico, poi erano tornati a casa e lui aveva messo il film.

Era ovvio che aver parlato con Penelope, e l'aver tolto i punti, aveva riportato in primo piano i ricordi della sua prigionia.

«Va tutto bene, Ghost. Sto bene, ho solo... ho bisogno di superarlo, e non pensarci non funziona. Ti va solo... di tenermi stretta?»

«Lo farò per tutta la cazzo di notte, Rayne. Rilassati. Sono qui.»

«Posso dormire con te?» Rayne sentì i muscoli di Ghost irrigidirsi sotto di lei. «Voglio dire» cercò di ritrattare, «non è un grosso problema, posso...»

«Sì. Ti voglio con me, ma aspettavo che mi dessi un segno che volevi farlo. Non hai idea di quanto volessi entrare nella tua stanza e portarti nel mio letto.»

«Perché non l'hai fatto?»

«Perché volevo che desiderassi *tu* venirci, non perché ti avevo costretto.»

«Voglio venirci, non ho dormito bene da quando sei stato in ospedale con me.»

Ghost strinse piano Rayne contro il suo corpo. Cristo.

Più tardi, la portò nella sua stanza e, dopo essersi preparata in bagno, l'aiutò a mettersi a letto.

«Wow, questo è un po' più grande di quello dell'ospedale, vero?» Rayne provò a scherzare.

«Sarà anche più grande, ma non occuperemo più spazio di quello che abbiamo usato in quel letto minuscolo» replicò Ghost, sistemando Rayne sul fianco e attirandola contro di sé. Avvolse le braccia intorno a lei come aveva fatto in passato, e come aveva pensato di fare le ultime notti. Seppellì il naso tra i suoi capelli e inalò il suo profumo. Le era mancato. Lei, gli era mancata.

«Dormi, Principessa. Sono qui per te, e ci sarò quando ti sveglierai. Promesso.»

Sentì che annuiva contro di lui. La tenne stretta per molto tempo, anche dopo che si era profondamente addormentata. Ringraziò di nuovo Dio per averla messa sulla sua strada, e per avergli dato un'altra possibilità di fare la cosa giusta, di fare ciò di cui entrambi avevano bisogno.

Il mattino seguente, Rayne si mosse sul letto sentendosi meglio di quanto non succedeva da tempo. Si bloccò quando sentì le mani callose di Ghost sulla schiena. Era sdraiata sulla pancia, con la testa girata verso destra, le braccia lungo i fianchi. Ghost era in ginocchio accanto a lei, e le massaggiava la parte bassa della schiena. Alzò la testa e si voltò in modo da poterlo vedere. «Cosa...»

«Volevo vederlo completo.»

Rayne capì che stava guardando il tatuaggio. La metà delle volte si dimenticava che era lì. Arrossì. Pur sapendo che aveva già visto le aggiunte, era ancora un po' imbarazzante. Annuì e si rilassò.

Ghost tirò su la maglietta di Rayne e la aiutò a sollevare le braccia finché non riuscì a toglierla. Prima che si stendesse di nuovo, era già a cavalcioni sui suoi fianchi, e aveva entrambe le mani sul tatuaggio. Tracciò le parole "Professionismo Silenzioso" con la punta del dito, il tocco leggero le fece quasi il solletico.

«Perché le due e mezza?» chiese Ghost con tono riverente.

«È l'ultima volta che ricordo di aver guardato l'orologio quella mattina.»

«L'ultima volta. Quando ti ho presa da dietro» disse Ghost con certezza.

Rayne annuì ma non parlò. Lo sentì chinarsi e sfiorare con le labbra il fantasma. Aveva pensato che fosse giusto che volasse intorno al famoso orologio, da quando le aveva detto che una volta era salito fino in cima.

«È assolutamente magnifico, Principessa. E sapere che il tempo passato insieme ha significato tanto per te, quanto per me, è impagabile. Non hai idea di che regalo mi hai fatto. È meglio di qualsiasi cosa tu possa mai dirmi, o comprarmi. Giuro su Dio, farò tutto quanto è in mio potere per prendermi cura di te. Per trattarti bene. Non posso promettere che non farò casini, perché, be', sono un uomo e non sono abituato a situazioni come questa, ma sappi che non ti ferirò mai di proposito.»

«Ok, Ghost.» Lo sentì muovere le labbra sulla sua schiena, e baciare ogni parte del tatuaggio.

«E forse questa è la cosa più sbagliata da dire, ed è probabile che sia un coglione anche solo per averlo pensato, ma giuro su Dio, spero che ti piaccia che ti prenda da dietro. Ho la sensazione che sarà la mia posizione preferita. Vedermi tatuato su di te, vedere quest'aquila incresparsi mentre mi spingo dentro il tuo corpo... sì, ti ho presa così solo una volta, e non sono riuscito a togliermi dalla mente il ricordo di questo tatuaggio. Ma ora che *mi* hai aggiunto di proposito, è come se avessi impresso sulla schiena "Proprietà di Ghost". Perché tu sei mia. Capito, Rayne? Mia.»

Rayne si spostò e spinse il sedere contro di lui. Gesù, ogni parola che usciva dalla sua bocca la faceva bagnare sempre di più. A essere sincera, non aveva programmato di arrivare a quello, questa settimana. Voleva tornare a casa e pensarci sul serio, ma non riusciva più a resistergli, lo voleva più adesso di sei mesi fa... se era possibile.

«Lo prenderò in qualsiasi modo tu voglia darmelo, Ghost.»

«Oh, cazzo.» Pronunciò quelle parole con voce torturata, come se avesse appena spezzato l'ultimo frammento del suo autocontrollo.

Rayne sentì un rumore di uno scatto e si voltò a guardare Ghost che allungava una mano verso le sue mutandine con un inquietante coltellino svizzero in mano. «Stai ferma,

Principessa. Devo toglierti queste. Non vedo l'ora di vederti. Le strapperei, ma purtroppo funziona solo nei romanzi rosa.»

Rayne trattenne il respiro e sentì l'elastico intorno alla vita cedere. Prima che potesse pensare a cosa fare o a come muoversi, le mani di Ghost furono sui suoi fianchi. «Non mettere peso sui polsi. Lasciami fare tutto il lavoro.»

Rayne pensò per un secondo a ciò che aveva detto Penelope, rendendosi conto che quello era un altro modo in cui Ghost si stava prendendo cura di lei. Ricordava le sue ferite, e non voleva che si facesse ancora più male.

Ghost la tenne per i fianchi e la leccò una volta dal clitoride al sedere, godendosi il bagnato che incontrò lungo il percorso. «Tutto bene? Nessun brutto ricordo?» Voleva spingersi dentro di lei il più possibile, marchiarla come sua, ma non voleva nemmeno ferirla. Non era passato molto tempo da quando aveva pensato che sarebbe stata violentata, e avrebbe preferito tagliarsi un braccio piuttosto che ferirla fisicamente *o* psicologicamente.

«Ancora, Ghost. Oh, Dio, *ancora*.»

Sorridendo, Ghost si chinò e lo fece di nuovo, più lentamente questa volta, imparando di nuovo il suo sapore e la sensazione. L'angolazione era un po' strana e non riusciva a raggiungere il clitoride con facilità come se fosse distesa sulla schiena, ma non aveva mentito, vedere il suo tatuaggio mentre la leccava da dietro, era la cosa più vicina al paradiso che avrebbe mai potuto raggiungere dalla terra.

Si allungò e afferrò il suo cuscino, infilandoglielo sotto i fianchi. Vedendo che non sarebbe stato sufficiente, le ordinò: «Anche il tuo, Principessa. Dammi il tuo cuscino.»

Glielo porse senza dire una parola rimanendo distesa, poi portò le braccia accanto alla testa.

«Oh, sì, l'ho immaginato così tante volte che non riesco a credere che tu sia qui di fronte a me. Non hai idea di quanto sei bella con il culo in aria per me. Allarga di più le gambe. Sì, così. Cristo, Principessa. Mia, cazzo. Tutta mia.»

Ghost si chinò e l'amò con una passione che non aveva mai mostrato prima. Succhiò e leccò e la divorò come un uomo affamato. Quando lei iniziò a gemere e a dimenarsi sotto di lui, la tenne ferma per la sua bocca. Infine infilò un dito dentro al suo sesso stretto, poi due, mentre si concentrava a far guizzare la lingua il più veloce possibile sul clitoride.

Piegò le dita e accarezzò il piccolo fascio di nervi dall'interno, e allo stesso tempo gemette contro il clitoride, portandola oltre il limite; Rayne si contorse contro la sua presa, rabbrividendo nell'estasi, tremando e gridando il suo nome. Ghost non si fermò finché non la sentì cercare di allontanarsi un po' da lui. Sapendo che l'aveva portata all'estremo, e che ora il suo tocco era più doloroso che erotico, si scostò, godendosi la vista dei suoi umori sulle dita e che uscivano da lei mentre le tirava fuori.

Si mise in ginocchio senza distogliere lo sguardo, le accarezzò la schiena con entrambe le mani, spargendo i suoi umori, assicurandosi di tracciare le parole che lo rappresentavano con le dita che si stavano rapidamente asciugando.

Si chinò e baciò ancora una volta l'immagine del fantasma sulla sua schiena. «Puoi prendermi, Principessa? Stai bene?»

Rayne gemette e la sentì spingersi contro di lui. «Sì, ti prego, Ghost. Per favore, ho bisogno di te. Ti voglio dentro di me.»

Ghost si sporse verso il comodino accanto al letto e tirò fuori un preservativo. Li aveva comprati al ritorno dall'ospedale, godendosi da matti il rossore di Rayne quando li aveva messi sul bancone e le aveva sorriso lascivo.

Se lo infilò in fretta e riportò le mani sulla pelle di Rayne. «Riesci ad alzarti sui gomiti senza farti male?»

Prima ancora che finisse di parlare, Rayne si sollevò.

Quella posizione portò il suo sedere all'altezza giusta per lui per penetrarla. «Fammi sapere se ti fa male, Rayne. Dico sul serio. Non penso che durerò tanto, l'ho immaginato per sei lunghi mesi, ma non voglio comunque che tu abbia il minimo dolore. Ok?»

«Mmm-mm» gemette Rayne, spingendo di nuovo verso di lui.

Ghost si tenne lontano, volendo assicurarsi che capisse. «Hai sentito? Dimmi che hai capito.»

«Ti ho sentito, Ghost. Ti dirò se fa male, ma dannazione, mi fa più male non averti dentro. Ho bisogno di te.»

Le sue parole lo spinsero oltre il limite di sopportazione, infilò il cazzo gonfio di sangue nella sua fica stretta, e, lentamente, si spinse dentro.

Entrambi gemettero nello stesso istante. «Dio, è come tornare a casa» le disse Ghost mentre si fermava dentro di lei. Poteva sentirla stringersi intorno a lui e i suoi umori caldi ricoprirgli il cazzo, mentre entrambi si abituavano alla sensazione della penetrazione.

«Mi sembri enorme in questo modo» gli disse Rayne, spingendosi contro di lui.

«Sì, posso andare più a fondo in questa posizione» le confermò, non proprio sicuro di ciò che stava dicendo. Le tenne ancora i fianchi fermi mentre usciva, poi piano, un centimetro alla volta, si spinse di nuovo dentro.

Ghost la guardò inarcare la schiena, e le ali dell'aquila si incresparono con quel movimento. «Vorrei che tu potessi vederlo, Principessa» le disse spostando le mani dai fianchi al tatuaggio. «Ogni volta che ti spingi contro di me sembra che l'aquila voglia volare via dalla tua pelle.»

«Ti fa scattare davvero qualcosa, eh?» disse Rayne senza fiato.

«Sì. Ma è più del semplice tatuaggio. È il fatto che sia il *tuo* tatuaggio, e si trova sulla *tua* schiena, e mentre sono sepolto dentro il *tuo* corpo lo guardo muoversi e flettersi per me. Non pensare che io mi ecciti per il tatuaggio. Mi fa impazzire sapere cosa significa per te, e che mi hai avuto sul tuo corpo prima ancora di *sapere* che mi avevi tatuato sulla tua pelle.»

«Gesù, Ghost.»

Fece un piccolo sorriso per l'urgenza e la disperazione nelle sue parole.

«Muoviti. Ora.»

«Sì signora. Con piacere.»

Ghost mantenne un ritmo costante, entrando e uscendo da Rayne con spinte moderate. Quando la sentì tentare di alzarsi sulle mani, premette sulle sue spalle e le spinse giù la schiena. «No, Principessa, rimani giù.»

«Ma ho bisogno...»

Rendendosi conto che era al limite tanto da non preoccuparsi se si fosse fatta male, perchè voleva solo venire, le ordinò: «Toccati. Tieniti in equilibrio sulla spalla, e toccati.»

Fece subito come aveva chiesto, e portò una mano verso il basso dove erano uniti. Ghost sentì i suoi movimenti frenetici sul clitoride, mentre continuava a spingersi dentro di lei. Si chinò e tirò il capezzolo del seno che riuscì a raggiungere mentre con l'altra mano le accarezzava la schiena.

«Così, strofinati, portati all'orgasmo. Sei così calda e stretta, posso sentirti stringermi il cazzo mentre lo stai per raggiungere. Prendi ciò di cui hai bisogno e lasciati andare.»

Ghost la sentì accelerare il movimento della mano, e cominciò a contraccambiare in modo frenetico. Le pizzicò forte il capezzolo e si spinse con più forza in lei. Nel momento in cui sentì i suoi muscoli contrarsi quando alla fine venne, Ghost si lasciò andare. Tenendosi di nuovo sui suoi fianchi con entrambe le mani, e guardando mentre si spingeva dentro di lei una, due volte, si fermò alla terza spinta, e si sentì esplodere con Rayne che continuava a contorcersi contro la sua presa salda, mentre si riprendeva dall'orgasmo.

«Gesù, Ghost» mormorò Rayne dopo qualche momento. «Se è così ogni volta, ci ucciderai.»

«Non riesco a pensare a un modo migliore di morire.» Ghost si tirò fuori riluttante, gemendo insieme a Rayne mentre scivolava via da lei. Mise la mano sulle sue pieghe e le massaggiò con delicatezza, amando la sensazione di quanto fosse calda e umida.

«Mmmmmm» mormorò Rayne, dimenandosi sotto la sua carezza.

«Non muoverti, torno subito.»

«Mmm, ok.»

Ghost si precipitò in bagno e si occupò del preservativo. Passò una salvietta sotto l'acqua calda, e la strizzò prima di tornare da lei.

Aveva preso le sue parole alla lettera, ed era rimasta esattamente nello stesso punto in cui l'aveva lasciata. Il sedere sostenuto dai due cuscini, le braccia molli vicino alla testa, e un sorriso soddisfatto sul viso.

Ghost fece scorrere con delicatezza la mano dalle sue scapole al sedere, accarezzandola, coccolandola. Posò la salvietta calda contro le sue pieghe, e cercò di tenere sotto controllo l'erezione quando lei si dimenò sotto il suo tocco.

«È fantastico» sospirò Rayne, aprendo gli occhi e osservando il suo viso mentre la puliva.

Quando finì, gettò il panno bagnato sul pavimento, senza preoccuparsi di dove sarebbe atterrato. Ci avrebbe pensato più tardi. «Sollevati.»

Rayne sollevò i fianchi e lasciò che Ghost tirasse fuori i due cuscini da sotto il suo corpo. Lo guardò tenere per sé quello che era stato posato addosso a lei, e le restituì l'altro. Si girò sul fianco e attese che Ghost si sistemasse, prima di accoccolarsi contro di lui. Steso sulla schiena la strinse a sè, e le lasciò usare la sua spalla come cuscino.

Rayne sorrise al gemito che gli provocò con la gamba che

sfiorò il suo uccello semi duro. «Sei pronto per rifarlo? Di già?» chiese incredula, strascicando le parole per la stanchezza.

«No. Ma se mi dai una mezz'oretta, lo sarò.»

Rayne emise un gemito, ma rispose subito: «Okay, forse allora farò un pisolino finché non sarai pronto.»

Ghost sorrise e la attirò più vicino. «Fallo, Principessa. Dormi. Sono qui.»

L'ultimo pensiero di Rayne prima di addormentarsi fu che amava come Ghost le diceva sempre che "c'era".

CAPITOLO TRENTA

TRASCORSERO i due giorni successivi a riposarsi, rilassarsi e a riscoprire i loro corpi. Ghost le aveva insegnato la posizione della cowgirl al contrario, e Rayne pensava che avrebbe potuto persino godersela di più di quando la prendeva da dietro. Amava poter avere un po' di controllo, e persino torturare Ghost decidendo il ritmo del loro amplesso, e lui di sicuro amava poter guardare il tatuaggio.

Le aveva insegnato anche le gioie del sesso nella doccia, del sesso in vasca, e del sesso semi-pubblico quando una sera l'aveva scopata fuori, nel portico. Rayne aveva avuto paura che i vicini la vedessero – o la sentissero – ma Ghost aveva placato le sue paure, chiedendole se pensava davvero che avrebbe fatto qualcosa che l'avrebbe umiliata. Quando l'aveva messa in quel modo, aveva lasciato andare le proprie inibizioni, e aveva permesso a Ghost di portarli al piacere.

Quando aveva avuto un altro incubo, Ghost era rimasto alzato con lei ad ascoltarla, mentre finalmente descriveva in dettaglio ciò che le era successo. Lui non aveva detto una parola, ma l'aveva lasciata sfogarsi per bene. E una volta finito, dopo che lei aveva pianto e gli aveva riempito di muco la maglietta, l'aveva tenuta stretta per il resto della notte, senza metterle alcuna pressione per fare altro.

Si sentiva amata. Non aveva idea di come fosse successo così in fretta, e nemmeno se quello che sentiva fosse giusto, ma non c'era altra parola per descriverlo. Ghost aveva fatto crollare tutte le sue barriere, e l'aveva fatta sentire la cosa più amata al mondo.

Un giorno erano anche usciti e avevano incontrato il resto del suo team per pranzo, qualcosa che Ghost giurò, in seguito, che non avrebbe mai più fatto. Era rimasto contrariato che gli altri uomini avessero cercato intenzionalmente di infastidirlo flirtando con lei.

Rayne si era assicurata di farsi perdonare quando erano tornati a casa, mettendosi in ginocchio, e convincendolo che aveva solo occhi per lui.

Oggi era il primo giorno di lavoro per Ghost da quando era uscita dall'ospedale. La settimana di ferie era finita ed era dovuto rientrare. Si era svegliata con la sua testa tra le gambe e l'aveva scopata così forte, che non c'erano dubbi sul fatto che avrebbe preferito rimanere a letto con lei per il resto della giornata, piuttosto che andare alla base.

Alla fine, Ghost l'aveva lasciata con un bacio, e le aveva detto di fare come se fosse a casa sua. Aveva girato da una stanza all'altra, e per la prima volta da quando era arrivata, era stata in grado di guardarsi intorno liberamente senza sentirsi a disagio. I gusti di Ghost riguardo i libri spaziavano dai vecchi western, alle autobiografie di famosi leader militari. Negli armadietti in cucina teneva proteine in polvere, insieme al ramen. Nella sua collezione di DVD non c'erano commedie romantiche, ma anche lì i suoi gusti erano eclettici, dalla fantascienza, ai documentari storici, ai film di guerra che si era aspettata di trovare.

Dopo aver pranzato, Rayne cominciò ad annoiarsi, così chiamò Mary. Sapeva che la sua amica aveva il giorno libero, dato che avevano parlato un po' ogni giorno; Mary non si fidava abbastanza di Ghost e voleva controllare di frequente, per assicurarsi che Rayne stesse bene.

«Ehi, Mary. Come stai?»

«Bene. *Tu*, come stai?»

«Alla grande. Ghost è tornato al lavoro oggi.»

«Ah, ti ha lasciata da sola in casa, eh? Che cosa hai trovato?»

«Come, scusa? Niente!»

«Stronzate. Ha una scorta di *Playboy* nel comodino?»

«Non ho guardato lì! Gesù, Mary. Ho solo dato un'occhiata al cibo, ai libri e ai film.»

«Ragazza, allora porta il culo nella sua camera, e guarda cosa c'è nei cassetti!»

«Mary!»

«Non dirmi "Mary" con quel tono, lo sai che lo vuoi.»

Rayne esitò per un secondo, poi scrollò le spalle; la sua amica la conosceva troppo bene. «Ok, vado.»

Mary rise, e aspettò di vedere cosa avrebbe trovato.

«Ok, sto aprendo un cassetto... niente di interessante... calzini.»

«Tiene i calzini vicino al letto? Strano. E dall'altra parte?»

«Non agitarti, dammi un secondo.» Risero entrambe mentre Rayne si spostava dall'altra parte del grande materasso. «Ooooh, ok. I preservativi che ha comprato l'altro giorno sono qui, e un tubetto di lubrificante.»

«Lubrificante? Ragazza, è meglio che non ne abbia bisogno, altrimenti sta facendo qualcosa di sbagliato.»

Rayne ridacchiò. «No, posso dire onestamente che non abbiamo ancora avuto bisogno di lubrificante, ma... oh!»

«Cosa? Che c'è? *Playboy*? *Playgirl*?»

«No... ehm... un piccolo vibratore, morsetti per i capezzoli e quei cosi con le palline.»

«Cosi con le palline?» chiese Mary, e Rayne sapeva che se

avesse potuto vederla avrebbe avuto un ghigno compiaciuto sul viso.

«Sì... sai... quelle cose che le donne si mettono dentro, e quando si strusciano l'una contro l'altra suonano? Penso che siano cinesi.»

«Le palline vaginali?»

«Credo di sì.»

«Porca puttana, Raynie... ti sei trovata uno kinky.»

Rayne si sentì arrossire e chiuse il cassetto. «Non è chissà cosa, almeno non ho trovato fruste e catene, o cose del genere.»

«Hai ancora tempo di guardarti intorno, ragazza.»

Rayne tornò nell'altra stanza e si lasciò cadere sul divano. «Mi annoio, Mary.»

«Ti annoi eh? Ne hai avuto abbastanza della tua vacanza forzata?»

Rayne annuì. «Sì. Credo di sì. Voglio dire, non mi importava quando Ghost era qui. Eravamo impegnati tutto il tempo.»

«Impegnati... sì... è così che lo chiami?»

«Stai zitta, maniaca sessuale. Intendevo dire che andavamo fuori a mangiare, o ai miei appuntamenti dal dottore, o guardavamo film... eravamo impegnati. Ma ora che è tornato al lavoro, e sono bloccata qui... mi annoio.»

Mary rimase in silenzio per un momento. «Sei pronta per tornare a casa, allora?»

«Sì. No. Merda. Può essere. Non lo so» si lamentò Rayne. «Adoro stare con Ghost, ma non mi piace stare qui e sentirmi inutile.»

«Sei pronta per ricominciare a lavorare? Sono sicura che il tuo capo ti lascerebbe tornare prima.»

«No!» La risposta negativa di Rayne fu rapida ed enfatica.

«Quindi non vuoi restare lì, non sai se vuoi tornare qui, sei annoiata, ma non vuoi tornare al lavoro» riassunse Mary, senza alcuna inflessione nel tono.

Rayne seppellì il viso nella mano. «Sono un disastro.»

«Sì, un po' lo sei» concordò Mary.

«Credevo che dovessi difendermi, farmi sentire meglio.»

«Mi dispiace, devi avermi confuso con una delle amiche del film "La donna perfetta", o qualcosa del genere» disse Mary sarcastica. «Senti, questo è solo il primo giorno in cui Ghost è al lavoro, giusto? Lascia che passi un po' di tempo. Leggi un libro. *Rilassati*. Hai sempre avuto difficoltà a stare seduta a non fare nulla. Sono sicura che stai ancora guarendo. Non avere fretta. Ma, Raynie, sappi che nel momento in cui sei pronta per tornare a casa, io verrò a prenderti.»

«So che lo farai. Ti voglio bene, Mary.»

«Perché non chiedi a Ghost se puoi prendere in prestito la sua macchina mentre è al lavoro? Puoi visitare i dintorni, vedere cosa ne pensi. Ti conosco, ti stai innamorando di lui, alla fine, se vorrai farlo funzionare dovrai trasferirti lì.»

Era proprio da Mary essere così schietta, e dire cosa stava pensando Rayne. «Non voglio lasciarti.»

«Tesoro, lavoro in una banca, non è che sia un impiego difficile da trovare altrove.»

«Ti trasferiresti qui con me?»

«Cazzo, sì, lo farei. Ti voglio bene, Rayne. Sei la mia più cara amica al mondo. Eri lì per me quando ho avuto più bisogno di te. So che non potremo vivere insieme per il resto della nostra esistenza. Alla fine le nostre vite potrebbero portarci in direzioni diverse, ma se posso sostenerti e aiutarti a trovare l'uomo dei tuoi sogni, e a far funzionare la relazione restando al tuo fianco mentre lo fai... perché non dovrei?»

«Gesù, Mary.»

«No! Non piangere! Non posso sopportarlo. Dì a Ghost che vuoi prendere in prestito la sua dannata macchina. Scopri se c'è un centro commerciale decente, se c'è uno Starbucks nelle vicinanze, se c'è un bar Country & Western dove posso rimorchiare uomini... sai, tutte le cose più importanti.»

Rayne fece una risatina. Dio, quanto era stata fortunata ad aver trovato Mary. «Ok, è una buona idea, lo farò.»

«Certo che lo è.»

«Ti chiamo domani e faccio rapporto?»

«Ti conviene.»

«Ti voglio bene, Mary. Grazie, mi fai sempre sentire meglio.»

«Ti voglio bene anche io, Raynie. Sul serio, sono felice per te. All'inizio non ero sicura di Ghost, ho visto quanto ti aveva ferito, e finora se la sta cavando bene per quanto ti riguarda, ma mi riservo di esprimere un giudizio quando lo dimostrerà in modo definitivo. Va bene?»

«Va bene. Ci sentiamo domani.»

«Ciao.»

«Ciao.»

Rayne chiuse la chiamata, sentendosi meglio ora che aveva un piano. Era stata preoccupata di dover abbandonare Mary. Era stupido, ma ne avevano passate tante, e vivevano vicine da molto tempo. Rayne si sentiva più legata a Mary che a Samantha, e non riusciva a immaginare di non poter andare a casa sua per un drink e un film ogni volta che ne aveva voglia.

———

Più tardi quella notte, sdraiata sopra Ghost, sfinita dopo essergli saltata addosso nel momento in cui erano andati a letto, Rayne cercando di essere il più disinvolta possibile, chiese: «Allora... hai già usato quelle palline vaginali?»

Strillando per la sorpresa quando Ghost la girò di colpo sulla schiena incombendo su di lei, si aggrappò alle sue braccia e alzò lo sguardo su di lui.

«Hai frugato nei miei cassetti, Principessa?»

«No... be'... sì. Non eri qui. Mi annoiavo.»

«Non le ho mai usate personalmente, ma le ho viste usare.»

«Viste?» Rayne arricciò il naso.

Lui ridacchiò. «Non di persona, in un video.»

«Porno?»

«Sì, Rayne, porno. Ti sorprende che un militare di carriera come me abbia visto un porno?»

«Ehm, no, ma...»

«È stato estremamente eccitante... sono sicuro che la reazione della donna fosse falsa ed esagerata, ma non riuscivo a smettere di pensare a cosa avresti potuto provare tu, e a come ti saresti dimenata e contorta, mentre tintinnavano dentro di te. So che non possono davvero provocarti un orgasmo, o almeno penso che sia così, ma immaginarle dentro di te, mentre usciamo a mangiare, e sapere come ti farebbero bagnare ed eccitare così da poterti scopare l'istante in cui arriviamo a casa... sì, ho deciso che avremmo potuto provarle.»

«Di me?»

«Di te, cosa?»

«Dentro di me, in particolare? O dentro una donna in generale?»

Ghost capì la sua domanda, le allargò le gambe con un ginocchio per potersi spingere contro il suo sesso, per far sì che lo sentisse indurirsi.

«Di te, Principessa. Prima di Londra, l'unica cosa che c'era in quel cassetto era una copia di *Playboy* e quel flacone di lubrificante. Ma dopo di te, ho guardato alcuni video, mi sono eccitato e ho subito comprato su Internet i morsetti e le palline, e li ho tenuti nel cassetto. È stato stupido, non avevo intenzione di farci niente, ma solo il pensiero che fossero lì, e l'immagine di come sarebbero stati su di te, e dentro di te, è stato sufficiente a farmelo diventare talmente duro che avrei potuto piantare chiodi.»

«Oh...»

«Vuoi provarli?»

«Che cosa? Adesso?»

«Perchè no?»

«Perché abbiamo appena fatto sesso?»

«Solo perché abbiamo appena fatto l'amore, non vuol dire che non puoi più avere un orgasmo. Potrebbe volerci un po' di più per me, ma posso garantirti, che vedere quanto godi con i miei giocattoli farà la magia in un baleno.»

Rayne gemette mentre Ghost si allungava verso la maniglia del cassetto. Sollevò la testa e gli mordicchiò la spalla mentre si muoveva sopra di lei. Non aveva idea di cosa avesse Ghost per renderla così disinibita, ma amava la sensazione. E amava lui.

CAPITOLO TRENTUNO

LA SUCCESSIVA SETTIMANA E MEZZO, passò velocemente per Rayne. Trascorse le giornate in giro per la zona di Killeen/Belton, per poi riferire a Mary, e le notti a venire amata quasi fino allo sfinimento da Ghost.

Era quasi ora che tornasse al lavoro. Aveva parlato con il suo capo e lui aveva accettato di tenerla sulla rotta Dallas/Fort Worth-Londra per un po', fino a quando non si fosse riambientata. Poi sarebbe tornata di nuovo nel normale turno internazionale.

Quel pensiero le fece venire voglia di vomitare, ma se ne fece una ragione. Era il suo lavoro; era quello che doveva fare.

Rayne sentì Ghost aprire la porta di casa, e quando non apparve subito, andò a cercarlo. Lo trovò in lavanderia a fissare un carico di vestiti sporchi, che non aveva ancora messo nella lavatrice. Da quando gli aveva chiesto di prestarle la macchina mentre era al lavoro, nell'ultima settimana circa, Ghost si era fatto venire a prendere da Fletch, e riportare da uno degli altri ragazzi del team.

Questa era la prima volta, da quello che ricordava, che

entrava in casa dal garage, e quindi passando per la piccola lavanderia.

«Ghost? Cosa stai facendo? Stai bene?»

La guardò. «Stai facendo il bucato.»

«Sì, quindi? Era sporco. Non vorrai andare in giro con i vestiti sporchi e puzzolenti, vero?» Rayne non capiva quale fosse il problema.

Ghost lasciò cadere il borsone sul pavimento e andò verso di lei. «Stai facendo il bucato.»

«Sì, Ghost» ripeté lei.

«Nostro. Il *nostro* bucato.»

«Hai sbattuto la testa oggi? Sono seriamente preoccupata per te.»

Ghost la sollevò per la vita e la posò sulla lavatrice. «Cazzo, adoro tornare a casa, entrare, e vedere le tue mutandine in mezzo ai miei boxer. Tornare a casa e sapere che sei qui, che mi aspetti. Non ne hai la minima idea.»

Le braccia e le gambe di Rayne furono percorse da brividi alle parole di Ghost, ma lui non si fermò. «Questo è ciò per cui combattiamo. Questo è ciò per cui siamo disposti a morire.»

«Per me che lavo i tuoi vestiti sporchi?» Non voleva essere sarcastica, la sua domanda era stata sincera, ma Rayne non capiva dove volesse arrivare.

Ghost appoggiò la testa contro la sua e chiuse gli occhi. Rayne sentì le sue mani stringerle la vita e spostarsi sotto la maglietta sulla parte bassa della schiena, dove la accarezzò.

Ghost sapeva che lei capiva esattamente ciò che stava facendo, non la stava accarezzando distrattamente, stava passando le mani sul suo tatuaggio, sul *loro* tatuaggio.

«Per tutta la vita, da quando ho iniziato a lavorare con il team, abbiamo salvato persone, abbiamo ucciso, siamo andati in ogni situazione senza fare domande, e ogni volta tornavo in una casa vuota. Facevo il mio bucato, mi cucinavo il cibo, pulivo l'appartamento. Cazzo, *amo* tornare a casa da te, Principessa. Tu fai sì che tutto ciò che ho fatto, ogni sacrificio che ho fatto, sia valso la pena.»

«Ghost...»

«Ti amo. So che è presto, so che le persone mi diranno che mi tieni per le palle, ma non me ne frega un cazzo. Sei mia. Ti ho lasciato una volta, e non lo farò più. Mi sei stata data perchè mi prenda cura di te, per proteggerti e amarti, non manderò tutto a puttane di nuovo.»

«Oh, mio Dio.»

«Non ti sto chiedendo di sposarmi. Non ti sto nemmeno chiedendo di trasferirti da me, anche se ho amato ogni secondo della tua permanenza qui.»

«Anche quando ho usato il tuo rasoio per depilarmi le gambe, e così ti sei tagliato quando hai cercato di raderti la mattina dopo?»

Ghost fece un piccolo sorriso, poi tornò serio. «Ogni volta che vorrai rubarmi il rasoio, fallo. Non me ne frega un cazzo. Ma sì, non sei perfetta, e nemmeno io lo sono, ma non mi dai addosso per le cose stupide che faccio. Amo questo di te. È una tra le milioni di cose che adoro. Ma sai cosa amo di più?»

«No» sussurrò Rayne, avvolgendo le gambe attorno alla vita di Ghost mentre aspettava la sua risposta.

«Che posso dire che ci stai provando. So che ti stai annoiando, Principessa. So che non sarai mai una casalinga che aspetta che il suo uomo torni a casa. Ma ci stai provando, per me. Per noi. E ciò significa per me più di quanto tu possa mai capire.»

Rayne inghiottì il groppo in gola. Aveva pensato di essere riuscita a nasconderglielo, ma avrebbe dovuto sapere che Ghost era troppo attento per lasciarsi sfuggire qualcosa del genere.

«È quasi il momento che tu torni al lavoro, giusto?» chiese, invece di insistere su ciò di cui Rayne era preoccupata.

Lei annuì. «Ho il turno Dallas/Forth Worth-Londra, a partire da questo fine settimana.»

«Lo hai chiesto tu?»

«Sì. Non sono ancora pronta per altro.»

Ghost si scostò, e le prese la testa fra le mani. «Ti amo, Rayne Jackson. Non riuscirei a sopportarlo se ti succedesse qualcosa.»

Rayne riuscì solo ad annuire, cercando di ingoiare il nodo in gola.

«Rimarrai qui finché non sarà necessario che torni a Fort Worth, vero?»

Annuì di nuovo.

«Ok, il punto è questo, a volte sarò in grado di dirti quando dobbiamo partire per una missione, altre volte potremmo non avere così tanto preavviso. Quando siamo partiti per l'Egitto lo abbiamo saputo circa quarantacinque minuti prima di dover essere all'aeroporto. Ma questa volta abbiamo ricevuto un preavviso, partiremo per una missione domani mattina.»

«Domani?»

Ghost annuì. «In realtà è un buon tempismo. Tu sei pronta per tornare al lavoro e a Fort Worth, ma vorrei che rimanessi qui, nella mia casa... nel nostro letto, finché non dovrai andartene. Va bene?»

«A che ora?»

Ghost spostò le mani, per spingere il sedere di Rayne e avvicinarla di più a lui, e la sollevò. Gli strinse le gambe intorno alla vita e si aggrappò, mentre lui andava nell'altra stanza per mettersi sul divano. «Presto. Probabilmente verso le tre.»

«Mi sveglierai prima di andartene?»

«Assolutamente. Non scapperò mai più dal nostro letto, Principessa. Non importa a che ora, ti sveglierò per salutarti.»

Rayne tirò su con il naso, cercando di trattenere le

lacrime. Questo era ciò che Ghost faceva, era un super-soldato, che doveva andare a salvare il mondo. Non poteva comportarsi da bambina a riguardo. «Ok» sussurrò. «Hai fame?» gli chiese, e vide spuntare un sorrisetto sul suo viso.

«Muoio di fame.»

Sorrise alla sua risposta maliziosa. «Intendevo di cibo.»

«Qualcosa mangerei, sì.»

«Bene. Ho fatto dei tacos, non è niente di speciale, ma era una cosa semplice, e non sapevo quando saresti tornato a casa.»

«Mi sembra perfetto. Devi sapere però che dopo mangiato...»

«Si?»

«Ti porterò a letto e ti farò venire in modo così violento che resterai dolorante, per assicurarmi che non ti dimenticherai di me.»

«Gesù, Ghost, fai sul serio?»

«Oh, sì, faccio sul serio. Ne avrò bisogno per tirare avanti fino al mio ritorno.»

Ghost aiutò Rayne a mettersi in piedi e sorrise al rossore sul suo viso. Si chinò e le baciò la guancia. «Andiamo, Principessa. Mangiamo, così possiamo andare a prenderci il dessert.»

CAPITOLO TRENTADUE

Rayne strinse le mani mentre sedeva sul seggiolino ribaltabile. Il volo da Dallas/Forth Worth a Londra era stato duro. Non era stato il viaggio in sé la parte difficile, era sapere di dover fare una sosta di una notte. Quello era il problema.

La compagnia aerea aveva messo lei e Sarah sullo stesso volo, pensando, giustamente, che avrebbero avuto piacere di incontrarsi, e che potesse far loro bene dopo quello che era successo. Rayne aveva abbracciato forte Sarah, e i loro colleghi erano stati così educati da ignorare le lacrime che avevano versato rivedendosi.

Il volo era partito senza intoppi. Non c'era stato nemmeno nessuno che avesse cercato di diventare un membro del "club dell'alta quota", il che era piuttosto insolito. Non sentendo alcun bisogno di visitare la città, soprattutto perché conservava ricordi meravigliosi di Ghost, e lui non era lì con lei, Rayne era rimasta incollata ai due piloti e agli altri assistenti di volo mentre si dirigevano verso l'hotel dell'aeroporto.

Lei e Sarah avevano diviso la stanza e parlato per la

maggior parte della notte della loro esperienza, e di quanto fossero felici di essere sane e salve.

Ora stava tornando nell'area di Dallas/Fort Worth, dopo aver sistemato i passeggeri per il lungo volo di dieci ore verso il Texas.

Rayne fece un respiro profondo. Ce l'aveva fatta, aveva superato l'ostacolo del suo primo viaggio, era stato come tornare in sella al cavallo dopo essere stata disarcionata.

L'unica cosa che avrebbe migliorato ancora di più le cose, sarebbe stato riuscire a parlare con Ghost dopo essere arrivata in albergo, mentre era in Inghilterra. Ma Rayne sapeva che probabilmente sarebbe successo spesso in futuro di voler parlare con lui, ma di non poterlo fare perché stava salvando il mondo.

———

Dieci giorni dopo Rayne infilò le chiavi nella borsetta e la appoggiò sul tavolino vicino all'entrata del suo appartamento, trascinò la piccola valigia in camera da letto e la lasciò lì, decidendo di occuparsene più tardi. Si tolse le scarpe e sospirò per il sollievo di avere i piedi liberi dai tacchi, che non aveva più indossato per tutto il tempo in cui era stata in convalescenza. Si lasciò cadere sul divano e vi appoggiò la testa contro.

Aveva un giorno libero, poi sarebbe tornata sull'aereo diretta di nuovo a Londra. Sarebbe stata su quella rotta per un'altra settimana, poi avrebbe dovuto decidere cosa fare. Il suo capo aveva lasciato intendere che il suo prossimo turno sarebbe stato Dallas/Fort Worth-Parigi-Sudafrica, ma il pensiero di dover mettere piede sul continente africano le faceva venire l'orticaria. Razionalmente sapeva che il Sudafrica non era l'Egitto, ma a livello emotivo, a suo parere, era troppo vicino.

Erano passate quasi due settimane da quando aveva salutato Ghost, e da allora non aveva più sentito niente. Lui l'aveva avvertita che non sarebbe stato in grado di parlarle mentre era via, tuttavia, sentirlo dire, e sperimentarlo, erano due cose completamente diverse.

Mentre si rilassava a casa di Ghost dopo che se n'era andato, aveva guardato il notiziario per le prime due o tre sere, e aveva chiamato Mary completamente fuori di testa per la notizia di un attentato terroristico in una metropolitana in Giappone. Per fortuna Mary l'aveva fatta ragionare, e le aveva detto di spegnere quel maledetto televisore e di smettere di immaginare le cose peggiori.

Il giorno successivo era andata a prenderla, e anche se Chase le aveva promesso di riportarla a Fort Worth quando sarebbe stata pronta, Rayne aveva bisogno di passare un po' di tempo con Mary, e ne era valsa la pena. Avevano chiacchierato per tutto il tragitto fino a casa, e quando Mary si era fermata davanti all'appartamento di Rayne, avevano deciso che i notiziari erano off limits, dato che tutto ciò che avevano fatto era stato stressarla, e farle avere gli incubi.

Rayne sapeva che avrebbe dovuto alzarsi dal divano, prepararsi per andare a letto, mangiare qualcosa, ma era così bello stare seduta a rilassarsi per un momento, che non riuscì a muoversi.

All'improvviso, il cellulare suonò accanto a lei.

Si guardò intorno confusa. Il suo appartamento era buio, a parte la luce che aveva acceso nell'ingresso quando era arrivata quella sera.

Guardò il telefono, e vide che erano le due del mattino. La chiamata in arrivo proveniva da un numero sconosciuto. Facendo scorrere subito il dito sullo schermo per rispondere, si chiese se magari potesse essere Ghost... finalmente. «Pronto?»

«Sto cercando Rayne Jackson» disse una voce con un leggero accento texano dall'altro capo del telefono.

Il battito del suo cuore accelerò e Rayne si raddrizzò sul divano. Era qualcuno dell'esercito? Chi poteva avere il suo numero e chiamarla a quell'ora? Non pensava che fosse uno dei compagni di squadra di Ghost, non ricordava nessuno di loro con un accento come quello di quest'uomo.

«Chi parla?»

«Sei Rayne?»

«Chi *parla*?» Ghost le aveva fatto un breve discorsetto prima di andarsene sul fatto che non voleva che le cose pericolose che faceva si ripercuotessero su di lei, e anche se *non* sarebbe dovuto succedere, le aveva chiesto di stare sempre attenta a ciò che poteva sfuggirle su se stessa, su di lui, su di loro, e su ciò che Ghost faceva per vivere.

L'uomo all'altro capo ridacchiò. «Vedo che Ghost ti ha insegnato bene. Il mio nome è Tex. Sono un suo amico.»

Rayne pensò freneticamente a cosa fare. Doveva credergli? Non doveva? Se avesse riattaccato, magari non avrebbe saputo qualcosa su Ghost, e quando sarebbe tornato? Decise di preferire di essere cauta. «E?»

«Vedo anche che Ghost non ti ha parlato di me.»

«No, non l'ha fatto.»

«Ok, come ho detto, mi chiamo Tex. In realtà sarebbe John, ma tutti mi chiamano Tex. Conosco anche Wolf e il suo team... lo hai incontrato un paio di mesi fa in Egitto, giusto?»

Quello la sorprese. Prima di tutto non sapeva chi fosse a conoscenza che i team SEAL e Delta erano stati in Egitto e, visto il modo in cui Ghost l'aveva portata fuori dal Paese, non era sicura che molte persone sapessero che *lei* era finita in Egitto, nel mezzo di tutto ciò che era successo.

«Sì, l'ho incontrato.» Continuò intenzionalmente a mantenere vaghe le sue risposte.

«Brava ragazza, non dirmi niente.»

Rayne arrossì per il piacere che provò a quelle parole. Non conosceva quell'uomo, ma era bello che riconoscesse i suoi tentativi di tenere per sé le informazioni.

«Guarda, le cose stanno così. Ti piace Ghost, vero?»

«Cos'è, Combinamatrimoni-punto-com?»

«Sono abbastanza sicuro che ti piaccia.» Tex ignorò la sua osservazione sarcastica. «Questa è stata la sua prima missione da quando siete stati insieme, e lui pensa di star facendo la cosa giusta, ma io e mia moglie abbiamo parlato, e pensiamo che non lo sia. Ecco il perchè della telefonata.»

Ora Rayne si sentiva a disagio. «Cos'è successo?»

«Due giorni fa, Ghost e il suo team sono tornati a Fort Hood. Ghost è stato ricoverato in ospedale per le ferite riportate durante la missione. Da quanto ne so è ancora lì, e dovrebbe essere dimesso entro i prossimi due giorni.»

I pensieri di Rayne erano confusi. «Che cosa? È uno scherzo?»

«No, Rayne. Non scherzerei mai su una cosa come questa. Chiama la tua amica, sali in macchina, viaggia con prudenza fino a lì. Il team dovrebbe essere in ospedale al tuo arrivo.»

«Sta bene?» La voce di Rayne era bassa e spaventata.

«Guarirà. E, Rayne?»

Si mise subito in moto e si diresse verso la camera da letto per indossare un paio di jeans e una maglietta. Doveva chiamare Mary, poi il suo capo; doveva scoprire con chi avrebbe potuto fare cambio di turno così da riuscire...

«Rayne.» La voce di Tex era profonda e autoritaria ora, come se sapesse quanto fosse nervosa.

«Sì?» Rimase immobile nel bel mezzo del corridoio, e strinse forte il telefono premendolo all'orecchio.

«Non permettere a Ghost di trattarti male. Se lo fa, rispondigli per le rime. Sei la miglior dannata cosa che gli sia mai capitata, e se gli permetti di allontanarti ne soffrirete entrambi. Mi hai capito?»

«Sì, ok.»

«Dico sul serio, Principessa. Non ho mai visto Ghost così... equilibrato, come da quando sei tornata nella sua vita.»

Fu l'uso del suo soprannome che la convinse del fatto che probabilmente l'uomo le stava dicendo la verità. Conosceva Ghost, e lui era tornato dalla missione... ed era ferito. «L'ha visto?»

«Be', no, era per modo di dire. Ma tengo d'occhio tutti i miei fratelli... e sorelle. So che hai conosciuto Tiger, qualche settimana fa.»

«Tiger?» Rayne non riusciva a pensare lucidamente.

«Sì, scusa, Penelope. Ma ora non è il momento. Vai da Ghost, Rayne. Starà bene. Te lo giuro.»

«Ok. Grazie per avermelo fatto sapere.»

«Prego. Ora vai a chiamare Mary. Ci sentiamo.»

Rayne allontanò il telefono dall'orecchio quando non sentì altro che silenzio dall'altra parte. Era tutto molto strano, ma non aveva proprio il tempo di pensarci. Compose rapidamente il numero di Mary, mentre correva in camera.

Dopo venti minuti erano già in viaggio, Mary aveva risposto al primo squillo ed era corsa subito nell'appartamento di Rayne, anche se era notte fonda. L'aveva aiutata a fare i bagagli, gettando più vestiti nella valigia, di quanti avrebbe pensato di portarne per sé, si erano precipitate nella macchina di Mary, e ora erano in viaggio.

Per fortuna a quell'ora il traffico intorno all'area Metroplex era quasi inesistente, quindi riuscirono a entrare sulla I-35, e a dirigersi verso sud, senza problemi.

Quando finalmente Rayne ebbe un po' di tempo per pensare, disse a Mary scusandosi: «Mi dispiace tanto, dovevi lavorare oggi, giusto?»

Mary scrollò le spalle. «Ho chiamato e lasciato un messaggio per David, e gli ho detto che ero rimasta sveglia tutta la notte con la diarrea e che non sarei andata.»

Rayne non era dell'umore di ridere, ma Mary sapeva sempre dire la cosa giusta. «Non l'hai fatto davvero!»

«Oh, sì. Quell'uomo non sa come comportarsi con le donne che lavorano per lui. Tutto ciò che dobbiamo fare è accennare che abbiamo qualche problema femminile, o qualcos'altro a cui non vuole nemmeno *pensare*, e ci spinge fuori dalla porta. È piuttosto divertente.»

«Sarà a corto di personale oggi se non ci sei?»

Mary guardò Rayne, che, anche se dava l'impressione di essere a posto, era sul punto di crollare. «Raynie, lavoro in una banca, ricordi? È tutto ok. Se qualcuno dovrà aspettare cinque minuti in più per ritirare un assegno circolare, o per depositare del denaro, non sarà la fine del mondo.»

«Sì, ok. Non voglio che ti ritrovi nei guai.»

«Non mi interessa se dovessero licenziarmi. Se hai bisogno di me, ci sono.»

Ecco, bastò quello per far crollare Rayne. Aveva cercato di trattenere le lacrime, ma sentire le parole della sua migliore amica fu la goccia che fece traboccare il vaso. Dannazione, non era mai stata un tipo piagnucoloso, ma sembrava che tutto ciò che aveva fatto ultimamente fosse piangere.

Mary non fermò la macchina, sapendo che Rayne voleva, e doveva, andare all'ospedale di Fort Hood, ma accarezzò la spalla dell'amica e le tenne la mano per supporto. Alla fine, dopo dieci minuti, Rayne si ricompose abbastanza da smettere di piangere.

«Cosa pensi sia successo? Perché non mi ha chiamato?»

Quello era il grande interrogativo che girava per la testa di Rayne. Perché questo Tex aveva dovuto chiamarla per farle sapere che Ghost era di nuovo nel Paese? Perché uno dei suoi compagni di squadra non l'aveva contattata? Perché non l'aveva fatto Ghost? Si era pentito di essere andato di nuovo a letto con lei? Stava cercando di rompere con lei? Tutto ciò che Rayne aveva erano domande senza nessuna risposta.

«Ehi, smettila» ordinò Mary, mentre guidava tranquilla verso sud. «Tormentarti con tutte quelle domande che so hai nella testa, non risolverà nulla, perché di sicuro io non conosco le risposte. Arriveremo lì e potrai chiedere a Ghost. Se non risponderà, metterò alle strette Trucker, e lo convincerò a dirmi che cazzo sta succedendo. Va bene?»

Rayne annuì. «Sì, ok. Piaci a Truck, quindi dovrebbe funzionare.»

«Che cosa? Non è vero che gli piaccio.»

Rayne guardò la sua amica, dispiaciuta di non poterla vedere bene nella debole luce del primo mattino che incominciava a mostrarsi oltre l'orizzonte. «Oh, sì, Mary, gli piaci. E penso anche, che lui piaccia a te.»

«Ti sbagli. È un brutto idiota. Sto cercando Tom Cruise, non Quasimodo.»

«Mary Michelle Weston! È una cosa orribile da dire» la rimproverò Rayne, sinceramente scioccata. Mary era famosa per dire le cose come le vedeva, ma Rayne non l'aveva mai sentita essere così crudele.

«Mi dispiace» si scusò subito. «Non lo intendevo davvero, ma lui mi fa diventare matta. È solo tanto... non lo so.»

«Forte? Virile? Autoritario?» suggerì Rayne in modo malizioso.

«Fastidioso» decise Mary.

«Avete passato solo un giorno insieme, non capisco come tu possa sentirti così infastidita da lui. Non lo conosci nemmeno così bene» rifletté Rayne, più a se stessa che a Mary.

«Lo so» Mary sospirò frustrata. «Non lo capisco nemmeno io, ma ti giuro che diceva le cose che sapeva mi avrebbero innervosito, *solo* per vedermi incazzata. Gli uomini di solito non fanno così con me, e questo mi ha confuso.»

«Voi due siete carini insieme. Solo non... non fare nulla che potrebbe presupporre che non volete più vedervi. È nel team di Ghost, e tu sei la mia migliore amica, probabilmente vi vedrete molto... se tutta questa storia funzionerà.»

«*Se* funzionerà? Rayne!»

«Be'? Pensavo che Ghost mi avrebbe chiamata l'attimo in cui fosse tornato. E ancora di più se era ferito. E se a causa di quello non avesse potuto farlo, pensavo che mi avrebbe chiamato uno dei suoi amici. Quindi, finché non so cosa sta succedendo, io...» si interruppe.

Persino Mary non sapeva come ribattere a ciò che aveva detto.

I chilometri volarono mentre Mary portava con fiducia la sua migliore amica a vedere il suo fidanzato. L'uomo che lei sapeva, Rayne era arrivata ad amare più della sua vita. Se lui pensava di rimuovere la sua amica come fango dalla suola di una scarpa, si stava sbagliando di grosso.

CAPITOLO TRENTATRÉ

MARY E RAYNE irruppero dalle porte dell'ospedale dopo essere arrivate da Fort Worth alla base dell'esercito in tempo record. Rayne non sapeva in quale stanza si trovasse Ghost, stranamente Tex non aveva sentito il bisogno di darle quell'informazione, così si avvicinò al banco dell'accettazione.

«Sono qui per vedere Ghost... ehm... Keane Bryson.»

«L'orario di visita inizia tra un'ora» la informò l'infermiera, dando l'impressione di non accorgersi dello stato di agitazione della donna di fronte a lei... o che non le importasse. «Potete aspettare nella sala d'aspetto laggiù.» Indicò in modo vago il corridoio. «Con tutti gli altri.»

Avrebbe voluto discutere, ma sapeva che sarebbe stato inutile, quindi Rayne si avviò lungo il corridoio con Mary. Immaginò che "tutti gli altri" di cui la donna aveva accennato, fossero i parenti e amici delle persone ricoverate nell'ospedale, ma quando oltrepassò la porta della piccola sala d'attesa, si rese conto che intendeva tutti gli altri che stavano aspettando di vedere *Ghost*.

Erano tutti lì. Fletch, Coach, Hollywood, Beatle, Blade e Truck, c'erano persino Wolf e Penelope. Vedere gli amici di

Ghost con lo sguardo preoccupato, la spaventò da morire. Stava più male di quanto avesse fatto intendere Tex? Era per questo che nessuno l'aveva contattata? Era così confusa, preoccupata, e stressata, da non riuscire a pensare in modo lucido.

Fletch si avvicinò a loro, prese Rayne per il gomito e la condusse a una sedia. «Che cosa ci fai qui, Rayne?»

Prima che potesse aprire la bocca per rispondere, Mary lo fece per lei: «Che cosa ci fa qui? Sei drogato? È qui perché il suo *fidanzato*, che non vede da più di due settimane, perché era chi-sa-dove a fare chi-sa-cosa, è stato *ferito*, e lei lo ha *appena* scoperto, anche se, a quanto pare, è qui da un paio di *giorni*.»

«Come l'hai scoperto?»

Neanche *quella* domanda piacque a Mary.

«Oh, questa è proprio bella» sibilò. «Siete tutti qui per sostenere il vostro compagno, ma nessuno di voi ha avuto il coraggio di chiamare per far sapere a Rayne che era qui? Che era tornato?»

Rayne decise che era meglio intervenire, altrimenti Mary li avrebbe fatti cacciare tutti fuori. La sua voce era troppo alta per un ospedale, a quell'ora del mattino – accidenti, per qualsiasi ora.

«Ragazzi, state tutti bene?» La sua voce sommessa penetrò nella tensione che permeava la stanza, e bloccò con successo la tirata di Mary.

Hollywood rispose: «Sì, stiamo tutti bene.»

«E Ghost?»

«Starà bene anche lui» rispose in modo vago.

Rayne si sedette a disagio, guardando i compagni di squadra di Ghost, e non sapendo cosa dire. Aveva un peso nello stomaco che non voleva andarsene.

Mary, indignata, annunciò che sarebbe andata a cercare un caffè. Rayne rimase seduta in silenzio a guardare l'orologio, aspettando che il tempo passasse in modo da poter vedere di persona che Ghost stava "bene", e ottenere alcune risposte sul motivo per cui i suoi compagni si stavano comportando come se lei avesse visto il ladro del Watergate o qualcosa del genere.

Alla fine, dopo un'ora, Rayne si alzò e senza dire una parola si diresse verso la porta. Girandosi, chiese con calma, a nessuno in particolare: «In che stanza si trova?»

Fletch si alzò in piedi. «Vengo con te.»

«Anch'io» dichiarò Mary, ma venne fermata dalla mano di Truck sulla spalla.

«Lasciala andare.»

L'ultima cosa che Rayne sentì, fu Mary scattare contro Truck perchè non la lasciava uscire dalla stanza. La cosa l'avrebbe fatta sorridere, ma al momento non era dell'umore giusto. Fletch le fece strada fino alla stanza 227 senza parlare. Bussò una volta, e aprì la porta.

«Ehi, amico, hai una visita.»

Una visita? Avrebbe preferito essere chiamata "la tua fidanzata", ma non se la prese con Fletch. Rayne entrò nella stanza, e notò che Fletch l'aveva seguita ma era rimasto vicino alla porta, invece che avvicinarsi al letto.

Ghost era seduto con tre cuscini dietro la schiena. Il suo braccio sinistro era appoggiato sopra un cuscino che aveva in grembo, ed era avvolto da bende dal polso fino alla parte superiore. Non indossava una maglietta o uno di quei camici da ospedale, e il suo petto muscoloso era nudo nella stanza calda.

I suoi capelli castani erano bruciati su un lato della testa, e lo faceva sembrare asimmetrico. Teneva le labbra schiacciate in una linea retta, e se ne avesse avuto l'abilità, avrebbe sparato fuoco dagli occhi.

Rayne aveva visto Ghost in molti modi; ridere, preoccupato, concentrato, perso nell'orgasmo, felice, ma non l'aveva mai visto tanto arrabbiato come lo era in quel momento.

Sapendo che era arrivata troppo vicina per tirarsi indietro, disse esitante: «Ehi, Ghost.»

Lui non la guardò nemmeno, i suoi occhi erano puntati su Fletch. «Ma che cazzo?»

Fletch non sembrò per niente turbato, si appoggiò alla porta e scrollò le spalle. «È arrivata stamattina con Mary.»

Rayne si rifiutò di fare un passo indietro, ma lo sguardo che Ghost puntò su di lei, la fece un po' tremare. «Come hai scoperto che ero qui?»

«Mi ha chiamato Tex.» Rayne non pensò nemmeno di mentire, era così incazzato.

«Maledetto Tex» disse Ghost sottovoce, e guardando di nuovo Fletch: «Portala fuori di qui.»

«Aspetta un secondo» protestò Rayne, ma sentì la mano di Fletch sul suo braccio. Tentò di divincolarsi dalla sua presa, ma si fece solo male, così gridò e ordinò: «Ahi! Lasciami andare!»

«Fletch...» La voce di Ghost era bassa e dura − e conteneva un monito per il suo amico.

Rayne non sapeva se il monito era perché la portasse fuori dalla stanza, o di non farle del male. In ogni caso, l'aveva già ferita Ghost. Raddrizzò le spalle e gli lanciò un'occhiataccia. «Non capisco. Ghost, parlami.»

Ma aveva già voltato la testa per guardare fuori dalla finestra, congedandola.

Fletch la condusse fuori dalla stanza e lungo il corridoio, fino in sala d'aspetto, senza lasciarle il braccio finché non furono dentro.

Rayne non capiva, forse Fletch pensava che avrebbe cercato di sfuggirgli per correre di nuovo da Ghost? Sì, certo. L'uomo aveva fatto capire chiaramente cosa pensava del fatto che lei fosse andata a trovarlo. *Molto* chiaramente, in effetti.

Quando entrarono, Mary si avvicinò a lei e gli altri uomini si alzarono. Rayne vide Fletch scuotere la testa ai suoi compagni di squadra, in una specie di comunicazione silenziosa.

«Cos'è successo? Sta bene? Cosa sta succedendo?» domandò Mary

«Non ha voluto vederla» osservò Fletch con calma.

«Che cosa?» strillò Mary, pronta per un testa a testa con Fletch.

«Siediti, Mary» ordinò Rayne, sistemandosi su una sedia e incrociando le braccia al petto con fare bellicoso.

«Rayne?» Mary allungò il suo nome come se stesse facendo quattro domande con una sola parola.

«Se Ghost pensa di aver chiuso con me, si sta facendo di crack. Che stronzo! Non posso credere a ciò che ha appena fatto.» Rayne era inarrestabile, e non vide gli sguardi preoccupati sui volti degli amici di Ghost trasformarsi in sorrisetti. «Non so quale sia il suo problema, ma non vado da nessuna parte.»

«Ma Rayne, ti ha buttato fuori» disse Mary confusa.

»Sì, lo ha fatto, ma suppongo che abbia buttato fuori anche tutti *questi* idioti, altrimenti sarebbero in camera con lui, o almeno ci andrebbero a turno» dichiarò Rayne, indicando con la testa gli uomini nella stanza. «È troppo testardo, non sarò stata a lungo con lui, ma questo lo so. Probabilmente ha quest'idea assurda di non volermi far del male, o qualche cazzata del genere, e in questo modo pensa di proteggermi. Vaffanculo, stronzo!» Rayne sollevò lo sguardo per la prima volta verso gli uomini nella stanza.

Fletch poteva vedere la devastazione nei suoi occhi, ma era davvero orgoglioso che lei rimanesse ferma nella sua posizione e non permettesse a Ghost di cacciarla via.

«Come...»

«Sai che non possiamo parlare della missione» disse Beatle, interrompendo la sua domanda.

Il muscolo della mascella di Rayne si contrasse mentre

stringeva i denti. «Questo. Lo. So.» disse in tono piatto, ovviamente omettendo la parola "stronzo". «*Stavo* per chiedere, come sta?»

Fletch rispose per tutti. «Sta bene.»

«Bene» mormorò Rayne. «È come cavar sangue da una pietra.» Alzando la voce, riformulò la domanda in modo diverso. «Sembra che sia stato ustionato. Quanto è grave?»

Fu Coach che ebbe pietà di lei e le disse ciò che voleva sapere. «La maggior parte delle ustioni sono di secondo grado. Alcune di terzo grado sul braccio. L'esplosione è stata un po' troppo vicina, ma lui con molta tranquillità, si è fermato ed è rotolato a terra come da procedura contro il fuoco e ci ha fatto uscire di lì.»

«Innesti cutanei?»

«Sì, gli hanno tolto della pelle dalla gamba per rattoppargli il braccio.»

«Dalla gamba?» chiese Rayne, per la prima volta con il panico nella voce.

«Dalla parte interna della coscia, non dal polpaccio» la rassicurò Fletch, sapendo esattamente di cosa fosse preoccupata. I medici non usano la pelle tatuata per gli innesti.

Rayne sospirò di sollievo. Se avessero rovinato il suo tatuaggio, sarebbe stato un peccato. «Ok, allora? Voi ragazzi andate lì a turno per farlo incazzare? È questo il piano?»

Penelope le sorrise dall'altra parte della stanza, e parlò per la prima volta. «Più o meno. Tex ha chiamato anche te?»

Rayne annuì.

«Sì, come ha fatto con me. Ti assicuro che quell'uomo adora intromettersi.»

«È andata tanto male, Rayne?» chiese Blade, dal suo posto appoggiato al muro.

Rayne sapeva cosa intendeva. «Di certo non è stato il bentornato che mi aspettavo, te lo posso assicurare.»

«Cazzo, meno male che non sei scappata via piangendo»

disse Beatle. «Sul serio. Ci ha ordinato di non chiamarti, e per quanto fosse stata una pessima idea, obbediamo agli ordini. Ma quell'uomo ha bisogno di te. La prima cosa di cui si è lamentato quando siamo stati... al sicuro, è stata di come questo incidente ti avrebbe ucciso.»

«Non mi ucciderà» protestò Rayne. «Che cosa pensava?»

«Non lo so, ma sul serio, faremo tutto il possibile per aiutarti, anche se non è contento che tu sia qui» le disse Fletch.

«Ma davvero, Sherlock» borbottò Rayne. Poi disse con voce più decisa: «Non sono di certo felice che lui sia qui, ma non mi ucciderà. E ti dirò una cosa, non vado da nessuna parte.»

«Non dovresti andare a Londra domani mattina?» chiese Mary, sempre la voce della ragione.

Rayne si accasciò sulla sedia. «Oh. Sì. L'avevo dimenticato. Maledizione.»

«Me ne occupo io» disse Truck, avviandosi verso la porta.

«Che cosa? Come?» protestò Rayne, mentre lui spariva senza aggiungere altro. Guardò gli altri uomini. «Cosa farà?»

Hollywood scrollò le spalle. «Non ne ho la minima idea, ma se Truck dice che se ne occuperà, lo farà.»

Rayne sapeva che probabilmente avrebbe dovuto protestare un po' di più, ma in tutta onestà, era davvero molto bello non doversene preoccupare, al momento. Era rimasta scioccata e ferita dalle parole e dal comportamento di Ghost, ma continuava a ricordare ciò che le aveva detto Penelope, e ciò a cui aveva pensato mesi fa quando Ghost aveva cercato di dirle che non sarebbe mai stato un tipo romantico.

Questi uomini non sarebbero mai stati romantici come nei romanzi, Ghost non l'avrebbe mai riempita di regali e paroline dolci. Oh, *sapeva* essere dolce, ma in un modo più da duro. Ghost era protettivo nei suoi confronti, e preferiva provocare dolore a *se stesso* piuttosto che a lei.

Quindi, con tutti quei pensieri che le frullavano in testa, le parole e le azioni di Ghost le provocarono una strana sensazione, che non le piacque, e più tardi gli avrebbe detto che avrebbe dovuto prendersi più cura di lei, anche se nel profondo sapeva, che in quel modo la stava proteggendo.

Non l'aveva chiamata perché non voleva che lo vedesse in quello stato: ferito e sofferente. La loro relazione era ancora agli inizi, e Rayne pensò che non voleva che si preoccupasse per lui. Stava proteggendo se stesso, tanto quanto lei. O almeno sperava che fosse così.

Anche se la faceva incazzare, capiva. Quando era stata all'ospedale, c'erano state delle volte in cui avrebbe voluto mandare via Ghost. Non era al suo meglio, si sentiva di merda, e non voleva che lui la vedesse in quel modo. Doveva essere mille volte peggio per un uomo come Ghost, sentirsi indifeso e impotente era impensabile per lui.

Quindi... lo avrebbe aspettato. Sarebbe rimasta qui con i ragazzi e Penelope, e avrebbe aspettato che Ghost venisse dimesso. Poi gli avrebbe fatto capire che si stava comportando da idiota. Se pensava che sarebbe andata via solo perché glielo aveva ordinato lui, era ovvio che non la conoscesse molto bene.

CAPITOLO TRENTAQUATTRO

A TARDA SERA, Rayne sgattaiolò lungo il corridoio fino alla camera di Ghost. Le infermiere all'accettazione ignorarono il suo terribile tentativo di essere furtiva, forse perché si sentivano dispiaciute per lei, o perché uno dei compagni di squadra di Ghost le aveva gentilmente convinte a lasciarla passare. Non le importava il motivo, finché avesse avuto la possibilità di vederlo.

Le sue bruciature stavano guarendo bene, e sarebbe tornato a casa il giorno dopo. Fletch, quel pomeriggio, l'aveva portata a casa di Ghost per farle fare una doccia e per portare lì le sue cose. Gli aveva detto di tornare a prenderla dopo due ore, e aveva pulito il più possibile prima del suo ritorno.

La casa era esattamente come l'aveva lasciata un paio di settimane prima, ma il borsone di Ghost era appoggiato a terra sotto il portico. Lo aveva svuotato e fatto una lavatrice. Aveva cambiato le lenzuola, in modo che fossero fresche e pulite, e aveva esaminato la situazione dei generi alimentari, ripromettendosi di chiedere a Fletch di fermarsi al supermercato, prima che la riportasse di nuovo lì.

Rayne aprì la porta della stanza 227 e sbirciò dentro.

Ghost era più o meno nella stessa posizione in cui lo aveva visto quella mattina. Seduto sul letto con il braccio ferito appoggiato su un cuscino in grembo, gli occhi erano chiusi, e il suo respiro era lento e regolare.

Non volendo svegliarlo ed essere trattata di nuovo male, Rayne si diresse furtivamente verso la sedia ai piedi del letto. La sollevò con cautela, per non fare rumore, e la posò con delicatezza accanto al materasso, dal lato del braccio sano. Tirò la sedia il più vicino possibile al letto, e si sedette in silenzio.

Guardò Ghost dormire per un po', memorizzando di nuovo il suo viso. Gli era mancato così tanto, e solo essere al suo fianco fece sì che l'agitazione che aveva nello stomaco si calmasse per la prima volta da quando lui era partito.

Il ritmo del suo respiro mise Rayne in una specie di trance, e barcollò sulla sedia. Con attenzione, cercando di non scuotere il letto o le coperte o, cosa più importante, il suo braccio ferito, Rayne appoggiò la testa sul materasso, accanto al fianco di Ghost. Si limitò a chiudere gli occhi per un secondo, era rimasta sveglia molto più a lungo di quanto fosse abituata, e aveva sperimentato diversi alti e bassi di adrenalina nel corso della giornata. Era esausta.

Ghost capì l'istante in cui Rayne si addormentò, aprì gli occhi e guardò la donna che amava. L'aveva percepita nell'attimo in cui era entrata nella sua stanza. Non solo aveva sentito il delizioso profumo del suo shampoo, ma non era stata così furtiva come pensava. Inoltre, era un Delta, era estremamente improbabile che qualcuno potesse intrufolarsi senza che se ne accorgesse, ferito o no.

Rayne sembrava esausta, aveva le occhiaie e il suo viso era più pallido di quanto Ghost ricordasse. Sollevò la mano per scostarle i capelli dal viso e si bloccò. La riportò al suo fianco e sospirò. Lei non dovrebbe essere lì. Glielo aveva già detto, ma Coach gli aveva ricordato che era stato Tex a chiamare sia lei, sia Penelope, per far sapere loro che era tornato e si trovava in ospedale. Accidenti a quell'uomo.

Non c'era nessuno che Ghost volesse vedere più di Rayne, ma non era giusto per lei. Non voleva farla preoccupare, e rimanere ferito durante la prima missione dopo che si erano messi insieme, non era il modo migliore per impedirle di preoccuparsi. Il suo piano era stato quello di aspettare fino a quando le sue ferite non fossero guarite, e poi liquidarle come nulla di grave quando l'avrebbe rivista. Aveva cercato di convincersi che non sarebbe stata una bugia, ma guardando Rayne, ora, sapeva che aveva rovinato tutto di nuovo. Aveva promesso di non mentirle mai più, e invece l'aveva rifatto; certo, per omissione, ma una bugia era una bugia, e proprio la prima volta che era stato messo alla prova.

Si era comportato da stronzo quella mattina, ma lo shock di vedere Rayne nella sua stanza, più bella di quanto ricordasse, senza esserne preparato, era stato grande. Non voleva che lo vedesse ferito e sofferente. Voleva essere tutto intero per lei, per essere la sua roccia, l'uomo indistruttibile che sarebbe sempre stato in grado di proteggerla.

«È stata un bello spettacolo da vedere stamattina.»

Ghost sollevò lo sguardo dal viso addormentato di Rayne, e vide Fletch sulla soglia. Le sue parole erano state sussurrate, a malapena udibili da una persona normale, ma Ghost le sentì bene.

Tornò a guardare Rayne. Non riuscendo a resistere, le prese una ciocca di capelli e la sfregò tra le dita, amando la sensazione di morbidezza.

«Pensavo che l'avessi distrutta, sei stato proprio uno stronzo. Ero pronto a difenderti, a consolarla, a lasciarla piangere sulla mia spalla, ma dannazione, si è avviata di gran passo verso la sala d'attesa, e si è lasciata cadere su una sedia, decisa a non muoversi da lì. Ormai ti ha inquadrato, Ghost, è la tua partner perfetta.»

Ghost tenne cocciutamente la bocca chiusa.

Fletch continuò come se stesse facendo una vera conversazione con il suo leader, invece che una a senso unico. «L'ho portata anche a casa tua oggi, su sua richiesta ovvio. Ha fatto la doccia di cui aveva bisogno, dal momento che era saltata giù dal letto senza pensarci due volte, quando Tex l'ha chiamata stamattina. Ha lavato la tua roba, e ha fatto una lista della spesa per dopo. Piena di schifezze salutari come zuppa di pollo e succo d'arancia. Ho visto che ci ha persino messo i preservativi.»

Ghost alzò lo sguardo e vide le labbra del suo amico piegarsi in un ghigno di derisione. «Sì, idiota. L'hai trattata di merda e ha ancora a cuore i tuoi interessi, e vuole stare con te. So che non volevi che ti vedesse all'ospedale, ma è successo. Datti una calmata e scusati. Ho parlato con Mary, e sembra che Rayne stia cercando di affrontare altri problemi nella sua vita oltre a te. Tira fuori le palle, e parla con la tua donna. Aiutala, Ghost. Il suo lavoro le sta pesando e sta avendo delle difficoltà, e tu che cerchi di respingerla di certo non aiuta. Smettila di fare l'idiota e occupati di ciò che è importante, è proprio lì davanti a te.»

Senza dargli la possibilità di difendersi – non che Ghost lo avrebbe fatto, dato che ogni parola uscita dalla bocca del suo amico era la pura e semplice verità – Fletch si voltò e lasciò la stanza.

Ghost tornò a guardare Rayne. Era piegata sul letto, le mani in grembo, e dormiva il sonno degli esausti. Avrebbe potuto andare in un albergo, o a casa sua. Avrebbe dovuto fuggire quella mattina, dopo che era stato tanto orribile con lei. A essere onesti, era ciò che si aspettava. Ma eccola qui, a dormire al suo fianco, per qualche ragione voleva stare con lui, anche in un momento in cui pensava che lui non se ne accorgesse.

Era davvero orgoglioso che non fosse scappata in lacrime,

ma l'aveva ferita, e questo lo distruggeva. Aveva voluto solo proteggerla da questo lato del suo lavoro, ma lei non era stupida, si era trovata nel mezzo di una delle sue missioni, sapeva meglio di chiunque altro cosa faceva e i rischi che correva.

Gemette sottovoce. Aveva fatto un casino. Immenso. Aveva molto da farsi perdonare dalla sua donna, sperava che glielo avrebbe permesso, ma il fatto che fosse qui, accanto a lui, ora, gli fece pensare che avesse una possibilità.

Ghost appoggiò la testa contro i cuscini e cercò di non pensare al dolore pulsante sul suo braccio. Le ustioni di terzo grado facevano male da morire. Rifiutando di premere il pulsante che avrebbe permesso ai farmaci che gli intorpidivano la mente di entrare nel suo corpo attraverso la flebo, e alleviare il dolore, chiuse gli occhi. Strofinare i capelli di Rayne tra le dita della mano incolume lo calmò. Lei era qui. La sua Principessa era qui.

La volta successiva che Ghost aprì gli occhi, vide quelli castani di Mary che lo fissavano pieni di rabbia. Si guardò intorno, sperando di vedere qualcun altro, chiunque altro, ma erano solo loro due. Non gli diede nemmeno un momento per orientarsi.

«Mi ha chiamato alle due e trenta del mattino in agitazione, per venire qui da te. Stava per guidare fin qui da sola... e probabilmente si sarebbe uccisa, o avrebbe ucciso qualcun altro nello stato in cui si trovava. Dovrebbe essere in aeroporto proprio in questo momento, pronta per il suo volo... sai... il suo *lavoro*? Invece, sta correndo di qua e di là per assicurarsi che tu abbia tutto ciò di cui avrai bisogno quando torni a casa, e non sa nemmeno se sarai gentile con lei quando ci tornerai. Ha tormentato dottori e infermiere perché venissero a darti dei farmaci per il dolore, per far sì che tu non soffra, e so che ha una lista della spesa lunga un chilometro per dopo, quando uno dei ragazzi la accompagnerà, in modo da poter riempire la tua dispensa. Se pensi anche solo per un secondo che la tua stronzaggine l'abbia spaventata, ti sbagli.»

Mary fece un respiro profondo e si sporse verso Ghost, senza distogliere gli occhi da lui. «Ti ama, stupido idiota. Non ho la minima idea del perché, al momento, ma è così. Questa situazione è ancora nuova tra di voi, e devo dirtelo, sono propensa a metterla in guardia su di te ogni volta che ne avrò l'occasione. Lei potrà pure adorare la terra su cui cammini, e puoi anche avere il team che pende dalle tue labbra, ma hai ancora molta strada da fare per convincere me sul fatto che sei giusto per lei.»

«Hai ragione.»

«E se pensi che ti permetterò di abusare mentalmente di lei e...» le parole di Mary si bloccarono, quando elaborò quello che aveva detto Ghost. «Che cosa?»

«Ho detto che hai ragione, sono stato uno stronzo. Avevo intenzione di aspettare di essere fuori dall'ospedale e di stare meglio per chiamarla. In realtà, sarei venuto a Fort Worth per sorprenderla con il fatto che ero a casa.»

«Avrebbe potuto funzionare con altre donne, ma non funzionerà mai con Rayne» lo informò Mary. «Avrebbe capito che eri stato ferito e si sarebbe preoccupata. Avrebbe pensato che le stavi nascondendo qualcosa e probabilmente *ti avrebbe* cacciato via, pensando che lo avevi fatto perché volevi liberarti di lei.»

All'espressione confusa sul volto di Ghost, Mary rise, ma non divertita. «Sì, è un casino. Ma Rayne è stata innamorata di te per sette mesi. Non lo ammetterebbe mai, ma ti ama da quando vi siete conosciuti a Londra. Tende a fare per gli altri, molto più di quanto consenta loro di fare per lei.»

«Le cose cambieranno»

«Vedi? Tu parli, ma poi le tue azioni non corrispondono alle parole.»

«Vai a cercarmi un dottore, Mary. Me ne vado da qui.»

Mary si alzò, e si fissarono negli occhi per un momento prima che lei annuisse. «L'ho detto una volta, ma vale la pena ripeterlo, la giuria deve ancora decidere per quanto mi riguarda. Tratta bene la mia amica e non avrai problemi con me. Ma se ho un *sentore* che la stai screditando, che la fai sentire in colpa per qualcosa, o anche solo che la rendi triste, te la porterò via così in fretta, che non ti renderai nemmeno conto di cosa stia succedendo.»

«Non devi preoccuparti per quanto mi riguarda, da adesso in poi. Hai la mia parola come uomo e come Delta.»

Mary annuì di nuovo e andò a cercare un dottore.

CAPITOLO TRENTACINQUE

«FLETCH? SEI TU? ARRIVO SUBITO!» gridò Rayne, mentre in fretta cercava di mettere l'ultimo dei vasetti nell'armadietto. «Hai sentito qualcosa? Ghost tornerà a casa oggi?»

Quando Fletch non rispose, Rayne si girò per chiedere di nuovo, ansiosa di sapere se Ghost sarebbe stato dimesso dall'ospedale, sapeva che probabilmente stava diventando pazzo. Doveva ancora decidere se sarebbe rimasta a casa sua una volta tornato. Non aveva intenzione di andare da nessuna parte finchè non avessero chiarito le cose, ma se lui avesse avuto dolori, e bisogno di un giorno o due per riprendersi, glieli avrebbe concessi volentieri, prima di confrontarsi.

Si fermò quando non vide Fletch ma proprio Ghost dall'altra parte del bancone.

«Oh, Ghost. Sei uscito?»

Lui sorrise alla sua domanda, poiché era ovvio che fosse stato dimesso, visto che era proprio lì di fronte a lei. «Sì, Principessa. Non è che abbia dovuto fare in modo che i ragazzi mettessero in atto una missione di ricognizione segreta, per trovare e convincere i medici a dimettermi dall'ospedale.»

Un rossore le si diffuse sul viso.

«Bene, sì, ottimo. Ti, ehm, ho preso delle cose, quindi sei a posto. Non avevi molta roba da mangiare, ho pulito tutto prima di uscire l'altro ieri. Il bucato è tutto lavato e messo via. Hai, oh...»

Rayne si interruppe bruscamente mentre Ghost si avvicinava. Per ogni passo che lui faceva in avanti, lei ne faceva uno indietro, fino a quando il suo sedere colpì il bancone, e dovette fermarsi.

Rayne non aveva esattamente paura di Ghost. Anche se era più grande di lei, e sapeva senza dubbio che poteva farle del male, sapeva anche che non le avrebbe mai messo le mani addosso. Erano le sue eventuali parole a renderla nervosa, al momento. Poteva annientarla con le parole, e non era ancora pronta a sentirle. Si era preparata per dirgliene quattro, per averla fatta sentire una merda, ma ora che ne aveva la possibilità se la stava facendo sotto.

Ghost vide la paura nei suoi occhi, e odiò il fatto di averla provocata lui. «Principessa. Dio. Non ti farei mai del male.»

«Sì, lo so» disse, ma non lo guardò negli occhi.

«Quando mi sono svegliato ieri avevo un sacco di dolori, e stavo già ripensando alla mia decisione di non farti sapere che ero tornato. Sembrava la cosa giusta da fare quando stavamo volando verso casa, ma nell'attimo in cui le parole hanno lasciato la mia bocca, l'istante in cui ho visto la tua reazione, è stato come se ti avessi tirato un pugno in faccia.»

«Ghost, io...»

«Ero frustrato, ferito, e mi rodeva dentro non poter balzare giù dal letto e seguirti.»

Rayne rimase zitta ad ascoltarlo, mentre Ghost continuava a mettere a nudo la sua anima. «Ti amo, Rayne, e non sono solo parole per me, non le ho mai dette a nessun'altra donna nella mia vita. Te l'avevo detto quando eravamo a Londra che faccio schifo nelle relazioni, e penso che ora dovrai essere d'accordo. Però non devi mai, e intendo proprio mai, pensare che non ti amo, non importa le cose che potrei dire o fare.»

«Non hanno rovinato il tuo tatuaggio, vero?»

Non erano per niente le parole che Ghost si era aspettato di sentire, e gli ci volle un momento per recepirle. «No. L'innesto è stato preso dalla parte interna della coscia. Ho minacciato tutte le infermiere e i dottori che si sono avvicinati a me, che se avessero toccato un millimetro del mio tatuaggio, le loro vite sarebbero state in pericolo.»

Rayne voltò la testa come se stesse riflettendo su quello che le aveva detto. «Allora, hai bisogno di riposarti.»

«Rayne...»

Lei scosse la testa. «Vai. Puoi sederti sul divano se vuoi, ma quella gamba deve farti male. So che hai avuto ustioni di terzo grado, e Dio sa perché i dottori ti hanno già fatto uscire, probabilmente perché sei irritante e cocciuto. Ma se eri così determinato a uscire dall'ospedale, allora dovrai avere a che fare con *me*. Quindi, vai a sederti.»

Ghost fece come gli aveva chiesto Rayne e indietreggiò senza perdere il contatto visivo, finché lei non si girò verso l'armadietto per cercare qualcosa. Si sedette in mezzo al divano e la guardò darsi da fare in cucina.

«Hai fame?» gli chiese.

«No.»

«Sete?»

«No.»

«Be', ci sono dei panini in frigo per dopo, se hai bisogno di qualcosa. Cerca di non esagerare e rovinare quel braccio più di quanto non lo sia già.»

Ghost voleva tanto avvicinarsi a Rayne, prenderla in braccio e portarla nel suo letto – nel *loro* letto – gettarla sopra e farla tacere nel modo migliore che conosceva, ma non era sicuro di cosa stesse succedendo nella sua testa, e doveva saperlo prima di fare qualsiasi altra cosa che potesse danneggiare la loro relazione.

Finalmente, finì qualunque cosa stesse facendo in cucina, e si sedette sul divano accanto a lui. Non lo toccò, ma almeno non aveva scelto la poltrona dall'altra parte della stanza.

«Non farlo più.»

Ghost non era sicuro quel "farlo" a cosa si riferisse, ma acconsentì subito. «Non lo farò.»

Rayne era più sveglia di chiunque altro conoscesse, e glielo chiese apertamente: «Che cosa non farai?»

«Qualunque cosa; mancarti di rispetto, essere imbronciato con te quando in realtà sono incazzato con me, non avvertirti l'attimo in cui torno negli Stati Uniti, non salutarti con un bacio quando ti rivedo.»

«E sul fatto di farmi soffrire?»

Ghost sospirò. «Purtroppo, Principessa, non posso prometterlo. Sono un coglione, lo sai. Molto probabilmente in futuro dirò e farò cose che ti feriranno, ma *posso* promettere di non farlo di proposito. Se mi riprenderai quando succederà, farò del mio meglio per contenermi.»

Rimase zitta per un po', poi alla fine disse con voce sommessa: «Il mio primo pensiero quando tu e Wolf avete fatto irruzione in quella stanza in Egitto, e mi sono resa conto che eri tu − non un soldato qualunque, ma *tu* − è stato di dirti di andartene. Per quanto volessi venire salvata, ero imbarazzata di essere così vulnerabile, volevo che ti ricordassi di me come mi avevi visto l'ultima volta... a carponi davanti a te, a prendere con entusiasmo tutto quello che avevi da offrirmi.»

Le sue parole fecero pulsare il cazzo di Ghost, ma rimase lì in silenzio, accanto a lei, lasciandola sfogare su qualunque cosa avesse bisogno di dire.

«Invece hai dovuto vedermi legata e indifesa... e mezza nuda. Mi sentivo umiliata e imbarazzata, e avevo sognato che quando mi avessi rivisto, sarebbe stato in un momento in cui mi sentivo sexy e bella. Così, quando mi hai cacciato in malo modo dalla tua stanza, e mi hai fissato con uno sguardo glaciale, giuro su Dio che ho visto in te la stessa cosa che ho provato *io* in Egitto.»

Lo guardò, sperando che comprendesse. «Ho capito, Ghost. So perché l'hai fatto. Davvero. Ma quello che devi capire *tu*, è che rimarrai sempre la mia spia super segreta, l'uomo che può uccidere draghi, e inquietanti autisti di taxi con uno sguardo. Solo perché sei ferito, non vuol dire che non sei più la mia spia supervirile. So che sei un duro, chiunque sia sano di mente lo capisce guardandoti. Per favore, non tagliarmi fuori. Se lo fai, questa storia non funzionerà, mi ucciderai lentamente giorno dopo giorno, perché saprò che mi stai tenendo nascosta una parte di te.»

«Vieni qui, Principessa.» Ghost tese il braccio buono e trattenne il respiro, sperando con tutto se stesso che avrebbe fatto come le aveva chiesto.

Rayne esitò un momento, poi si gettò al fianco di Ghost. Portò un braccio attorno al suo stomaco e infilò l'altro tra la schiena, e il cuscino. Si accoccolò con il viso contro il suo petto e lo strinse.

Ghost aveva a malapena spostato il braccio ferito prima che lei gli cadesse addosso, e trattenne un gemito di dolore. Avere Rayne tra le braccia era il paradiso. Meglio di qualsiasi medicina i dottori avrebbero potuto dargli. «Ti amo. Non ti taglierò fuori mai più. Lo giuro.»

Rayne annuì. Sapeva che forse era un'idiota per averlo perdonato così facilmente, ma lo amava. Era stata una cosa stupida da parte di Ghost comportarsi così, ma lo capiva, davvero. «Ti amo anch'io, Keane.»

«Ghost. Chiamami Ghost.»

Rayne sorrise contro di lui. «Ti amo, Ghost.»

«Dio, Principessa. Mi dispiace tanto, io...»

«Basta adesso. Ne abbiamo discusso, ti sei scusato, è finita. Ok?»

«Va bene.»

«Mi riservo il diritto di tirare di nuovo fuori questa storia se fai qualcosa di simile, quindi sei stato avvisato. Forse questo sarà un incentivo per non essere di nuovo un testone in futuro. Ora... come sta il tuo braccio? Ti fa male la gamba? Cosa devo fare per assicurarmi che rimanga pulita? Ti è permesso bagnarti? Cosa fa...»

Ghost le coprì la bocca con la sua per farla tacere. Quando finalmente sollevò la testa, la rassicurò: «Sto bene. Devo andare lì ogni giorno la settimana prossima, per farmi cambiare le bende e a fare qualcosa di terribilmente doloroso con la pelle morta sul braccio. Non lo devo immergere in acqua, ma la gamba dovrebbe guarire abbastanza in fretta. Domani sera potrò fare una doccia senza problemi.»

Rayne mise la mano sulla guancia di Ghost. «Devi stare più attento la prossima volta. Evita quegli orribili campi minati. Ok?»

«Ci puoi contare, Principessa.»

«Vieni a letto?»

«Cazzo sì, pensavo che non lo avresti mai chiesto.»

«Però niente zozzerie, signore. Non sei pronto.»

Ghost rise. «Sono *sempre* pronto, per quanto riguarda te.»

«Se lo dici tu. Dai, ho messo delle lenzuola pulite sul nostro letto, dormirai molto meglio qui che in ospedale.»

«Mi piace.»

«Che cosa? Dormire?»

«Il *nostro* letto.»

Rayne sorrise e lo aiutò a rialzarsi.

Quando furono sdraiati sul letto non molto più tardi, dopo che Rayne l'aveva aiutato a togliersi la maglietta e aveva baciato con dolcezza le bende sul suo braccio, Ghost disse sottovoce: «Abbiamo molto di cui parlare, Principessa.»

«Pensavo avessimo finito di farlo.»

«Sì, riguardo alla mia decisione stupida, ma dobbiamo parlare di noi. Abbiamo molte cose da risolvere.»

Rayne annuì assonnata contro il suo petto. «Non proprio, io e Mary abbiamo già risolto tutto.»

«Ah sì?» Ciò rese Ghost davvero nervoso, dato che Mary non era la sua più grande fan, al momento.

«Già.» Si fermò per fare un gran sbadiglio, poi continuò: «Ci trasferiamo entrambe qui, io per stare con te, e Mary perché mi vuole bene, e dice che può trovare un lavoro in qualsiasi altra banca. Non so se sia vero o meno, ma sono abbastanza sicura che possa farsi trasferire.»

«Ti trasferirai a Belton?»

Era ovvio che Rayne non si rendesse conto di quanto fosse importante per Ghost, perché mormorò solo: «Mm-mm...»

Ghost si spostò e fece girare Rayne finché non fu sopra di lui, che, come previsto, cercò subito di scendere.

«Ti farò male.»

«No, vieni più su.»

«Che cosa?»

Ghost appoggiò la mano buona sul sedere di Rayne e la spinse verso il suo viso, attento a tenere il braccio ferito fuori dalla traiettoria. «Ho bisogno di te, Principessa.»

«Non puoi! Ghost, ti farai male.»

«No, se fai tutto il lavoro. Ho bisogno di assaporarti. Ho bisogno di sentire quelle splendide pieghe nella bocca. Non posso stendermi sullo stomaco, quindi dovrai venire quassù, e accovacciarti sopra il mio viso. Sta solo attenta al mio braccio mentre ti muovi.»

«Ghost! Ti soffocherò.»

«No, non lo farai. Te lo prometto.»

Rayne esitò ancora per un momento, ma alla fine scivolò verso il suo viso. Non indossava biancheria intima a letto, solo una delle sue enormi magliette dell'esercito, e poteva sentire i suoi umori bagnargli il petto mentre saliva.

«Dio, sei bellissima. Non posso credere che tu sia mia. Non hai idea di cosa significhi per me che tu sia disposta a trasferirti qui per stare con me.» Ghost alzò lo sguardo sul corpo di Rayne mentre si fermava in ginocchio sopra di lui. Sentì l'odore della sua eccitazione, e vide il suo petto alzarsi e abbassarsi con i rapidi respiri eccitati. «Ti amo. Non sai quanto. Adesso forza, mettiti al lavoro, donna. Voglio sentirti su tutto il viso.»

Rayne alzò lo sguardo imbarazzata, ma si mise dove la voleva Ghost. Lungi da lei negargli ciò che voleva... soprattutto quando sarebbe stata la destinataria della sua generosità.

———

EPILOGO

———

Rayne sapeva che Truck stava aspettando al piano di sotto, e che Fletch sarebbe arrivato da un momento all'altro, ma l'attimo in cui Ghost uscì dal bagno con i jeans e la maglietta aderente, dovette averlo. Non gli diede nemmeno la possibilità di opporsi; si inginocchiò e si mise al lavoro sulla cintura e la cerniera.

«Rayne? Non abbiamo proprio tempo...»

«Sarò veloce.»

Ghost le mise una mano sulla testa mentre lei gli tirava giù i boxer e liberava il suo uccello.

«Principessa, sul serio...» fu tutto quello che riuscì a dire prima che Rayne prendesse in bocca, gemendo, tutta la sua lunghezza.

«Gesù. Sì. Prendilo. Dio, sì.»

Rayne non aveva sempre avuto questa sicurezza nel fare l'amore con Ghost in quel modo, ma non solo era stata una brava studentessa, aveva anche scoperto quanto amava prendere il suo uccello fino in gola. Una volta gli aveva detto che provava un godimento puro a ridurre il suo uomo in un ammasso di gelatina.

Ghost prese il controllo, mettendole una mano sulla nuca e l'altra sotto il mento. Si spinse delicatamente dentro e fuori dalla sua bocca, facendo attenzione a non farle male.

«Ti piace succhiarmelo, vero, Principessa?» Quando Rayne gemette, lo sentì fino alle dita dei piedi. «Sei bagnata per me?» Lei annuì tra le sue mani, ma non smise di leccare e succhiare mentre la sua testa andava su e giù.

«Non appena finisci, togliti i pantaloni e sali sul letto, allarga le gambe in modo che possa leccarti fino a farti venire. Ok?»

Rayne gemette ancora una volta intorno a lui. Ghost non sapeva perché prenderlo in quel modo la eccitasse così tanto. Non sapeva mai quando le veniva un impulso improvviso e voleva prenderlo in gola. Non gliel'avrebbe mai lasciato fare quando potevano essere beccati, ma non smetteva mai di sorprenderlo quando si piegava su di lui in macchina, o quando si trovavano in un posto non molto privato.

Gemendo, Ghost sentì l'orgasmo salirgli dalle palle. «Sono vicino, Principessa. Ci sono quasi... oh, sì, così...» Sentì la mano morbida di Rayne prendergli lo scroto e dargli una stretta prima di accarezzarlo con poca delicatezza. Fu tutto ciò che gli servì.

Lasciò andare la testa di Rayne, non volendo forzarla a fare qualcosa che magari non voleva... tipo ingoiare se non avesse voluto. Allacciò le mani dietro la propria testa e inarcò la schiena, mentre esplodeva.

Quando non vide più le stelle dietro le palpebre, Ghost aprì gli occhi, e guardò la donna che amava più della sua vita; Rayne era ai suoi piedi, e gli accarezzava l'uccello che si stava ammorbidendo, mentre lo leccava con amore.

«Cosa ti ha fatto scattare la voglia questa volta?» chiese, sinceramente curioso. Era appena uscito dal bagno dopo essersi lavato i denti, e lei gli era saltata addosso.

«Tu.»

Sorrise e le passò una mano sui capelli, godendosi i postumi dell'orgasmo e delle mani di Rayne su di lui.

«Ho sentito il profumo della colonia che hai messo. E non indossi molto spesso i jeans... sei... sexy.»

Ghost sorrise di nuovo. Era davvero adorabile, e tutta sua. Si chinò, tirò su i pantaloni e li riallacciò. «Vai a sdraiarti sul letto, Principessa. È il tuo turno.»

«Ma, Fletch e Truck...»

«Dovranno aspettare.»

«Ma così sapranno...» La sua voce si affievolì, ma andò sul letto come le aveva chiesto di fare.

«Avresti dovuto pensarci prima di saltarmi addosso.»

Ghost osservò Rayne sorridere e arrossire, ma slacciò il bottone dei pantaloncini e tirò giù la cerniera.

«Non tirarli giù del tutto, solo fino al ginocchio.»

«Ma...»

«Zitta. Fallo.»

Ghost si inginocchiò sul pavimento e tirò su le gambe di Rayne fino a portarsele intorno al collo. Le mutandine e i pantaloncini sulle ginocchia le impedivano di aprirle. Anche se per lui era più una sfida, sapeva che sarebbe stato super frustrante ed eccitante per Rayne.

Si chinò e la leccò una volta, amando quanto fosse bagnata. Non aveva mai incontrato una donna a cui piacesse fare i pompini tanto quanto lei. Aveva affermato che prima non le era mai piaciuto farli, che era solo perché si trattava di lui, e ciò lo faceva gonfiare di orgoglio.

Rayne gemette quando lui portò un dito sul suo sesso e lo infilò dentro, non dandole la possibilità di prepararsi per la sua invasione. Era molto bagnata e sentì i muscoli contrarsi intorno al dito. Desiderando avere più tempo − avrebbe potuto leccarla per ore, ma Fletch e Truck li stavano davvero aspettando al piano di sotto − Ghost si mise al lavoro per dar piacere alla sua donna.

In meno di cinque minuti, Rayne rabbrividì in preda al suo secondo orgasmo; aveva tormentato il suo clitoride, e non le aveva dato alcuna possibilità di tirarsi indietro, o di riprendersi dopo il primo. Rayne rimase languida sotto di lui mentre tirava fuori il dito dal suo corpo caldo. Si chinò e fece scorrere la lingua lungo le sue pieghe, leccando gli umori che uscirono togliendo il dito.

«Starai bagnata per un po', Principessa.»

«Mmmm.»

«Pensi di essere in grado di trattenerti per qualche ora dal tirarmi fuori l'uccello mentre siamo insieme al team?»

«Fintanto che non farai nulla di sexy... forse.»

Ghost rise e si voltò per baciarle la parte interna della coscia, si abbassò e le risollevò le gambe per farle passare sopra la testa, poi la tirò più avanti sul letto e si chinò su di lei, mentre Rayne si risistemava i vestiti.

«Ti amo» le mormorò Ghost contro le labbra, sapendo che lei avrebbe sentito il proprio sapore sulle sue.

Rayne gli leccò il labbro inferiore e sorrise, arrossendo.

Ghost la tirò in piedi. «Dai. Dobbiamo *davvero* andare ora.»

«Ti amo, Ghost. Non avrei mai pensato di dirlo, ma sono contenta di essere stata un ostaggio in Egitto.» Prima che Ghost potesse arrabbiarsi continuò subito: «Perché ciò ti ha riportato da me.»

«Andiamo prima che dica ai miei amici che non possiamo fare il barbecue, dopotutto.»

Rayne ridacchiò mentre Ghost la trascinava fuori dalla porta.

———

«Dai, dimmi cosa hai fatto» Rayne chiese a Truck mentre viaggiavano nella macchina di Fletch.

L'uomo grande e grosso scrollò le spalle. «Ho chiamato Tex.»

«Hai chiamato Tex» ripeté Rayne, senza alcuna inflessione nella voce.

«Principessa, lascia perdere» la avvertì Ghost, mettendole la mano sulla nuca e stringendola affettuosamente.

«Ma Ghost...»

«Ti piace il tuo nuovo lavoro?»

«Sì.»

«Allora perché ti importa?»

«Perché sì!» protestò Rayne. «Non è normale che un uomo di nome Tex – che non ho mai incontrato, tra l'altro – sia in grado non solo di farmi lasciare il lavoro con un'ottima raccomandazione, ma anche di farmi assumere, senza colloquio, da una compagnia aerea diversa di Austin!»

«Te lo chiedo di nuovo» disse Ghost con estrema pazienza. «Preferiresti volare di nuovo sulle rotte internazionali di Dallas/Forth Worth, rischiando di andare al Cairo, in Turchia o in qualche altro Paese del Medio Oriente?»

«No.»

«Allora lascia perdere, Principessa. Sul serio.»

Rayne sbuffò. «Oh, va bene. Ma solo perché ti fidi, e ti piace questo misterioso Tex.»

Ghost le sorrise.

Rayne guardò Fletch, i quattro erano finalmente diretti a casa sua per fare un barbecue. Visto che era uscito per andare a comprare la birra si era offerto di andare a prenderli... e anche Truck, dato che era passato a far visita a Ghost. Non avevano programmato i quindici minuti in più necessari a Rayne e Ghost per "prepararsi", ma nessuno dei due aveva detto nulla a riguardo, felici che le cose stessero funzionando tra il loro leader e la sua donna.

«Continuo a pensare che avresti dovuto lasciarmi portare qualcosa» si lamentò Rayne.

Fletch scrollò le spalle. «Ho tutto ciò di cui ho bisogno, non c'era altro da portare.»

«Ma qualsiasi cosa... brownies? Patatine? Qualcos'altro?»

Fletch rise. «No. C'è tutto.»

Entrarono nel vialetto di casa sua, e Rayne guardò l'appartamento sopra il garage. «La tua inquilina si unirà a noi?»

«No» rispose brusco

«Perché no? Pensavo avessi detto che era carina?»

«Lo *è*. Ma è occupata» disse Fletch in tono piatto.

«Oh. Hai chiesto in modo educato?» Rayne insistette. «A volte puoi essere un po' brusco. Hai detto che ha una bambina, magari potevano venire entrambe.»

«Certo che l'ho chiesto in modo educato, non sono un cavernicolo. E lei ha un fidanzato, quindi togliti subito quel luccichio da combina matrimoni dagli occhi, Rayne» la ammonì Fletch parcheggiando la macchina.

«Oh, è un peccato. C'è sempre Mary allora.»

Fletch rise, soprattutto quando Truck si irrigidì accanto a lui. «Non esiste proprio che mi imbarchi in una storia con quell'attaccabrighe. La tua amica non corre rischi per quanto mi riguarda.»

«Be', cavoli, continuo a pensare che *uno* di voi dovrebbe uscire con lei.»

Rayne era stata felicissima quando Mary aveva finalmente fatto ciò che aveva detto, cioè lasciare il lavoro e trasferirsi nella zona di Fort Hood. Aveva ricevuto un'offerta in una filiale della sua vecchia banca, e non aveva nemmeno perso troppe ore di lavoro con il trasferimento.

Rayne stava per andare a stare con Mary, dopo che lei aveva trovato un posto nelle vicinanze, ma Ghost l'aveva convinta, nel modo migliore possibile − vale a dire, provocandole orgasmi continui finché non fosse stata d'accordo − a trasferirsi da lui. E anche se a volte avevano dei dissapori, non se ne era mai pentita.

Entrarono tutti in casa, pronti per del buon cibo e una bella riunione tra amici, ma non notarono Fletch che, mentre chiudeva la porta d'ingresso, si voltò a guardare malinconico l'appartamento sopra il suo garage, e dopo averla chiusa con un sospiro, si unì al resto dei suoi compagni di squadra.

Justice for Mickie
Justice for Corrie
Justice for Laine (novella)
Shelter for Elizabeth
Justice for Boone
Shelter for Adeline
Shelter for Sophie
Justice for Erin
Justice for Milena
Shelter for Blythe
Justice for Hope
Shelter for Quinn
Shelter for Koren
Shelter for Penelope

SEAL of Protection: Legacy Series

Securing Caite
Securing Brenae (novella)
Securing Sidney
Securing Piper
Securing Zoey
Securing Avery (May 2020)
Securing Kalee (Sept 2020)

Ace Security Series

Claiming Grace
Claiming Alexis
Claiming Bailey
Claiming Felicity
Claiming Sarah

Mountain Mercenaries Series

Defending Allye
Defending Chloe

Defending Morgan
Defending Harlow
Defending Everly
Defending Zara (Mar 2020)
Defending Raven (July 2020)

SEAL of Protection Series

Protecting Caroline
Protecting Alabama
Protecting Fiona
Marrying Caroline (novella)
Protecting Summer
Protecting Cheyenne
Protecting Jessyka
Protecting Julie (novella)
Protecting Melody
Protecting the Future
Protecting Kiera (novella)
Protecting Alabama's Kids (novella)
Protecting Dakota

BIOGRAFIA

L'autrice best seller del *New York Times*, *USA Today*, e *Wall Street Journal*, Susan Stoker ha un cuore grande come lo stato del Texas, dove vive, ma questa tipica ragazza americana ha trascorso gli ultimi quattordici anni vivendo nel Missouri, in California, in Colorado, e nell'Indiana. È sposata con un ex militare dell'esercito, che ora la segue in tutto il Paese.

Ha debuttato con la sua prima serie nel 2014, seguita dalla serie SEAL of Protection, che ha consolidato il suo amore per la scrittura, e la creazione di storie in cui i lettori possono perdersi.

Se ti è piaciuto questo libro, o qualsiasi libro, per favore considera di lasciare una recensione. Gli autori lo apprezzano più di quanto tu possa immaginare.

www.stokeraces.com
susan@stokeraces.com

www.ingramcontent.com/pod-product-compliance
Lightning Source LLC
Chambersburg PA
CBHW060231100726
47907CB00003B/590